RONSO KAIGAI MYSTERY

論創海外ミステリ94

MR.STRANG GIVES A LECTURE AND OTHER STORIES

ストラング先生の謎解き講義

William Britain

ウィリアム・ブリテン

森英俊 編

論創社

MR. STRANG GIVES A LECTURE AND OTHER STORIES
by William Brittain

Mr. Strang Gives a Lecture (1967),Mr. Strang Takes a Field Trip (1968),Mr. Strang Lifts a Glass (1971),Mr. Strang Finds an Angle (1971),Mr. Strang Hunts a Bear (1971),Mr. Strang Discovers a Bug (1973),Mr. Strang Under Arrest (1974),Mr. Strang Picks Up the Pieces (1975),Mr. Strang, Armchair Detective (1975),Mr. Strang Battles a Deadline (1976),Mr. Strang Buys a Big H (1978),Mr. Strang Unlocks a Door (1981),Mr. Strang and the Lost Ship (1982),Mr. Strang and the Purloined Memo (1983)

目次

ストラング先生の初講義

森英俊訳

ポール・ロバーツ部長刑事は前を通るたびにひとつひとつのドアにちらちら目をやりながら、オルダーショット高校の三階の廊下を歩いた。地元刑事として、やっかいごとに巻きこまれた生徒を調べるために以前にも学校に来たことはあったが、校長室の先の教室へと向かうのはこれが初めてだった。

金曜の下校のチャイムが鳴ったあとなので、建物はいまやひっそりしていた。千七百名ものティーンエイジャーが海に帰ろうとするレミングのように校門から自由な週末に向かって勢いよく飛び出していってから、まださほどたってはいなかったが、くしゃくしゃの宿題用紙と開けっぱなしのロッカーの扉をのぞけば、もはやその名残はなかった。

ロバーツ部長刑事のいる廊下は近年になってから増築されたものだったが、チョークの粉末や床用ワックスの匂いに満ちあふれていたので、彼自身の第一八九初等学校での思い出がよみがえってきた。昔の先生のひとりが戸口から頭をつき出し、シャツの裾をズボンのなかに入れるよう命じるのをなかば予期しながら、彼はあたりをそっとうかがった。

彼は三一九番教室の前で立ちどまった。ドアに掲げられたプラスチックの標示板には科学教室とあり、その下にストラング先生と記されている。その名前のあとにだれかが〝は嫌なやつ〟となぐり書きしてあるのを目に留め、ロバーツはくすくす笑いを漏らした。

非番の時間の多くをオルダーショット警察少年クラブをまとめるのに費やしているロバーツは、ストラング先生の名前を耳にしたことがあった。ある少年たちにとってはひどく恐ろしい存在であり、ストラング先生の授業を受けることなく高校四年間を過ごせた生徒は幸運だと思われていた。ほかの生徒たちはふだん中古自動車や最新式のダンスに対するのと同等の敬意をこめて、この教師のことを語った。ロバーツはこの件に関して中立的な生徒をいまだに見つけることができないでいた。とはいえ、十六歳の誕生日の朝に運転免許証をほしがらない少年がいないように、ストラング先生なしのオルダーショット高校も想像がつかなかった。

地元警察の刑事はドアを開け、なかに足を踏み入れた。実験台や流しやブンセンバーナーのある部屋は、ほぼ彼の予想どおりだった。可動式の机や椅子はきちんと並べられており、窓際の棚にはハムスターのかごや緑の浮きかすで覆われた水槽が置かれている。

「ちょっと待ってくれ」

声の主を見つけようと、ロバーツは部屋のなかをきょろきょろ見回した。しまいには入ってきたばかりのドアの後ろに目をやった。するとそこに、ロバーツに背を向ける形で男が立っていた。古びた実験着を細い肩の上にだらしなくはおり、後ろの髪は薄くなりかけている。

男はなにやらガラス管を用いたややこしい実験を行なおうとしていた。ロバーツは男が、茶色い粉末の入った試験管を上に掲げ、その粉末を目分量で円錐状の濾紙に流しこむのを目撃した。男は最終的にその円錐をガラスの漏斗《じょうご》の上に載せると、透明な液体をその上から注ぎこんだ。それはロバーツに、いままさにジキル博士がハイド博士に変身しようとしている古い映画のワンシーンを思い起こさせた。

それから男はふり向いてロバーツのことをじっと見つめると、生え際が後退していることで広さがよりいっそう強調されている額の上に、黒縁眼鏡をかけ直した。「申しわけない」彼はいった。「てっきり、生徒のひとりだと思ったもので。あんたは親御さんかな?」

「ええ。三歳になる小さな娘がいます」質問の理由に思い当たる前に刑事は答えていた。尻ポケットから警察のバッジと身分証を取り出す。「刑事課から来ました」彼はそっけなく先を続けた。「公務で。ストラング先生――レナード・ストラング先生を捜しています」

男は濾紙からしたたり落ちた茶色の液体の入っているフラスコのほうに細長い手を伸ばした。フラスコを口元にあて、ごくりとひと口飲む。「わたしがそのストラング先生だよ」

この痩せた、柔らかな口調の男を、これまで数々の噂を耳にしてきた、怖くてすばらしいストラング先生と結びつけるのは困難だった。つまるところ茶色い液体がストラング先生の人格になんらかの変化をもたらしたのではないかと、ロバーツはいぶかり始めた。

ストラング先生はフラスコを刑事の前に差し出し、「コーヒーはいかがかね?」と尋ねた。ロバーツは首を横にふって断ったものの、教師がなにを飲んでいたのかがわかってほっとした。

「それでは」ストラング先生は先を続けた。「きみの用件とやらを聞かせてもらおうか。校長のガスリー氏からは学校の前の芝生を横切らないようにいわれているが、だからといって刑事を呼ぶのは、いささかやりすぎではないかね?」

ロバーツは好奇心をむきだしにして答えを待っている教師のほうを見やった。おかしなことに、ふいに自分が校則を破ったばかりの半ズボンをはいた男の子であるかのような気がしてきた。ストラング先生に放課後の居残りを命ぜられたとしても、少しも驚くにはあたらない。

「ジュリアス・マレスコという名の少年を知っていますか?」自分を取り戻すべく、ロバーツはぶっきらぼうに訊いた。

「ああ、わたしが受け持っているクラスの生徒のひとりだ。この学校のなかではビーニーと呼ばれている」

「その子について、なにか教えてもらえることはありますか?」

「オフレコでかね?」

「ええ、オフレコで」

ストラング先生は額から眼鏡をゆっくりはずした。レンズに息をふきかけ、ネクタイでそれを拭く。ロバーツには教師が心のなかで考えをきちんとまとめているのが見えるような気がした。片方の手で眼鏡を前につき出してはまたひっこめる動作をしながら、もう一方の手は上着のポケットにしっかりと入れている。そのしぐさは刑事には目新しいものだったが、何百ものクラスの何千という生徒たちにはおなじみだった。そう、ストラング先生はいままさに講義にとりかかろうとしているのだ。

「ビーニー・マレスコは」ストラング先生は考えをめぐらしながら話し始めた。「そう、ビーニー・マレスコは幸せな劣等生といえるだろう。クラスでの成績は下位の四分の一のなかに優に入るものの、学業が低い水準にあることに満足しているだけでなく、それを喜んでいるように見える。あの年ごろの少年はみな車好きだが、それにしても車に人並みはずれた関心を抱いている。わたしの好みでいうと髪は長すぎるし、ギアグラインダーズ（ギアを引く者たちの意）という不良グループにも属している。わざと汚らしいかっこうをしているのが個人的には気に入らないが、わたしの知るかぎりでは、これまで深刻なトラブルに巻きこまれたことはない」

ストラング先生は手をさっと動かして眼鏡を鼻に戻すと、もう一方の手をポケットから出した。講義は終わった。「だが、なんでそんなことを訊くのかね？」

「きのうの晩、ダウンタウンにある食堂が武装強盗に襲われ、彼がその最重要容疑者だからです」

「なるほど……だが、それがこのわたしとなんの関係がある？」

「つまりその――」試験でカンニングを見つけられたかのように、ロバーツは片方の脚からもう一方の脚に重心を移した。「逃走する際に使われた車はあなたのもののようでして、ストラング先生」

ストラング先生の顔にびっくりしたような表情が浮かぶのを見て、ロバーツは思わずくすくす笑いを漏らしそうになった。教師のほうに視線をやったまま、彼はかろうじて笑い出しそうになるのをこらえた。あのひどく時代遅れの眼鏡、猫背の肩、それに手を神経質に握り合わせているさまときたら――

「双神経類よ！」ストラング先生はふいに叫んだ。

「ねえ」ロバーツはいった。「お願いですから――」

「掘足類よ！」教師はぴしゃりといった。「腹足類よ！　斧足類よ！　頭足類よ！」

「ストラング先生、建物のなかにまだ子どもたちが残っているかもしれません。言葉には気をつけてください」

ストラング先生は深いため息を漏らした。「すまん。だが、きょうは金曜で、わたしはただでさえ長くて忙しい一週間を過ごしてきたものでな。もっかのところ、わたしのただひとつの望みは、一刻も早く横になることだ。なのに、ひどくにぎやかな週末になりそうだな。

いずれにせよ」彼は先を続けた。「わたしが軟体動物類門を朗々と口にするのを聞いて、教え子たちが不快に感じるとは思えんがね」

「はあ？」

「動物を科学的に分類するための方法だよ。犯人を識別する際のベルティヨン式人体測定法にある程度、似かよったところがある」

「ほう」ロバーツはぼんやりとあいづちを打った。

「わたしはどうしたらいいのかね？」ストラング先生が訊いた。「弁護士を呼ぶべきかな？　きのうの午後、油を塗り、不凍液を入れるために、ビーニーがわたしの車をランディーンのガソリンスタンドまで持っていったといえば、なにかの役に立つかね？　ビーニーは学校が終わってからそこで働いていて、わたしの車を特別ていねいに扱ってくれるといってくれた」

「そのことは承知しています、ストラング先生。ハーヴェイ・ランディーンから聞きました。われわれはあなたを非難しようとしているわけではありません。マレスコが強盗する際にあなたの車を使った、というだけです」

「いいかね、ロバーツ、わたしには武装強盗はビーニーの性格に合っていないように思えるのだが。たしかに、持ち主がいないときになにかをちょろまかすことは考えられる。でも、他人を銃で脅すなどということは論外だ。なあ、きみのいう〝武装強盗〟は、銃がらみのものなんだろう？」

「ええ、犯人は銃を持っていました。リボルバーをです」

「いや、そんなのはまるでビーニーらしくないな。まっ正直というわけではないが――臆病者だからね。あの子に会わせてもらうことはできるだろうか？」

「それは無理です、ストラング先生。任命した弁護士が少年の周りにいっさい他人を寄せつけようとしていませんから。それにこちらとしても、いざ裁判になったときに、法律上の巧妙な策略がもとでこの事件をだいなしにするようなことはしたくありませんからね」

「裁判だと？　ビーニーは少年犯罪者としての扱いを受けるんじゃないのかね？」

「もう、そうじゃありません。先週、誕生日を迎えましたから」

「なるほど。だが、少なくともわたしがランディーンのガソリンスタンドまで出向き、自分自身の車を見るのはさしつかえあるまい？　わたしにもおのれの財産を取り戻す権利はあるはずだ」

「それはさしつかえないでしょう。車のほうはもう調べ終わっていますから」

ストラング先生は実験着を脱ぎ捨てると、ドアの後ろのフックから帽子をとった。部外者であれば、ストラング先生のくたびれたフェルト帽はなにか欲求不満の種があるたびに、幾度となく床に投げつけられ、踏みつぶされたのだろうと、推測したことだろう。部外者によるその推測はまさに正鵠《せいこく》を射ていた。

黒と白に塗られたパトカーはガソリンスタンドまでやってくると、給油ポンプの前に停車した。母象のあとを追う子象のように、その後ろにストラング先生の埃まみれの紫の小型車が置かれている。ガソリンスタンドの正面の出入口には「本日休業」という大きな標示板がかかっていた。

刑事と教師がアスファルトの駐車帯を横断していると、男がガソリンスタンドの小さな事務所から出てきて、ロバーツに向かって手をふった。男は大きな赤と白のチェックの入ったスポーツジャケットを着ており、ネクタイには緑のヤシの木が手塗りで描かれている。足には運動靴をはいており、かかとがつぶれてはいたものの、白い磨き粉がまんべんなく塗ってあった。ロバーツはストラング先生にこれがガソリンスタンドの持ち主のハーヴェイ・ランディーンだと紹介した。

「この騒ぎのせいで、わたしは休業を余儀なくされた」ランディーンはほくそ笑むようにいった。「そうはいっても、きょうの分の損失は、今回のことの宣伝効果で穴埋めすることができるさ」

ランディーンのきらびやかな服装から目をそむけたいという欲望をストラング先生は抑えた。「顧客の好奇心を満足させるために、ランディーンさん」と彼はいった。「きのうの晩なにがあったのか、聞かせてもらいたいのだが」

「じかに伝えられることはあまりないんだがね」ランディーンがいった。「きのうの晩は六時ごろに帰宅したんだ。わたしは整備室で手入れ中のレッカー車ともう一台の車をしまい、鍵を持って帰った。あんたの車を入れておけるだけのスペースはなかったので、外に出しておいた。いずれにせよ、給油させるために、マレスコ青年を九時までここに居残らせた。やつは整備室に入ることはできなかったし、そこに入るべき理由もなかった。だから走り去るのにあんたの車を拝借したんだろう」

「走り去る?」ストラング先生は訊いた。「どこに向かって?」

「グルダーマン食堂に向かってです」ロバーツが口をはさんだ。「ここからはさほど離れていません。強盗の被害に遭ったのはそこなんです」

ストラング先生はうなずいた。「その店のことは知っている。自分の車が巻きこまれているのだから、強盗自体についても聞かせてもらえるかね?」

「いいですとも」刑事はいった。「きのうの晩そこで働いていたのは、アルヴィン・グルダーマンひとりでした。九時半ごろ、店を閉めようとしている矢先に、この紫の小型車がやってきて食堂に隣接している狭い私道の途中で停まりました。食堂の裏には囲いで仕切られた駐車場があり、この私道を通っていくようになっています。食堂と高い塀が左右にあるため、その私道はひどく狭くなっており、そこにひと晩じゅう車を駐めておかれてはたまらないと、アルは思ったそうです。

そこで、アルは車をどけるよういいに外に出ました。車がそこにあったのでは、ほかの車がすり抜けることができないからです。でも車のそばまで行くと、なかにいた男が銃を取り出し、アルを無理やり食堂まで連れていきました。その際エンジンはかかったままだったので、すぐに逃走するつもりでいるのだろうと、思ったそうです。男はレジのなかの現金をかっさらうと、銃でアルの頭を殴り、車をバックさせ、立ち去りました。アルは三十分ばかり気を失っていました」

「きみがビーニー・マレスコにたどりついたのは、なにによってだね？」科学教師は訊いた。

「グルダーマンが顔を見分けたのかね？」

「いいえ、男はマスクをかぶっていました。でも、革ジャンを着ていたものですから」

「というと？」

「背のところに文字が書かれていたんですよ。ギアグラインダーズと」

「犯人もずいぶんとまのぬけたことをしたものだな？」

「なに、あなたご自身がマレスコはさほど利発じゃないといわれたじゃないですか。とにかく、われわれはギアグラインダーズのメンバーひとりひとりにあたり、マレスコが学校の終わった直後から九時まで、ここで働いていたことをつきとめました。それなのに、一時近くになるまで帰宅していませんでした。映画に行ったとかなんとか、いいつくろうとしていましたがね。われわれはここに出向き、あたりを調べて回りました」

「ああ、おかげで助かったよ」ランディーンは怒った口調でいった。「わたしはあの子に仕事を与えてやった。やつにとってチャンスになるかもしれんし、いずれにせよ小遣い稼ぎにはなるだろうと思ったからだ。それなのに、ここに来てから二週間とたたないうちにお得意さんの車を盗み、こんなことをやらかしおった。あんたが運転席でなにを見つけたか、ストラング先生に見せてやってくれ」

刑事はストラング先生に長方形の薄黄色い紙片を手渡した。それはアルヴィン・グルダーマンに対して振り出された十五ドルの小切手だった。

「これを振り出した人物とも話をしました」ロバーツがいった。「きのうの晩の七時ごろ、グルダーマンに渡したそうです――アルはお得意さんのために、少額小切手をしょっちゅう現金化してやっているんです」

ストラング先生は小切手をロバーツに返した。「自分の車の被害状況を調べさせてもらってもかまわないかね?」

ロバーツがうなずくと、ストラング先生は紫の車のほうに歩いていった。泥まみれのフェンダーを立ったままじっと見つめながら、ポケットから特大のブライアーパイプとタバコ入れを取り出す。火皿にタバコを詰めこみ、マッチで火をつけると、澄んだ秋の空に嫌な臭いの煙が立ちのぼった。ストラング先生の風下にいたランディーンはその煙をタイヤの燃える臭いになぞらえたが、考えに夢中の相手の耳には届かなかった。

ストラング先生はのろのろと車のなかに入ったかと思うと、今度はその周りを回り、座席の下を調べたり、車体の下になにか新しいくぼみができていないか目を凝らしたりした。パイプを口にくわえたままボンネットの下をのぞきこんだときには、ロバーツの目に大量の煙があふれ出すのが映ったので、エンジンに火がついたのではないかと思われたほどだった。

しまいにダッシュボードの上の計器類にちらっと目をやってから、両側のドアをバタンと閉め、ストラング先生はロバーツとランディーンがガソリンスタンドの事務所から出てきた大きな制服警官と立ち話をしているところへ戻ってきた。

「申しわけないが」ストラング先生がいった。「グルダーマンの食堂がここからどれくらい離れているか、教えてもらえるかね？」

「およそ一マイルといったところだろうな」ランディーンが答えた。

「いかにも科学教師めいたいいかたで申しわけないが」ストラング先生がいい返した。「もうちょっと正確なところが知りたいのだ。きっちりした距離を教えてはもらえんかね？」

ロバーツは肩をすくめ、「ベル」と警官のほうに向かっていった。「グルダーマンの食堂までまた行って、戻ってきてくれ。その際、走行距離を――十分の一マイルまで記録するんだ。ついでに、アル・グルダーマンを乗っけてきてくれ。なにかまた訊くことがあるかもしれないからな」

ベルはパトカーに乗りこむと、食堂の方角をめざして通りに驀進《ばくしん》していった。「わたしはなかに入らせてもらうよ」事務所のほうに向かいながら、ランディーンがいった。「なにか用があったら呼んでくれ」

ストラング先生は刑事のほうを向いて訊いた。「被害額はどれくらいだったのかね？」

「五百ドル足らずです」

「いくらかは回収できたのかね？」

「あの小切手をのぞいては皆無です。いずれにせよ、マレスコはそれを現金化できていませんし、もう奪った金を使うこともできませんから、心配するにはおよびません」

「むろん、使うことはないだろう。なにせ、強盗犯ではないのだからな」

「なんですって！」

さほど出来のよくない生徒に一般科学の簡単な問題を解き明かしてみせるかのように、ストラング先生は両手を広げ、肩をすくめた。「わたしはビーニー・マレスコが無実だといっているのだ。少なくとも、証拠がそうであることを示しておる。それに、あの子が銃でひとを殴るような人間でないことはよくわかっている」

ロバーツは怒ったように右の拳を左の手のひらにたたきつけた。もうたくさんだ――まったく、この学校教師ときたら！――このひとの前にいると、まるで自分が出来の悪い十二歳の少年のような気になってくる。とにかく、なんで学問の世界にとどまっていられない？　ロバーツはかろうじて大声をあげそうになるのを抑えた。

「いいですか、ストラング先生、あなたをここにお連れし、部下に命じて走行距離を調べに行かせたりなんだりと、わたしはあなたの望むままにしてきました。でも正直なところ、こちらの忍耐にも限度があります。あなたがた教師は学校に生徒を迎え、試験を数回にわたって受けさせ、一日に一回、教室で顔を合わせる。そしてだしぬけに、ある生徒が犯罪者か否か見抜けるといい出す始末だ。よ、よくわかっているですと！　ふん！　マレスコに対する証拠はくさるほど――」

教室の規律のなかのささいな問題にすぎないとでもいうように、ストラング先生はただじっとロバーツを見つめた。「証拠だと？」彼はその言葉をゆっくり強調しながらいった。「銃を持った男が強盗を働いた。強盗犯がギアグラインダーズと書かれた革ジャンを着ていたからという理由で、きみはビーニーを捕まえる。白いペンキの缶さえあれば、そんな革ジャンくらいたちどころに出してみせるし、そんなことはきみも承知しているはずだ。

それに、ビーニーは罪になるようなジャンパーをなんで着る必要がある？　あの了はテレビで犯罪ドラマをくさるほど観ているから、それがまずいことくらいわかっているはずだ。逮捕されるのが目的なら、名前や住所の書かれた名刺を置いてくるほうがよほど簡単だったろう」

ロバーツがまさに反論しようとした矢先にパトカーがガソリンポンプの前に停車し、ベルがおりてきた。頭に包帯を巻いた小男を連れており、ベルはその人物をストラング先生に食堂の持ち主のアルヴィン・グルダーマンだと紹介した。グルダーマンはもごもご挨拶の言葉を口にすると、腰をおろせる事務所のほうに足をひきずるようにして向かった。

「十分の八マイルでした」ベルがいった。「それがここから食堂までの距離です」

「それは興味深い」ストラング先生がいった。ロバーツを紫の車まで身ぶりで呼び寄せ、左側のドアを開け、ドアフレームを指さす。「これがなんだかわかるかね？」と彼は訊いた。

「ええ、グリースを塗ったあとに車に貼るステッカーのひとつですね。油を塗った時点での走行距離を示したものです」ロバーツはそういうと、肩越しにのぞきこもうとしているベルのほうをふり向いた。

「七万六千二百四十一と十分の一マイル」ベルが読みとった。

「なにがいいたいんです、ストラング先生？」

「走行距離計を見てみたまえ」

「ふむふむ。七万六千二百四十一と十分の九マイル。つまりグリースが塗られたあと、車は十分の八マイル走ったということになる。食堂までの距離とぴったり合致しているじゃないですか」

ストラング先生は手のひらで額をぴしゃりとたたいた。「算数の教師にとって、きみはさぞかし教えがいのある生徒だったろう」彼はロバーツに向かっていった。「新数学どころか、旧式の数学もきみにはこなせんだろうからな。これらを前にしても、きみにはなにも思い当たらんというのかね?」

その質問にみずからが質問することで答えたのはベルだった。「車が食堂まで十分の八マイル走行したんだとしたら」彼はゆっくりした口調でいった。「ここまでどうやって戻ってきたんです?」

ロバーツはだれかに野球のバットでひざの後ろを殴られたような気がした。悔しいことに、車を調べる際に油塗りステッカーと走行距離計とを見落としたのを、内心認めざるをえなかった。報告書をまだ提出していなかったのが、不幸中の幸いだった。

ストラング先生は満面の笑みを浮かべていた。「ビーニーが食堂まで運転してまた戻ってきたというのなら、走行距離計にはあと十分の八マイル記録されていなければならない」彼はいった。「店主は食堂に隣接している狭い私道にわたしの車が入ってきて停まったといっている。その時点で十分の八マイルかかっている。そう、簡単な距離の問題だよ」

「走行距離計が故障しているのかもしれませんよ」ロバーツは思いきっていった。「それとも、マレスコがどうにかしてそれを戻したのかも」すると車を調べるのを手伝ってくれたベルが頭を横にふっているのが目に入った。

「これでもまだ、ビーニーがやったといいはるのかね?」ストラング先生が訊いた。

ロバーツの顔はストラング先生の車さながらの色になった。「ベル！」彼は叫んだ。「どうしておまえは――」

ガソリンスタンドの事務所のドアの奥から別の叫び声がしたかと思うと、持ち主のランディーンが騎兵の槍のようにネクタイを肩の上にはためかせながら、アスファルトの上を横切って、こちらに駆けてきた。

「ロバーツ部長刑事！」彼は大声で呼ばわった。「たったいま、これを事務室で見つけてな。これでマレスコの有罪は決定的だよ」

彼は刑事に小さな紙を手渡した。ロバーツはじっくりそれを見た。おのずと笑みが浮かぶ。この紙のおかげでマレスコの件に決着がつくだけでなく、学校教師のおしゃべりもやめさせることができるだろう。「どうやらこいつはマレスコの書いたもののようですな」彼はいった。「だとしたら、わたしが正しくて、あなたがまちがっていたということになりますね、ストラング先生。さあ、どう思われます？」

彼はその紙をストラング先生の手に押しこんだ。片側に寄っているほとんど判読不能の手書きの文字は、まちがいなくビーニー・マレスコの手になるものだった。短い言葉がいくつか走り書きしてあった――

アル――s先生の車

「どうです？」刑事は勝ち誇ったようにいった。「だれもがアルヴィン・グルダーマンのことを〝アル〟と呼んでいます――子どもたちでさえも。このメモはマレスコがあなたの車でアルの食堂に行ったことを証明しているように思えるのですがね」

ストラング先生はメモを何度か読み返した。パイプから依然としてもうもうと立ちのぼっている煙と心ここにあらずといった目つきからして、ひどく神経を集中しているらしい。彼はメモを逆さまにし、ひっくり返してながめてみたりもした。

やがて科学教師は笑い声をあげた。

「ねえ、なにごとです、ストラング先生？」ベルが訊いた。「頭でもおかしくなっちまったんですか？」

「いったい何度」おかしくてたまらないというように身体を震わせながら、ストラング先生は有頂天でいった。「クラスに準非識字者がいなくなることを願っただろう？　それなのに、きちんと字が書けないというまさにその理由で、ビーニー・マレスコの無実が証明されることになろうとは！　これをついさっき見つけたといったな、ランディーン？」

「いや、実をいうと、見つけたのはアル・グルダーマンだ。事務所でふたりして強盗事件をふり返っているときに、やっこさんはわたしの机の上の道路地図をなにげなく持ちあげた。すると、その下にわたしのメモ帳があって、一番上にこれが書かれていたというわけさ」

「きょうの経験がなによりの教訓になってくれればいいのだがね、ロバーツ」ストラング先生がいった。「そう、〝教師〟をゆめゆめ〝あほう〟呼ばわりするなかれさ。わたしはきみにビーニーが無実だといったし、これからそれを証明するつもりでいる。ベル巡査、グルダーマンさんにここまでご足労をお願いしてきてもらえるかね？」

ベルは事務所に向かい、食堂の持ち主についてくるようにいった。

「グルダーマンさん」ふたりが戻ってくると、ストラング先生はいった。「あなたのところの駐車場に通じている、あの狭い私道について聞かせてもらいたいのだが。刑事さんがいうような狭いものなんですかな？」

「ああ、まちがいない」グルダーマンがいった。「片側に高いコンクリート塀、もう一方の側には食堂自体がある。昨年も車がなかに閉じこめられてしまい、二十分にわたってだれひとり出入りができなくなったくらいだからな」

「あなたの見た強盗の乗ってきた車がわたしのだというのは、絶対にまちがいありませんな？」

「ストラング先生」ロバーツが口をはさんだ。「アルはすでにそのことを確認しています。マレスコが使ったのは、あなたの車です――それにはまったく疑問の余地がありません」

ストラング先生はその差し出口にただうなずいただけで、グルダーマンにさらなる質問をした。「エンジンをかけっぱなしにしたままわたしの車が――停まったとき――それはあなたの私道をすっかりふさいでしまった。違いますか？」

「ああ。車のどちらの側にも二フィートかそこらのすきましかなかった」

「どうも」ストラング先生はいった。全員が席に着いていることを確認するかのように、ロバーツ、ベル、ランディーン、グルダーマンの順にさっと一瞥をくれてから、彼は講義にとりかかった。「諸君ら全員に、これからわたしのいうことに全神経を集中してもらいたい。講義が始まったら、ひと言も聞き漏らさんように」

ストラング先生の黒縁眼鏡はふたたびネクタイで拭かれ、上着のポケットに片方の手がしっかりと入れられた。

「ビーニー・マレスコは」国王の権杖《けんじょう》のように眼鏡をふり回しながら、ストラング先生は話を始めた。「自分の名前さえ正しく綴るのに四苦八苦している。それゆえ、このメモが示しているように、自分の能力不足を隠すために言葉をできるだけ省略するようにしているのだ。不幸なことに、単語のなかには省略形のないものがあることに気づいていない。どのみち自由な精神の持ち主だから、あの子は省略してしまうがね。それに怠け者でもあるから、ピリオドは用いない。

わたしの車をここに持ってこさせる際、わたしはビーニーに、それに油を塗り不凍液を入れるよう頼んだ。だが、高い不凍液はだめだと——学校教師には贅沢すぎるからな。

あの子は車をここに運んできたあと、ラジエーターを空にしたが、そのあと忙しくなりすぎたためにふたたびそれを満たす暇がなかった、というのがわたしの意見だ。だから、あとあとそれを忘れずにやるためにメモを書いたのさ。わたしが思うに、おそらくラジエーターを満たす作業に取りかかる前にランディーンが整備室のドアを閉めてしまい、不凍液の入った缶を取り出せなくなってしまったのだろう。

それがメモに書かれていることの意味だよ、ロバーツ。ビーニーといえども、まちがいなく見つかるようなところに強盗の計画を記したものを残しておきはせんさ。例のメモ——「アル——

s先生の車」――は、ストラング先生の車にアルコールを入れるのを忘れないことというのを、自分自身に思い出させるためのものにすぎん」

「でも、われわれはマレスコをけさ、ここにやってくる前に拘束しました」ロバーツがいった。「ということはつまり、あなたの車のラジエーターはまだ空のままだということになります」

「証拠はたしかにそうだということを示している。なあ、きみの推測をたしかめてみるというのはどうかね？　お願いできるかな、ベル巡査？」

ベルは従順な表情を浮かべてストラング先生の車へ足早に向かい、ボンネットをあげた。ラジエーターの蓋を回して開け、なかを懐中電灯で照らす。それから身体を曲げて、車の下をのぞきこんだ。

「からからに乾いています」ベルは結論を口にした。

「どうやらきみはビーニーの有罪を証明するのに熱心のあまり、わたしの車に残されたいくつかの証拠を見逃してしまったようだな」ストラング先生が地元刑事に向かっていった。

「でも、ラジエーターが乾いた状態では、そんなに動けたはずはありません」ロバーツがいった。「そうじゃないか、ランディーン？」

「ああ。熱でピストンが膨張し、シリンダーのなかで動かなくなっちまったろうよ」ランディーンは視線を落とすと、磨きたてでピカピカの白い靴を台なしにしている油の染みを不快そうに見つめた。

「そのとおり」ストラング先生がいった。「わたしの車は食堂までの一マイルほどの距離を走った。そのあと、グルダーマン氏によれば、犯人はモーターをかけっぱなしにしてなかに入り、レジをあさったのち、彼を殴り倒した。だとすれば、論理的な結論は?」

「なあに、私道にあるあいだに熱によってエンストが起きるにきまっとるじゃないか」グルダーマンがいった。

「そう、そのとおりだ」ストラング先生がいった。

「だとしたら、車はどうやってここまで戻ってきたんです?」刑事が訊いた。

「わたしは〝どうやって〟よりも〝なぜ〟に興味がある」ストラング先生が答えた。

「それはいったいどういう意味です?」ロバーツが尋ねた。

「ほんの一瞬でいいから、ビーニーが犯人だという考えを捨て、われわれが信じるように仕向けられていたことを、ひとつひとつふり返ってみたまえ。ビーニー・マレスコはわざわざマスクをかぶったあとに自分が所属するギアグラインダーズのジャンパーを着るほどのまぬけだろうか? わたしの車が強盗に用いられたことを裏づける小切手を見落とすほどの?」

「つまり、マレスコははめられたと?」ロバーツが訊いた。

「そんなことは自明じゃないかね」ストラング先生がいった。「車がグルダーマンのところの私道に乗り捨ててあれば、ビーニーはそれが盗まれたといつでも主張することができただろう。だが実際には、強盗犯はわざわざそれをこのガソリンスタンドまで戻した。警察の目をビーニーにじかに向けさせること以外に、そうした理由がどこにあるというのだ?」

「でも、強盗犯は食堂から車をどうやって持って帰ったんです?」ロバーツがかみついた。「それに、帰りの分の距離が走行距離計に記録されなかったのはどうしてです？　犯人が背中に担いで帰ってきたとでもいうんですか？」

「いいや。だが、おかしなことに、きみはかなり正解に近づいておるよ」ストラング先生はにやりとした。

「そう、別の車を用いて後ろから押したりできなかったのはたしかです――あの私道に駐まっている車の脇をすり抜けることはどんな車にもできないですから。それに、だれかが一マイル近くも肩で押していったとも思えない。その人物が本当に必要としていたのはレッカー車ですよ！」

「でかした！　どうやら、らっとはまともに常識を働かせられるようになったようだな」

「はあ？」

「むろん――お察しのとおりだ。強盗犯はレッカー車を問題の車の後ろにバックでつけた――囲まれた駐車場のほうを向いている前のほうにはたどりつけなかったからね。後ろの車輪を持ちあげた状態で、犯人は車をガソリンスタンドまで牽引していった。走行距離計に帰りの分の距離が記録されなかったのは、そういうわけだからだ。走行距離計は後ろの車輪につながっているから、それが空中にあるかぎり距離は記録されんのさ」

「でも、この人物はどこでレッカー車を手に入れたんです？」ベルが訊いた。

「グルダーマンが三十分近くも意識を失っていたのをおぼえておるかね？　ここにひき返して、整備室からレッカー車を持ち出すのにはじゅうぶんな時間だ――」

「ちょっと待った！」ロバーツがどなった。「あのレッカー車に近づくことのできたのは――」

「──ビーニーのジャンパーを調べる機会がくさるほどあり、そのまがいものをこしらえることのできた人間だ」ストラング先生がいった。「文字を書くのに使った白い靴磨き粉に容易に手をふれることができたのも明らかだから、なおのことまちがいない。仕事を与えるふりをして、どうにかしてビーニーに罪を着せようとした人物。レッカー車がしまってある整備室を開けることのできた──唯一の人物──すなわち、ただひとりだけ鍵を持っている、ここの持ち主だよ」

ストラング先生が眼鏡をかけ直し、講義が終わったことを匂わせると、短い取っ組み合いの音がした。ベルの拳がはでな色のスポーツジャケットのまんなかに命中したことで、それもだしぬけにやんだ。

「ランディーン」ストラング先生はアスファルトの上に横たわっている人物を見おろしながらいった。「おとなしく連行されるか、さもなければベル巡査にいって、あんたのあおむけの身体を踏みつけてもらおうか?」

ベルと共にパトカーに乗りこみ、これからランディーンを連行していこうとする際に、ロバーツは痩身で猫背の学校教師のほうをふり返った。「容疑がはれたと聞いて、マレスコはさぞかし喜ぶことでしょう。感謝のあまり、髪をばっさり切りさえするかもしれませんよ。

それはそうと」彼は先を続けた。「あなたの車はどう見てもがたが来ていますから、買い換えをお望みでしょう。たまたまわたしには中古車販売をやっている兄がおりまして──」

「車を売るだと? まさか!」ストラング先生が叫んだ。「小男の学校教師のお古の車がほかのどこで手に入るというんだ?」

ストラング先生の博物館見学

森英俊訳

側面に大きく黒字で〈オルダーショット高校〉と書かれた黄色いバスがセントラルシティー自然科学博物館の前でブレーキをきしらせながら停車した。運転手がドアを開けると、なかにいた二十七名のティーンエイジャーたちは座席でひっきりなしに身動きした。頭髪が目に見えて後退していくのを隠すために額にフェルト帽をぴったり載せたストラング先生は立ちあがると、バスのステップをぎこちない足どりでよろよろとおりていった。そのあとを彼の生物の生徒たちが大騒ぎをしながら長々とついていく。

痩せた小男の教師は無言のまま、片手を頭の上に掲げた。すると、女子生徒たちの金切り声と男子生徒たちの耳ざわりなおしゃべりがぴたりと止まった。生徒たちは海兵隊の教官に命ぜられたかのように、まっすぐ二列に並んだ。ストラング先生はさっとうなずくと、生徒たちを建物のなかへと誘導した。

「痛い！」ストラング先生がふり向くと、片一方の列の先頭にいた少年がちょうど顔に困惑の色を浮かべ、ズボンの尻をぐいとつかむところだった。先生は列の二番目にいる少年のほうをにらみつけると、手を差し出した。

「ピンを出したまえ、グリアーくん」彼はしかめっ面でいった。「さあ、ピンを出しなさい」

ブラッドリー・グリアーはうすら笑いを浮かべながら、ストラング先生に同級生を突いた長いマップピン（地図上に刺して位置を示すためのピン）を手渡した。

「きょうはもうこれ以上のいたずらはごめんこうむりたいものだな、ブラッドリー」ストラング先生はいった。「きみの子どもっぽいいたずらのせいで、数々の社会見学がだいなしになっておるからな。目の前で博物館の扉が開こうとしているから、きみのささやかな悪ふざけについてはあとで話し合うことにしよう。われわれはまっさきに入場させてもらうことになっているし、出ていくときにここがめちゃくちゃな状態になっていなければいいのだが」

博物館のなかに入ると、ストラング先生は生徒たちを上階へと通じる曲がりくねった長い階段の最下部に先導した。「これから最上階にある哺乳動物展示室に直行し、そこから順々に下の階へおりていくことになる」彼はそう告げた。「なにか質問は？」

手が挙がらないのを見て、学校教師は階段をのぼり始めた。生徒たちは踊り場ごとに飾られている剥製の動物たちをながめようとときおり立ちどまっては、列を乱した。

「おれが係の人間にいう前に手を離すんだ！」ストラング先生がふり返ると、ブラッドリー・グリアーが巨大な灰色熊の身体に手を回しており、相手からもお返しにぎゅっと抱きしめられているように見えた。少年は、一行をけんか腰でにらみつけている革の作業着を着た小男のほうをうしろめたそうに見ていた。

「手入れの必要なものを集めるのに、おれはきょうこの建物のてっぺんから一番下まで駆けずり回っている」男はどなり声でいった。「靴磨き粉から風船ガムまで、ありとあらゆるものがこびりついていやがった。その熊も二時間足らず前にやっと汚れを落とし終わったばかりだし、地下室には動物がもう二十体ばかり待っている。だからさっさと手を離し、見るだけにしておけ！」ずる休みの常連のブラッドリーがこの日を選んでくれなかったことを、ストラング先生は残念に思った。

クラスの一行が最上階にたどりつくと、大きなアーチ形の扉がふたつ待ち受けていた。左の扉には〈西半球のインディアンたち〉とブロンズ色の文字で書かれており、右手には哺乳動物展示室の入り口があった。通路の右端にある板金の小さなドアには平板な文字で〈職員専用〉とあり、なかにどんな職員が展示されているのか見てみたいと、生徒のひとりが昔ながらの冗談を口にするのも時間の問題にすぎまいと、ストラング先生は思った。

哺乳動物展示室のほぼすべてが、柔らかい毛で覆われた動物たちの珍種で埋めつくされていた。出入り口のすぐ近くの肉食か草食かできちんと分けられた小動物たちの入ったガラスケースの上には、卵を抱いたカモノハシが置かれていた。その下には革ひもでこっそりとめられたロバの骨格標本があり、吸血コウモリが大きな翼を広げた状態で天井からぶらさがっている。水生哺乳動物のグループの中央には巨大なマッコウクジラさえも飾られている――もっとも、そこに展示されているのは十二インチもの長さのあるたった一本の歯にすぎなかったが。

生徒たちが大急ぎで風変わりな動物を次々と見て回っているあいだ、ストラング先生は壁のひとつに造られた大きな壁龕《へきがん》の前に立っていた。壁龕の片側にはフクロネズミやオーストラリア産のコアラが磨きあげた木製の台の上に載せられ、ちょうど目の高さにくるようにしてあった。そこから四フィートほど隔てて、タスマニアデヴィルが同じような台の上に置かれている。毛の長い小熊に似たタスマニアデヴィルの唇はめくれ返っていて、鋭い歯がのぞいていた。こいつが生きていなくてよかったとストラング先生は思った。

「あさましい顔をしているでしょ?」

先生がふり向くと、博物館員の灰色のブレザーを着た痩せこけた長身の男が立っていた。「タルボットと申します」男は低い声でいうと、手を差し出した。「そして、あなたはストラング先生でしょう? あなたがたのクラスをお待ちしているように承っております。わたしがこの哺乳動物展示室の責任者ですので、なにかご質問があれば、遠慮なくお訊きください」

ストラング先生がタルボットと握手したあと脇に視線をやると、ブラッドリー・グリアーがちょうど別の生徒と裏の出入り口から出ていくところだった。

「あれはどこに通じておるのかね?」ストラング先生は後ろのドアのほうを身ぶりで示し、うんざりしたように訊いた。

「隣の——インディアン展示室に通じているだけです」タルボットが答えた。「あの子たちのことは心配するにはおよびません。アルバマール氏がこのエリアを受け持っておりますから、彼にまかせておきましょう」

「わたしが心配しているのはあの子たちのことではないのだ。心配なのは——」

隣室から聞こえてきた男のどなり声によって、ストラング先生はふいに口ごもった。それは怒りと驚きの入り混じった叫び声だった。「なくなっちまった!」

叫び声が博物館の大理石の壁を伝わってくると、生徒たちのおしゃべりがぴたりとやみ、不気味な沈黙がたちこめた。堅い床をコツコツ靴音を立てて歩く足音がしたかと思うと、男の姿が裏の出入り口に現れた。

タルボットのブレザーと似かよったものを着た男は怒りの表情を浮かべ、しばらくそこに立っていた。しまいにストラング先生の姿を見つけ、非難するように指をさした。

「あんたとこのガキのひとりが博物館のお面を盗みやがった」男はつかつかとストラング先生のほうに近づいてきた。「それを返してもらいたい。さあ、どこにあるんだ?」

教師はあっけにとられ、黙ったまま男を見つめた。ようやく沈黙を破ったのはタルボットだった。「アルバマールくん」とこわばった口調でいう。「こちらはストラング先生だ。クラスを引率して当博物館の見学にお見えになっていて、この階にお着きになってからは、わたしのそばをかたときもお離れになっていない。さあ、いったいなんの騒ぎだね?」

「たしかに、教師のほうはあんたのそばを離れてないかもしれんが、ガキどももそうだとはいえまい」アルバマールがいった。「そのうちのふたりがあそこの裏口から出て、インディアン展示室をのぞいてやがった。おれが案内してやろうとなかに行くと、お面が消え失せてたというわけさ」

「お面というと?」ストラング先生が訊いた。

「教えてやるからついてこい」アルバマールがいった。「いったいいつになったら、あんたら教師どもは博物館にいるあいだガキどもを行儀よくさせておけるようになるんだ? それはあんたらの仕事だろ――盗みを働いたり、目の前にあるものをすべて壊したりせんようにさ」

アルバマールのかっぷくのいい尻を蹴ってやりたいという衝動を抑えながら、ストラング先生は案内係について隣室へ入っていった。扉をくぐると、壁のすぐ近くに立っているふたりの少年がこちらに訴えかけるように、大声でしゃべりかけてきた。

「ぼくらはなにもやってません、ストラング先生!」

「なにがなくなったのか、このひとが教えてくれさえしたら――」

ストラング先生はブラッドリー・グリアーの横に立っている少年をじっと見やった。「おやおや、ペルマンくんじゃないか」教師はからかうような笑みを浮かべた。「まさかここできみに会おうとはな。ブラッドリーとふたりでささやかな散歩をしようとしたのかね? それともクラスの残りの連中から逃げようと企てたのかい?」

「笑いごとじゃありませんよ、ストラング先生」スティーヴン・ペルマンはうめいた。「ブラッドリーとおれ――いや、ぼく――まあ、とにかく、ぼくらはここにあるものが見たかっただけです。この部屋に入るか入らないかのうちに、そこにいる博物館の守衛がぼくらを捕まえて、ぼくらがなにかを盗んだと叫び始めました。いったいなにをいっているのか、いまでもわかりません」

「じきにわからせてやるさ」ストラング先生についてくるよう身ぶりで示しながら、アルバマールがどなった。

インディアンの展示品の置かれた部屋はビロードのロープでまんなかからきれいに仕切られていた。一方の側には北アメリカのインディアンの展示品が飾られており、石の矢尻を多数収めたケースを中心に、その他の工芸品、戦《いくさ》用の大型カヌーやティピ(皮や布張りの円錐状のテント小屋)があった。もう一方の側には、中央アメリカおよび南アメリカのインディアンの展示品が飾られている。アルバマールは学校教師を後ろに従えて部屋を横切ると、陶器の置かれた背の高い台の後ろの壁の一点を指さした。

そこにはストラング先生がこれまで目にしたなかでもっとも奇怪なお面が円形に並べられていた。木や石やその他の素材でできており、出目や丸くて厚ぼったい口、奇妙な色をしたあごや頬によって、魅力的であると同時に不気味でもあった。

壁の上の円の中心には十八平方インチほどの黒い木の銘板があったが、そこに飾られていたものはなんであれ、いまはなくなっていた。

「ここにはインカの埋葬用の仮面があったんだ」アルバマールがいった。「コロンブスのアメリカ大陸発見前の時代のもので、おまけに純金製だ。そのべらぼうに高価な品をこいつらのひとりが盗ったのさ。ことによれば、ふたりで共謀したのかもしれん」

「わたしの生徒のひとりが盗ったのが本当なら、取り戻してさしあげよう」ストラング先生がいった。

「〝本当なら〟とはどういう意味だ？　けさここに入ったのはこいつらだけなんだからな」アルバマールは部屋の向こう端の大きなアーチ扉を指さした。「出勤してからというもの、おれはあの入り口から終始十フィート足らずのところにいた。おれに見られずにあれを通ることはだれにもできない。それ以外にここに入るには、隣接する哺乳動物展示室からしかない。それに、いまのところこの階にやってきたのはあんたのガキどもだけだ。ほとんどの人間は下の階から見学を始めるからな。いつも昼になるまでここは閑散としたものさ」

「そして、わたしのクラスの生徒のなかでこの部屋に入ったのはグリアーとペルマンだけだと。まちがいないかね？」

「まちがいない」

「彼らがこの部屋から仮面を持ち出して——そう、哺乳動物展示室に持ちこんだという可能性は？」

「それはない。ふたりが入ってきたときから、かたときも目を離さなかったからな。とはいえ、おれに見られずに仮面を壁からはずすことはできた——陶器の台がじゃまになって、正面入り口から仮面の掛かっているところは死角になっちまってるんだ。だが、こいつらは隣の部屋には戻ってない。それはたしかだ」

ストラング先生はふたりの生徒のほうを向いた。「いいかね、きみたちはこのひとの証言を聞いた」彼は小声でいった。「悪ふざけとしては度を超しているということはきみらにもわかるだろう。さあ、どこに隠したのかね？」

自分たちには身に覚えのないことだといわんばかりに、ブラッドリー・グリアーとスティーヴ・ペルマンは憤然としていた。ストラング先生は残りの生徒たちが後ろの入り口のところに集まってきているのを目に留めた。

「彼らを隣の部屋から出さないように、タルボットさん」ストラング先生はそう叫んでから、壁際に立っているふたりの少年のほうをふり向いた。「そのいまいましい品物がどこにあるかいわないつもりなら」彼は先を続けた。「単なる悪ふざけではなく、博物館の財産を盗もうとしたものとして扱わざるをえなくなるぞ。さあ、最後にもう一度だけ訊く。仮面はどこにある？」

スティーヴ・ペルマンは一歩、前に出た。「本当なんです、ストラング先生」彼はいった。「ぼくらはなにも盗っていません。たしかに、壁の上のあの板は目にしました。あそこになにが飾ってあったと思うかいとブラッドが尋ね、ぼくが答える間もないうちに、このひとがぼくらを捕まえたんです」

「ストリング先生だかなんだかしらんが」アルバマールがいった。「あの仮面はこの博物館のなかでももっとも高価なもののひとつなんだ。含有されている金の量だけでもたいへんなもんだし、考古学的価値ときたら、それこそはかりしれない。このまま出てこなければ、警察に通報するしかないな」

警察だと！　ストラング先生は自分が、受け持ちの生徒たちを博物館見学に連れていったあげく、いかにして警察ざたに巻きこまれたか、校長に説明しているさまを思い浮かべた。「ちょっと待ってくれたまえ」彼はなだめるようにいった。「その仮面とやらは、どれくらいの大きさなのかね？」

「なんというか――つまりその、いわゆる仮面の大きさをしてる。人間の顔に合うように作られていて、かなり厚くできている。というのも、金が――」

「そうすると、ポケットに忍びこませて持ち出せるような代物ではないと？」教師は訊いた。

「ああ、無理だろう――もっとも、特大のポケットなら別だろうがね。その場合でも、かなりふくらみが目立つだろうな」

「だとすると、この子たちのどちらも身につけていないのは認めてくれるだろうね？」

「ふむ、たしかにそうだな」アルバマールはぴっちりした服を着た生徒たちをじろりと見た。

「それに、彼らがこの部屋を離れなかったこともたしかだね？」

アルバマールはうなずいた。

「だとすれば、仮面は必ずこの部屋のどこかにあるはずだ。ふたりで捜してみようじゃないか。それが終わるまでほかの見物客をなかに入れぬよう、タルボットさんにいっておいたらどうかね？」

ストラング先生は自分の推測にまちがいはないと思っていた。だが、アルバマールと埃まみれになりながら西半球のインディアンの展示室を隅から隅まで捜したものの、三十分たっても、仮面が行方不明のままという事実に変わりはなかった。

「こんなことはありえん」いまや埃で汚れたブレザーで両手をふきながら、アルバマールがいった。「だれも持ってなければ、部屋のなかにありもしない――いったい、どうなったというんだ？」

手で額をこすったために、ストラング先生の片方の目の上には黒い筋ができていた。彼は唇をきっと噛みしめた。「この部屋にまだ仮面があると考えたのはまちがいだったのかもしれん。だが、あの子たちがこの階を離れていないのはたしかだ。クラスの連中を部屋の外に出し、階段のてっぺんまで連れていこう。あとはタルボット氏に面倒を見ておいてもらえばいい。きみとわたしはこの階全体を徹底的に捜索することにしようじゃないか。そうして仮面を見つけたあかつきには――そうなるにきまっているが――ここに戻ってきて、この子たちをせいぜいつるしあげてやることにしよう」

「でも、ストラング先生――」ブラッドリー・グリアーがいいかけた。

「黙りなさい」教育者らしからぬ怒りに駆られて、真っ赤な顔をした教師は答えた。「きみとスティーヴ・ペルマンをどのようにじっくり料理してやるか――わたしはもっかのところ、そのことで頭がいっぱいなのだよ」

生徒たちは階段の最上部の踊り場まで連れてこられた。アルバマールは生徒たちひとりひとりをちらっと見て、女子生徒ふたりの大きめの手さげのなかを調べてから、このなかのだれも仮面を持っていないのはたしかだと告げた。そのあとタルボットに生徒たちをまかせ、彼はストラング先生と共に哺乳動物展示室に入った。

「剝製動物はどうかね?」台の上からコアラをつまみあげ、ゆさぶりながら、ストラング先生が訊いた。「どれかひとつを切り裂いて、そのなかに――」

「論外だ」アルバマールがいった。「ガラス繊維の外皮で皮膚を覆ってある。斧でもなければ、つき破ることはできんよ。その場合でも、バスドラムのような音がするさ。ほら?」

館員は木の枝によじのぼっているアライグマを拳で打った。すると、うつろなドーンという音がした。「だれかに見られたり聞かれたりせずにそうすることは不可能だ」彼はそうしめくくった。

「だとすれば、われわれの捜索もすぐにすみそうだな」教師がいった。

そうはいかなかった。三十分足らずのうちに室内の徹底的な捜索は完了したが、仮面は依然として行方不明のままで、ストラング先生は黒魔術が用いられたのではないかとさえ考え始めていた。

「鰓曳虫類め！」教師はつぶやいた。「仮面はまちがいなくこの階にあるはずだ。違うかね？つまり、きみは早い時間にここにあるのを見たんだろう？」

「もちろんさ。おれは出勤すると、すべての展示物を点検することにしている。あの仮面は博物館が開く少なくとも一時間前には本来の場所にあった」

「だとすれば、ここにあるはずだ――だが、そうではない」ストラング先生はそういうと、哺乳動物展示室を出ていった。彼は通路の端にある金属の扉のほうをちらっと見た。「まだ調べていない箇所があるな。あの奥にはなにがあるのかね？」

「エレベーターシャフトさ」アルバマールがいった。

「ほお？　ことによると――」

「だれかがシャフトのなかにマスクをほうりこんだと？　そいつはだめだよ、ストラング先生。落下事故の起きないように――あの扉は内側からしか開かないようになってるからな」

教師たるもの生徒たちの前では取り乱すべきではないと、ストラング先生はきびしく自分を戒めねばならなかった。

埃まみれの汚れた姿で、疲れきった身体をひきずりながら、学校教師は階段のてっぺんへと向かった。そこではスティーヴ・ペルマンとブラッドリー・グリアーがタルボットの脇に立っていた。ストラング先生はみじめな表情をして少年たちを見た。

「どこだ?」彼はたったひと言いった。

「本当なんです、ストラング先生、ぼくらはけっして――」スティーヴがいいかけた。

「むだだよ、スティーヴ」ブラッドリーがさえぎった。「ぼくらがどんなに否定しても、先生はぼくらがやったものときめつけてる。ぼくらが盗んだとしか考えられないんだ。それがごりっぱなストラング先生のいう〝偏見を持たないこと〟なんだろう」

ストラング先生がブラッドリーをにらみつけるのをほかの生徒たちはかたずをのんで見守った。彼らは少年の傲慢な発言がまちがいなくひき起こすはずのはげしい言葉のほとぼしりを待っていた。先生は拳を固め、目をギラギラさせた。そうこうするうちに怒りが消え失せ、ほっそりした肩ががっくり落ちると、小さなくすくす笑いが漏れ出した。

「まさしくきみのいうとおりだ、ブラッドリー」彼はおだやかな口調でいった。「もうちょっと言葉遣いに気をつけてもらいたかったがね。いまのいままで、わたしのふるまいはひどく不公平で非科学的きわまりなかった。きみらのこれまでの評判に影響され、見当違いをしてしまったようだ。とはいえ、仮面は行方不明のままだ。なにかいい考えはないかね?」

「ストラング先生」そう答えるブラッドリーの口調には安堵がこもっていた。「じゅうぶんな材料さえあれば解決できない問題はないと、先生はつねづねぼくらにいってますよね。ぼくには――失礼を承知でいわせてもらうと――いまこそ絶好の機会だという気がします――つまりその、それを実証してみせるにはです。さもなければ、二度とそんなことはいわないでください」

「ふーむ」じっと考えこみながら、ストラング先生は哺乳動物展示室の入り口をゆっくりとめざした。彼はその前で立ちどまると、頭をかいた。扉越しになかをのぞきこむと、フクロネズミとコアラが台の上になにげなく載っているのが見えた。

するとと、アルバマールのいったことが思い出された。

「ばかげている」彼は自分自身に向かってつぶやいた。「とはいえ、それ以外には考えられない――」

「いったいなにをぶつぶついってるんだ?」アルバマールが訊いた。「どうやら警察に電話せにゃならんようだな。そのうえで――」

「ちょっと待ってくれたまえ」いらだたしげに手をふりながら、ストラング先生がいった。「アルバマールさん、台の上にあるあのフクロネズミだが――フクロネズミが北アメリカ原産だということは知っておるかね?」

「それが仮面とどんな関係がある?」

それに答える前に、ストラング先生は上着の内ポケットから眼鏡をゆっくり取り出した。それをネクタイで拭いてから、片方の手に持ち、前につき出してはまたひっこめる。もう片方の手は上着のポケットに深々と入れたままだった。その儀式はアルバマールにはなじみのないものだったが、オルダーショット高校の生徒たちならだれでも知っていた。

事件に関してこれまでにわかっていることを再検討し終えたストラング先生は、いままさに講義にとりかかろうとしていた。

「きみの質問に答える前に」彼はそう切り返した。「アルバマールさん、きみに考えてもらいたいことがある。仮面の紛失をきみが告げてからというもの、われわれはそれがこの階に隠されているという仮定のもとに行動してきた。にもかかわらず、隅から隅まで捜しても、いっこうに見つけることができなかった。それゆえ、われわれはまちがっていた――仮面はどこかほかのところにある――というのが、明らかなのではないかね？」

「だが、ここにあるはずなんだ」

「どうしてだね？」

「いいかい、ストラング先生、タルボットとおれはここに八時にやってきた。博物館の開館時間の二時間前にだ。あんたと生徒たちがここにやってきたのは十時十五分になってからだ。そしてけさ、この階を離れた者はだれもいない！」

「はたしてそうかな？」ストラング先生はブラッドリー・グリアーのほうを向いた。「階段をのぼっている途中で、きみは博物館の職員――革の前かけをした男――とささやかな口論になった。彼が自分の仕事のことでどんなことをいったか、おぼえておるかね、ブラッドリー？　そう、なにかこの事件に関係のあることをだ」

「わかりません。いや――ちょっと待ってください！　手入れの必要なものを集めるのに、この建物のてっぺんから一番下まで駆けずり回っているといってました」

「てっぺんから一番下まで」ストラング先生はくり返した。「そして、ここが博物館の最上階というわけだ。違うかね？　つまり、ここにいたのはわれわれだけではないということになる。その職人がこの階までやってきて、またおりていったのだからね。アルバマールさん、わたしはさらに、彼が動物を集め、それらを地階まで運んで必要な補修を施すのにエレベーターを用いたろうと、考えている」

「待ってくれ」アルバマールがいった。「あんたはアーニー・フライが犯人だといおうとしてるのか？」

「フライ？　それがあの男の名前かね？」

「ああ。それに、やつはこの博物館に二十五年以上も勤めている。親が子どもに注ぐ以上の愛情を展示物に注いでるんだ。そんなアーニーが盗むなどということは、絶対に――」

「仮面はひどく高価なものだという話じゃなかったかね？」

「たしかにそうだ。でも、アーニーが？　ありえん！　それに、やつはこの階に実際には足を踏み入れていない。タルボットとわたしが汚れ落としの必要なものを運んでくるのをエレベーターのなかで待ってただけだ」

「なにを下に送ったのかね、アルバマールさん？」

「えーっと、待ってくれ。羽毛の頭飾りとラマの毛のローブがあった。それからタルボットはたしか何体か動物を下に送ったはずだ。おれが所定の位置に戻ると、なにかを動かしてるのが聞こえてきたからね」

「なるほど。ところで、仮面をほかのものといっしょにまちがえて下に送ってしまったという可能性はないのだろうね？」

アルバマールはかぶりをふった。「アーニーはおれに頭飾りとローブの受け取りをくれた。そのなかに仮面がまぎれてたら、ただちに気づいたろうよ。それに、地階では七人といっしょに働いてる。仮面のような大きなものであれば、そのうちのひとりがそれに気づき、アーニーに尋ねたに違いないさ」

ストラング先生はほほえんだ。「すばらしい。したがって、われわれはフライ氏を盗人として除外することができる。とはいえ、仮面をこの階から持ち出す手段として利用されたに違いない」

「だが、だれにも見られずにどうやってやれたというんだ？」

ストラング先生はアルバマールの腕をつかみ、哺乳動物展示室へと誘導した。彼はそこで、フクロネズミ、コアラ、それにタスマニアデヴィルが収められている壁龕を、芝居っけたっぷりに指さした。

「コアラとタスマニアデヴィルのあいだにできたすきまに注目したまえ」学校教師はいった。「四フィートほどのその空間に、汚れ落としのためにタルボット氏が下に送った動物が置かれていたに違いない。思うに、その動物が仮面を外に運んだのだ」

「つまり、そいつはまだ生きてたというのかい？」アルバマールがびっくりした体《てい》で訊いた。

「まさか」ストラング先生はいった。「だが、ここには、北アメリカ産のフクロネズミとオーストラリアが主な原産地のコアラがひとつのグループにまとめられている。それから、その反対側には例のすきまとタスマニアデヴィルだ。三匹の動物がただでたらめに並べられたとは考えづらい。そうでないとすれば、地球上の違う場所からやってきたにせよ、なにか共通点があるに違いない」

「共通点？　たとえばどんな？」アルバマールが訊いた。

「仮面の大きさについて尋ねられたときに自分がなんといったか、思い出してみたまえ。きみは特大のポケットなら別だといった。有袋類がどんなものか知っておるかね、アルバマールさん？」

「いいや。ここらではタルボットが動物の専門家だからな」

「子どもを運ぶ袋を持った動物をそう呼ぶんだ。あるいは、きみの言葉を借りれば、特大のポケットを持っているということになる。ここにいる三体の動物はみな有袋類だ――それが連中の共通点であり、四体そろって同じ壁龕に収められていたわけでもある。さて、袋が付いているこれ以外の動物で、空いているところにふさわしいのはどんな動物だろう？　ほかのやつのように台の上に置かれていなかったのだから、かなり大きなやつに違いない」

「カンガルーだ！」指を鳴らしながら、アルバマールが叫んだ。

「そうだ――カンガルーだよ。成人男性と同じくらいの大きさの動物さ。仮面を入れられるだけの大きさの袋ないしはポケットを持った、唯一の動物だ」

「それに、袋のなかに仮面が隠されていたら、だれも気づかなかったろう」アルバマールがつけ加えた。「でも、いいか、見とがめられることなしに仮面をそこに隠せたのは――」

「タルボット氏だけだ」ストラング先生は答えた。「きみがフライとエレベーターのところにいるすきに、後ろの出入り口からインディアン展示室に忍びこんだに違いない。壁から仮面をはがすと、ここに戻り、仮面をカンガルーの袋に隠してから、くだんの動物をエレベーターの扉の前に移した。われわれがやって来るまでなくなっているものがあることにすら気づいていなかったので、きみはなんの疑いも抱かなかった。出勤時に見て回ったのをのぞけば、インディアン展示室の正面扉の前から動かなかったと、きみもいっていたじゃないか」

「すると、仮面はいま地下室にあるに違いない」アルバマールはいった。「それに、そこにいるだれかがそのカンガルーの補修にとりかかる前に、タルボットにはそれを回収する必要がある」

「タルボットさんを捜してるなら」哺乳動物展示室の正面扉の前に立っているブラッドリー・グリアーがいった。「急いだほうがいいですよ。下に向かったばかりですから。警察を呼びにいくので、ぼくらにここで待ってるようにといって――」

アルバマールは懸命にあたりを見回し、しまいにロバの骨格標本から骨を一本ひき抜いた。白い骨を頭の上で棍棒のようにふり回し、扉を駆け抜け、タルボットに止まるよう大声で呼びかけながら、階段をおりていった。それより遅れてストラング先生がようやく階段のてっぺんまでたどりつくと、ちょうどタルボットが追っ手に追いつかれ、頭を骨で一撃されるところだった。

三十分後、行方不明になっていた展示物は独創的な隠し場所から回収された。アーニー・フライが光り輝く金の埋葬用の仮面をインディアン展示室の壁に戻し、そのさまをストラング先生は自分の生徒たちといっしょに疲れきってはいるがひどく満足げなようすでじっとながめた。袖にだれかの手がふれたので、ふり向くと、同じように満足そうなアルバマール氏の顔があった。

「まったく、とんだ一日だったな」館員はいった。「教師にしとくにはもったいないくらい優秀な探偵だよ、あんたは」

「あなたのほうも、たいしたサムソン（聖書に登場する、剛力で知られるイスラエルの士師）でしたよ」教師が答えた。

「サムソン？」

ストラング先生はアルバマールがまだ手に握っている骨のかけらを指さした。「ロバの頭骨ですな」先生はいった。「サムソンも敵をロバの下顎骨でやっつけたというではありませんか」

ストラング先生、グラスを盗む

森英俊訳

「ブッチャー社長がお目にかかるそうです」

秘書はほほえみを浮かべながら事務室の向こう端にあるドアを指さした。ストラング先生とオルダーショット高校の二年生ふたりは会釈をして、ふかふかの絨毯を静かに横切った。（オルダーショットで最大かつ最上の）ブッチャー百貨店の神聖なる社長室へと通じるドアを前にして、生徒たちがあからさまに逡巡を見せると、ストラング先生は安心させるように目くばせをしてみせた。見かけとは裏腹に、成功まちがいなしという気分にはほど遠かった。

長い黒髪とゆったりとした袖のシャツのせいで『ロミオとジュリエット』のロミオ・モンタギューに奇妙なほど似て見えるヘンリー・ケリガンは脇にいる娘のほうを向き、人差し指の上に中指を重ねて成功を祈るしぐさをしてみせた。くだんの娘ジーン・デュモントは、ストラング先生が少年だったころならまちがいなく逮捕されていたほど丈の短い青い服を着ていた。とはいえ、彼女にそうさせたのは先生自身の考えによるものだった。ほかのすべての手立てが失敗したとしても、ウェイド・ブッチャーはすらりとした女性の姿に魅了されてくれるかもしれない。

ずんぐりしたブライアーパイプを口から手に取ると、ストラング先生はそれでドアを軽くノックした。なかから「どうぞ」という低く響く声がした。

ストラング先生が押すとドアは静かに開き、一行がなかに入ったあとにも、ふたたび音もなく閉じた。現代風な調度品や彫像、壁に飾られたさまざまな感謝状や表彰状のせいで、この部屋に足を踏み入れたものはだれであれ、畏敬の念を抱かざるをえず、ここが成功した経営者の神聖なる執務室だと思い知らされることになるのだ。

四隅のひとつにカシミア製のスポーツジャケットを着た太った大男がこちらに背を向けて座わり、ステンレス鋼のテーブルの上に置かれた二台のテレビのうちの片方のダイヤルをいじくっていた。男はテレビを消すと、ふり向いた。一度骨折したことのある鼻によってやや損なわれてはいたものの、二重顎と薄くなった頭髪にもかかわらず、ウェイド・ブッチャーは依然としてハンサムな顔をしていた。

「レナード・ストラングじゃないか！」彼は右手を差し出しながら、痩せた小男の科学教師のほうへと歩み寄った。ストラング先生はブッチャーのばかでかい手で握手をされるがままにしていた。生徒たちの紹介がすむと、特大の社長机の前の椅子に座るよう、ブッチャーは一同をうながした。それから机の後ろに移動し、クッションのきいた椅子に腰をおろした。

「それでご用件はなんですかな、ストラング先生？」チーク材の箱から取り出した太い葉巻に金のライターで火をつけながら、ブッチャーが訊いた。

「お金が必要なのだよ、ウェイド――つまりその、わが校がという意味だが」ストラング先生はしわの寄った額を神経質になでた。なにやら威厳を損なわれるような気がして、そうしたことを口にするのは気が進まなかった。

「ほお？　そういった類のことはふだん秘書に任せておるのだがね。とはいえ、昔なじみが立ち寄ってくれてうれしいよ。いくら必要なのかね？　十ドル、それとも二十五ドルかい？」

ヘンリーとジーンは顔を見合わせ、ストラング先生は深呼吸をひとつした。「千ドル必要なんだ」彼はゆっくりと答えた。

ブッチャーは無言のまま教師を見つめた。やがて、笑いに巨体をゆっくりとゆらせながら、「冗談だろ！」と大声を出した。

「頼むから説明させてくれ、ウェイド。むげに断らないでほしいのだ」ブッチャーに拒絶する間を与えぬよう、ストラング先生は一気呵成にしゃべった。「われわれは交換留学制度を実施しようと思っておるのだ。ヘンリーとジーンには来年、フランスで学ぶチャンスがある。だが、ふたりを留学させてやるにはどうにかして資金を集める必要があってな。校内で展示会やバザーもやってみたし、地元からの寄付も募ってみた。その結果かなりの額を集めることができたが、それでもまだ千二百ドル足りんのだ。きみが千ドル寄付してくれるなら、残りの二百ドルはこちらでどうにかなる。なあ、きみにとっても格好の機会だとは思わんか――」

「格好の機会だなんて、ばかも休み休みいえ」ブッチャーは首を重々しく横にふった。「そいつは無心じゃないか――それもきわめて虫のいい」

「だが、そうした善意によって、きみの店の評判が――」

「善意だと？　わたしにはそんなものより、利益のほうが大切さ」

「でも、こんな金額くらい、この百貨店にとっては屁でもないはずだ――」

「そうじゃないよ、ストラング。これは百貨店としてではなく、わたし個人の回答だ。そう、このわたしがあんたに協力するのは嫌だといっているんだ」

ふたりが揃ってふいに押し黙ると、手を伸ばせば触れられそうな沈黙があたりに立ちこめた。

「わたしが忘れたとでも思っているのかい、ストラング先生?」ブッチャーがやんわりと尋ねた。「忘れるもんか。あれからもうずいぶんになるがね。あんたがいつの日か――そう、いつか――必ずやってくることになると、わたしにはわかっていた。そして、いまがまさにその瞬間というわけだ」

「どういうことですか、ストラング先生?」ジーンが困惑して訊いた。老科学教師がウェイド・ブッチャーを見つめると、相手は肩をすぼめて、おのれの背後にある窓の外をながめた。

「ブッチャー氏とわたしとのあいだの私的ないざこざにきみらを巻きこみたくないのだが」ストラング先生はそう切り出した。「なにせ、はるか昔の出来事だからね。だが、相手のほうがそいつを持ち出してきたからには、おそらく事情を説明しておいたほうがいいだろう。

話は大恐慌の最後の年――たしか、一九三七年――にまでさかのぼる。ウェイド――ブッチャー氏――は当時オルダーショット高校で、わたしの一般科学の授業を受講していた。町の住民のほとんどは貧しいか無収入で、わたしの生徒のうちの幾人かは弁当を持たずに登校したり、食べ物を買うお金さえないこともあった。一方、ウェイドはいつも現金を持ち歩いていた。父親が小さな衣料品店を経営し、それがまずまずうまく行っていたからだ。やがてウェイドは昼食用のお金を貸し始めた。最初のうちは――りっぱな行ないだと思われた」

「そう思います」ジーンがいった。「だのに、なぜ――」

「あとになって、ウェイドが利子を請求していることが発覚した」ストラング先生は先を続けた。「週に六分だ。その結果、何人かの生徒は利子だけで巨額の借金を背負うことになった」

「違法なことはなにもなかったさ」ブッチャーがけんか腰で口をはさんだ。「貸した相手にはみなどんな条件になるか知らせてあった。それに対して、だれも不満を漏らさなかった――少なくとも、わたしに金を返すまではね」

「でも、そもそも破産状態にあったのなら」ジーンが訊いた。「いったい、どうやって――」

「ストラング先生が金を出してやったのさ！」ブッチャーは椅子をくるりと回転させた。「そう、めぐんでやったんだよ！　連中はきっちり金を返してきたが、それだけではすまなかった。借金を返済し終えるやいなや、あいつらはある日の放課後わたしに仕返しをしてきた。これはそのときのものだ」彼は折れた鼻を指し示した。

「その事件のあと、わたしはきみに心から詫びをいったはずだ。だからといって、金を持っていることできみが金のない連中の弱みにつけこんだという事実は変わらない」

「さっきもいったように、あいつらは納得したうえで金を借りたんだ。わたしはどれひとつとして約束を破らなかった。違うか？」

ストラング先生はそれが真実であることを認めざるをえなかった。ウェイドにはどんな取り決めにも一字一句従うようなところがあった。他人に対してもそうであるように、自分に対しても厳しいのだ。あるとき彼は三週間分の宿題をひと晩徹夜して仕上げたことがあったが、それというのもストラング先生に朝までに仕上げると約束したからだった。察するに、その座右の銘は

「厳正なる正義――情け無用」に違いない。

業績のいいブッチャー百貨店にとって千ドルは取るに足らない金額にすぎないが、それを得る望みはないに等しいということをストラング先生は痛感させられた。三十年以上も前の不当と思われることのために、ブッチャーの厳格な規範によって自分は罰せられるのだ。

彼は暇を告げようと立ちあがった。

「ブッチャーさん」まだ椅子に座ったままのヘンリーがいった。「ひどいひとだな、あんたは。あんたの鼻がそうなったのが、たとえストラング先生のせいだとしても――どのみちそれも自業自得だと思うけど――その恨みをどうしてぼくらに向けようとするんだ？　ぼくにいわせれば、あんたはただのうす汚い野郎で、鼻がどうのこうのという理由は単なる逃げ口上にすぎない。あそこにある二台のテレビのようなおもちゃにお金は費やせても、うちの学校の交換留学制度にはびた一文くれようとしないんだから」

「おもちゃだと？」ブッチャーはにやりとしながら立ちあがり、テレビのひとつに歩み寄った。「そんなことはないさ」彼がスイッチを入れると、百貨店の化粧品売り場が画面に映し出された。「わたしがこの閉回路システムを設置するまで、万引きや従業員たちのちょろまかしによって、店は毎日数百ドルの損害を出していた」彼はそういうと、チャンネルを変えるつまみをさっと回した。画面は女性下着売り場から家庭用品売り場、そして男性衣料の売り場へと切り替わっていった。店内でブッチャーの視線から逃れうる場所はなかった。

「もう一台は二階用だ」ブッチャーはテレビを消した。「この装置によって、われわれは一日あたり三十から四十人を捕まえている。開店時間中は保安室にあるモニターで四六時中監視が行なわれ、万引き犯たちにも監視されていることは知らせてある。その結果、万引きはほとんど起きなくなった」

「だれかがなにかを盗もうとしているのを見つけたら、どうなるんです?」ジーンが訊いた。

「その場で捕まえるんですか?」

「いいや。部下のひとりが外まであとをつけていくのさ。商品が店の外に持ち出されるまでは、厳密には万引きとはいえんからな。そのあと万引き犯は保安主任のマックス・ホイッティアーのところに連れていかれる」

「そこで捕まえるというわけね?」

「連中に品代を払ってもらうだけさ。ときおり新聞にくわしい話を伝えることはあるがね――そうすることによって、万引きの誘惑に駆られそうなほかの連中への警告になるからな」

「この装置にはどれくらいかかるんです、ブッチャーさん?」

「七千ドルほどだ。それに十分、見合うだけのものはある」

ヘンリーの次なる発言は怒りや悔しさのあまり発せられたものだったかもしれない。だが、あとになってみると、ストラング先生は少年が意図してそうしたのだということを請け合ってもいい気になっていた。いざ千ドルがかかっているということになれば、高校生でも大百貨店の社長並みに冷酷になれるのだ。

「そうですかね、ブッチャーさん」ヘンリーはゆっくりといった。「ぼくにはこんなお粗末なテレビ装置で、頭のいい人間を止めることができるとは思えません。ストラング先生なら、楽々と裏をかくことができるでしょうよ」

「ストラング先生がときおり安楽椅子探偵めいたことをしているのは聞いている。しかし、だからといって――」ブッチャーはふいにくだんの教師のほうを向くと、奇妙な笑みを浮かべた。「とはいえ、この子のいうとおりかもしれんな」彼はよりゆっくりした口調で先を続けた。「どうだね、ストラング先生？」

「どうだねというと？」

「盗人のまねをしてみる気はあるかね？」

「いったいどういうことだ？」

「あんたと取引をしようというのさ。もしもあんたがこの店からなにか――わたしが選んだ品――を盗んで、捕まることなしに店外に持ち出すことができたら、あんたのところの留学計画に必要な千ドルを寄付してやろうじゃないか」

ストラング先生は断固として拒絶しようとした。たとえブッチャー自身がその企てに加わっていたにしても、そうすることは威厳にかかわるだけでなく、法律違反の可能性すらある。いいや、そんな提案は一考の価値もない。分別ある返事はひとつしかない。

そのとき彼はヘンリーとジーンのほうをちらっと見やった。ふたりの目には餌を待つ子犬たちのすがるような表情が浮かんでいた。

「その――なんだ――」ストラング先生は自分の教え子たちをにらみつけた。「わたしが捕まったら、どうなるのかね？」

「あんたを警察にひき渡すようなまねはせんよ、ストラング先生。だが、新聞ははでに書き立てるだろうな。あんたにとっては、さぞかし困った事態になるだろう。とりわけ教育委員会にあんたのやらかしたことを説明せねばならないとなればな」ブッチャーはふたたび折れた鼻をさすった。

「なるほど。これがきみの復讐というわけか？」

「そうとも。なあに、やってのければいいだけの話さ。ふたりともあんたに絶大の信頼を寄せているようだからね」ブッチャーはヘンリーとジーンのほうを身ぶりで示してみせた。

ストラング先生はその挑戦について熟慮したあと、「なにを盗めというのだね？」と尋ねた。

「なにせ、手こぎ舟や寝台を盗むには歳をとりすぎておるからな」

「なににしたらいいか、考えていたところだ」ブッチャーがいった。「そう、まさにうってつけのものがあったよ」ドアのほうを指し示す。「さあ、ついてきたまえ」

五分後、ストラング先生とウェイド・ブッチャーは百貨店一階の贈答品売り場にある広々とした棚の前に立っていた。「これだよ、ストラング先生」彼はいった。「あんたはこいつを盗むんだ」

ストラング先生は怒りで顔をしかめた。「節足動物めが！」と怒声が口をついて出る。

「どうした？　たかだかグラス一個を持ち出せないなんていうんじゃないだろうな？」

たしかにそれはグラス状のもの――もっといえば、酒を混ぜるためのショットグラスだった。

老教師を困惑させたのは、その品物の大きさだった。高さは一フィート以上、幅もちょうど同じくらいで、脳下垂体の異常により膨張してしまった怪物を思わせた。ストラング先生がこれまで目にしたなかでもっとも醜悪な品であり、そんなものに七ドルを請求しようとする人間の神経が知れなかった。

「パンチボウル用のもんでね」ブッチャーが説明した。「さて、取引というのはこうだ。このグラスを店外に持ち出すことができれば、千ドルはあんたの——いや、学校のものになる。さあ、部屋に戻って、これについてさらに打ち合わせる気はあるかい？」

「あるとも」ストラング先生は答えた。「あそこで待っている生徒ふたりの頭をねじ切るためだけにでも、そうするさ」

ブッチャーは自分の机の後ろにふたたび腰をおろし、ヘンリーとジーンのほうを向いた。「ストラング先生はわたしの挑戦を受けることにした。正直なところ、万にひとつも成功の見込みはない。先生が失敗したからといって、わたしが同情すると思ったら大まちがいだ。きみらは千ドルを手に入れることができず、わたしは心底から笑わせてもらうことになるだろう。そう断言しておくよ」

「念のため、基本的な取り決めをしておきたいのだが」ストラング先生がいった。「手助けについてはどうなんだ？　だれかに協力を仰ぐことはできるのかね？」

ブッチャーはそれについて考えをめぐらし、「そうしてならない理由も見当たらんな」といった。「あんたがプロの万引犯を使わないかぎりはな。それ以外なら、だれを使ってもいいし、どんなものを使ってもいい。なんなら黒魔術を使ってみたらどうだ。だが、あんた——もしくはあんたの協力者——が捕まった際には、あんたがどのようにして失敗したか思う存分、公表させてもらうよ」

「失敗した場合にはな」教師はいった。「ところで、きっちりさせておきたいことがある。なあ、この取り決めの正確な条件を、いま一度くり返してみてくれんかね？」彼は背広の上着のポケットから小さな手帖を取り出した。

ブッチャーは手帖にちらっと目をやると、デスクパッドを手元に引き寄せた。ペンを手にとり、書き始める。

「百貨店の営業日であれば、いつでもいい」条件を書き留める時間がおたがい十分あるよう、間を取りながら、ブッチャーはゆっくりとしゃべった。「その日のうちに、あんたはくだんのグラスを店の外に捕まらずに持ち出さねばならない」彼はそう記した紙を丸めると、ポケットに入れた。「なあ、単純明快だろ？」

「単純明快だ」ストラング先生がくり返した。

だが、その日の午後、教室の実験台の後ろに腰をおろし、ヘンリー・ケリガンとジーン・デュモントの顔を見ていると、とうていそう単純には思えなくなってきた。

「きっとなにか方法があるはずです、ストラング先生」机に前屈みに座り、ほおづえをつきながら、ジーンがいった。「ピアノを万引きしたひとの話をどこかで読んだことがあります。それから、テレビを脚にはさんでニューヨークの百貨店からもう少しで持ち出しそうになった女性の話も」

「くだんの女性のスカートはきみのよりは長かったのだろう」ストラング先生はいたずらっぽい笑みを浮かべながらいった。『それにピアノのときには、売上伝票をすり替えるという手口が用いられた。そう、百貨店自身がそいつを配達したのだ』

「だったら、今度の場合も――」

「ウェイド・ブッチャーはそんなまぬけではない」ストラング先生はふたりに思い出させた。「やっこさんはわたしが盗むべきものをじっくりと選んだ。あの大きなボウル――ショットグラス――は、おそらく配達不可なのだろう。さほどの高額品ではないし、あれを入れる箱には持つところが付いているからね。その一方で、服の下に隠すのにはかさばりすぎているし、あたりまえだが、堅くて折りたたんだりなんだりすることもできない。そのうえ、ブッチャー氏は部下のひとりに命じて、わたしがなにかするまで、閉回路テレビでそれが置かれている売り場を監視させるだろう」

「ぼくらのどちらかが盗むというのはどうです?」ヘンリーが自分とジーンのことを想定して訊いた。

「いいや。それは断じてだめだ」

「でも、手助けは認めるということだったじゃないですか」

「ああ。だが、ブッチャー氏とわたしのばかげた賭けにきみらのどちらかを巻きこむわけにはいかん。やつのねらいはこのわたしにある。新聞の見出しが目に浮かぶよ。『万引き犯として捕まった学校教師』ああ……軟体動物め!」

ブッチャー百貨店から巨大なショットグラスを持ち出す絶対確実な方法を見つけ出そうとする無益な試みに、ストラング先生はその週末をまるまる費やした。月曜の正午になるころにはみずからの負けを認めかけていた。ウェイド・ブッチャーが勝利の笑みを浮かべているさまと——きわめて重要な千ドルを失ってしまうということだけが、そうするのを思いとどまらせた理由だった。

「なあレナード、フルタイムの教師でときおり探偵もやっている割にはお粗末な盗人だな、きみは」小さな流しのところに立って、午後の化学の授業で用いる試験管を洗いながら、彼は独り言をもぐもぐいった。自分が厳守せねばならない条件にふたたび考えをやる。その日のうちに、くだんのグラスを店の外に捕まらずに持ち出さねばならない。それだけのことだ。それ以上でも以下でもない。どこにも抜け穴はなさそうだ。彼は洗い終えた試験管を試験管立てに戻すと、昼食をとりにカフェテリアへ向かった。

食事をしているさなか、彼は教師用の食事室の隅に置かれた食べ残しや使用済ナプキンを捨てるためのゴミ入れに目を留めた。料理長が調理法などおかまいなしにずうずうしくも五目うま煮と呼んだところのゼラチン状の塊に、彼はのろのろとフォークを走らせた。こんもり盛られた米と野菜のてっぺんにフォークをぎゅっと押しこむと、それはまるで小さな旗竿のように突き立った。すると彼は椅子からふいに立ちあがった。

「よし！」彼は叫んだ。「わかったぞ《ユリイカ》！」

このアルキメデスさながらのせりふをめぐって同僚たちに怪訝な思いをさせたまま部屋を離れ

ると、彼は足早に一階の電話ボックスへと向かった。オルダーショットの役場に電話をかけたあと、彼はウェイド・ブッチャーの元へ電話した。

社長とじきじきに話す必要があり、伝言を残すのは不可能だということをブッチャーの秘書に納得させるのに、二分近くもかかってから、ようやくブッチャー本人に電話がつながった。

「ウェイド、ストラングだ」

「降参かね?」ブッチャーが上機嫌で尋ねた。

「いいや。だが、木曜はわたしからかたときも目を離さんことだな。その日の放課後、きみの並はずれて大きなショットグラスをちょうだいしにあがるよ」記憶の片隅にある昔のラジオドラマの主人公シャドウの含み笑いを意図的にまねてから、ストラング先生は電話を切った。

ブッチャー百貨店は木曜と金曜の晩は九時まで営業をしていた。したがって、五時ちょっと過ぎにやってきたストラング先生には、四時間近くにわたって自分が監視の対象にされるのがわかっていた。

先生が百貨店に足を踏み入れるやいなや、ウェイド・ブッチャーの部屋の電話が鳴った。「なんだ?」ブッチャーはがなり立てた。

「保安室です」電話の相手はいった。「例のストラングとかいうやつがやってきました。入り口を入ってすぐのところでカメラがやつをとらえました」

「よし。やつがここにいるあいだ、目を離すんじゃないぞ。それから、一切を録画しておけ。

そのうち、その一部を最新ニュースで流させることになるかもしれんからな」

「了解しました、ブッチャーさん。それからあなたの命ぜられたように、例の特大グラスはあの階にいる部下のひとりに見張らせています」

「ようし、マックス。ストラングからもグラスからも目を離すなよ」

ストラング先生はグラスに近寄るそぶりをまるで見せなかった。エスカレーターで二階にあがり、科学の専門書をぱらぱらとめくりながら、書籍売り場で一時間近くを費やした。その間もときおりふり向いては、天井に取り付けられたテレビカメラに向かってにっこりしてみせた。

五時半にヘンリー・ケリガンとジーン・デュモントが店にやってきた。ヘンリーは厚いブーツとファスナー付きのポケットがいくつかある革ジャンに身を固め、サングラスをかけ、ベレー帽をかぶっていた。ジーンのほうは真っ赤なマキシコートを着ている。そのいでたちたるや仮装パーティーでも際だっていたろう。まして、午後も遅くの買い物客のにぎわいのなかでは目立たずにはいられなかった。店内に二十分以上もいてからテレビに映るこのふたりに気づいたのは、ブッチャー自身だった。彼は電話を手に取ると、腹立たしげにボタンを強く押した。

「マックス」彼はどなった。「こいつらふたりがいる階におまえの部下を何人かやって、監視させておけ。そう、金物売り場にいるガキどもだ。革ジャンと長いコートの――そうだ、そのふたりだよ。おまえ自身はテレビモニターの前にいて、ストラング先生を見張っていろ」

五分後、ヘンリーとジーンは保安室からやってきたふたりの男の姿を目に留めた。「大きなほうはスーツにアイロンをあてたほうがいいわね」ジーンが笑いながらいった。「ねえ、別行動をとって、あの連中がどうするか見てみましょうよ」

　彼女は〝骨董品〟のドアの蝶番《ちょうつがい》に心を奪われているヘンリーを置き去りにして、婦人服売り場へと向かった。そこで彼女はもっともふりふりのフリルの付いたスリップを手に取ると、それを試着室で試着したいと申し出た。彼女のあとをつけていた男は試着室の入り口の前で怒り狂った女店員にきつく制止された。

　ショットグラスはまだ棚に載ったままだった。

　ストラング先生は簡易食堂に向かい、エッグサンドとコーヒーを注文した。三十分後、ヘンリーが先生を見つけ、隣の席に座って、ハンバーガーを注文した。それが来るのを待っているあいだ、ヘンリーは頭上のカメラに向かって愛想よく手をふってみせた。

「あの馬鹿者どもはまるでゲームをしているつもりでいやがる」ストラング先生とヘンリーがナプキンで三目並べ（九つの区画に〇×を交互に書きこんでいき、先に三つ並べたほうが勝ちとなる遊び。別名〇×ゲーム）をやっているのをながめながら、ブッチャーはひとりごちた。「いったいいつになったらグラスのところに行くんだ？」彼はチャンネルを変えた。

　贈答品売り場の巨大なショットグラスにはなんら異状は見られなかった。

　七時になるとストラング先生とヘンリーは玩具およびゲーム売り場へ向かい、そこでチェスを三十分ばかり楽しんだ。そのころになると、ブッチャーは保安室のマックス・ホイッティアーの元でふたり揃ってテレビモニターを凝視していた。「たったいまグールドから報告があったばかりでして」マックスがいった。「あの娘がやっと試着室から出てきたそうです。ほら、あそこにいます」

画面にジーンが入ってくると、ストラング先生とヘンリーはチェスの駒をひとつ残らずつまみあげ、それをきっちり箱のなかに戻した。それからジーン、ヘンリー、それにストラング先生は、テレビカメラに向かって深々とおじぎをしてみせた。

「ちくしょう」マックスがいった。「エド・サリヴァン・ショー（一九四八年から七一年にかけて米国で放映されたヴァラエティー番組）にでも出ているつもりでいやがる」

八時になってようやくショーに本腰が入ってきた。万引き犯の可能性のある三人組はついに贈答品売り場へと向かった。特大グラスを見張っている保安係とストラング先生が握手を交わすのを、ブッチャーは目にした。それから教師は悠然と棚のところへ歩み寄ると、その大きな代物を手に取った。

「やつがあれを手に取ったぞ、マックス！」ブッチャーがいった。「中央の階にとっとと向かうんだ！」

「やっこさんを捕まえますか？」マックスが尋ねた。

「いいや。やつがあれを外に持ち出すまでは手を出せん。ただ、やつから目を離すな――あの三人のうちのだれからもだ」

マックスが部屋を急いで出ていくと、ブッチャーはふたたびモニターのほうに戻った。見れば、ストラング先生がグラスをちょうどジーンに手渡そうとしているところだった。彼女が腕をさっと動かすと、マキシコートが大きくふくらんだ。すると、グラスがふいに姿を消した。彼女は正面入り口を目ざし、ヘンリーは裏口に急いで向かい、ストラング先生はエスカレーターのほうにゆったりと歩いていった。

「マックス！」ブッチャーは聞こえるはずもないのに叫んだ。「彼女を――いや、やつを捕まえろ。くそっ、連中はずらかるつもりだ」

だが、マックスと配下の者たちは三人のあとをつけていた。ひとりは正面入り口をくぐったところでジーンの腕をつかみ、もうひとりはヘンリーを裏口で捕まえた。ふたりともテレビカメラに映るところに連れてこられた。マックスはふたりのボディーチェックをさっとすませると、ブッチャーに報告の電話を入れた。

「このふたりは実行犯ではありません、ブッチャーさん。どちらもグラスを携帯しておりませんでした」

だが、その混乱のさなかにストラング先生は姿をくらましていた。ブッチャーは大慌てで両方のテレビのチャンネルを切り替えていった。家庭用機器売り場から電気工具売り場――文具売り場から書籍売り場へと。

ストラング先生は最終的に、二階のスポーツ用品売り場に潜んでいる――かくも人畜無害で地味な人物が〝潜んでいる〟といえればの話だが――ところを発見された。そしてあたかもそれが透明なアメフトのボールであるかのように、グラスを脇に抱えこんでいた。

相手がカメラに向かって茶目っ気たっぷりに指をふってみせたあと、男性服売り場に駆けこむのを見て、ブッチャーはチャンネルを切り替えた。ストラング先生はそこからエスカレーターへと向かい、グラスを頭の上に勝ち誇ったように掲げながら、下におりてきた。ジーンとヘンリーと共にまだ一階にとどまっていたマックスは、まさにそのさまを目にした。

そのあと展開された追いかけっこは、キーストン警官（サイレント映画時代のどたばた喜劇にしばしば登場した、どじでまぬけな警官）映画さながらのものだった。ストラング先生は中央階の通路の上でブロークンフィールド（アメフトで、タックラーをすばやくかわしていくさま）のすばらしいランを見せ、マックスともうひとりの保安係がそのすぐあとに従っていたが、この教師を捕まえてからどうすべきなのか、どちらにもわかっていなかった。カーテンおよび掛け布売り場でふたりは相手の姿を一瞬だけ見失ったが、それもストラング先生が精巧なカーテンの掛かったこしらえものの窓から顔を出して叫びかけてくるまでのことだった。簡易食堂の席についたストラング先生の脇にふたりが座ると、先生はふたりのためにコーヒーを注文してやり、ふたりがつかのまの休息をとろうとした矢先に、ふたたび動き出した。

閉店時間まであと十五分の八時四十五分になると、マックスにはストラング先生の動きに一定のパターンのあるのがわかってきた。文具売り場で三本のボールペンの書き味を試したあと、ストラング先生は尾行者たちにも同じことを要求した。電気カミソリのカウンターでは、ただでひげを剃った。時計売り場では四つの目覚まし時計を同時に鳴らし始め、店員に止められた。

時間がたつにつれ、脇に特大グラスを抱えたストラング先生は大きな正面入り口にじりじりと近づいていた。

ブッチャーはくだんの教師が正面入り口を入ってすぐの大理石の床の上に移動するさまを見つめた。買い物帰りの客たちがグラスを抱えた男を怪訝そうにながめる。

するとそのとき、女性のアナウンスの声がした。「閉店まで十分となりました！　お客さまに残された時間はあと十分です。当店は九時閉店となっております」

ストラング先生を驚かせたのはこのアナウンスだろうかと、ブッチャーはいぶかしんだ。それとも、つるつるしたグラスが汗ですべりやすくなっていた指のあいだからこぼれ落ちたのだろうか。なにが原因にせよ、先生はふいにびくりとすると、よろけ、グラスはまるで生き物のように手から勢いよく飛び出していった。それは空中で放物線を描いたあと、堅い床にぶち当たった。

グラスはこなごなになり、ぎざぎざしたかけらがあたりにちらばった。

その瞬間、ブッチャーはテレビの画面でストラング先生が顔に苦痛の色を浮かべがっくり膝をつくのを目にした。「店のなかで倒れられてはかなわん」ブッチャーがうめき声をあげた。

店の中央階ではマックス・ホイッティアーがストラング先生のところに向かい、相手の片腕をつかんで、社長室へと連れていった。それと同時にもうひとりの保安係が清掃係に合図をして、ガラスのかけらを掃除させた。

「どうやら気分もよくなったようだな、ストラング先生」ウェイド・ブッチャーは満足そうな笑みを口元に浮かべながら、椅子にもたれかかった。「くるぶしの痛みがたいしたことなければいいんだが」

「なあに、少しばかりひねっただけだ」という返事が返ってきた。「じきによくなるだろう」

「なあ、あんたは失敗したんだ。この店は通常どおり閉店し、あんたは目的をはたすことができなかった。もちろん逮捕の可能性はないが、あんたを映した例のビデオはさぞかし見物《みもの》だろうよ」

ストラング先生は無言のままだった。「帰ってもいいかね？」彼はしまいにそう訊いた。「もう、へとへとでね」

ブッチャーは肩をすくめた。「いいとも。マックス、駐車場にストラング先生の車が駐まっているはずだ。そいつを正面入り口のところまで持ってこい。わたしがじきじきに先生をそこまで送り届けてやる」

ウェイド・ブッチャーが帰宅したのは真夜中近くになってからだった。ストラング先生が店内を走り回っているところの映ったテープをマックス・ホイッティアーと再生していたので、いつもより遅くなったのだ。居間に足を踏み入れたときも、彼はまだくっくっと笑っていた。

丈の高いブレイクフロント（中央部が端よりも前に突き出ている）の戸棚の引き出しを開け、なかから一枚の紙を取り出す。彼は手紙を書くつもりだった――むだに終わったことのために、自分の店の端から端までを駆けずり回らせた、地の精のような小男の教師に宛てた長く辛辣な手紙を――

ブッチャーはその紙をもみくしゃにすると、新しいのを取り出した。どういうわけか思っていたような意地の悪い言葉が浮かんでこない。手紙を四度書きかけては、そのつど「親愛なるストラング先生」のところで詰まってしまった。

くそっ、朝になって気持ちも新たにしてからのほうがよさそうだ。まあ、とにかく、あの痩せた老いぼれ野郎が目的の千ドルを手に入れることはない。

「あなた」ブッチャーは紙から顔をあげた。妻のヘレンが階段の最下部に立って、目を眠そうにこすっていた。

「どうしたね、おまえ？　なんでまだ休んでいなかったんだ？」

「上にあがってくる前にゴミを出しておいてちょうだいといおうと思って。雑役夫がきょうじゅうにそうしておくのを忘れてしまったのよ。あしたの朝早くにトラックが回収に来る予定なの」

「わかった、まかしとけ。さあ、きみはもう上に行って――」

ブッチャーはふいに目を見開いた。背広の上着のポケットに手をつっこみ、紙切れをひっぱり出すと、そこに書かれた文言に目を通した――「その日のうちに、あんたはくだんのグラスを店の外に捕まらずに持ち出さねばならない」彼は椅子の脇にある電話に手を伸ばすと、ダイヤルを回した。相手が出るまで電話はしばらく鳴り続けた。ブッチャーが質問を口にする。

「ふん、もう終えていると？」彼は答えを聞いていった。「一時間ほど前に？」彼は受話器を受台にガシャンと戻した。

彼は上着のポケットに手をつっこみ、小切手帳をひっぱり出した。それに記入しようとして、「くそっ！」という心からの思いが口をついて出た。

翌週の月曜日、ストラング先生は学校でブッチャー百貨店が差出人の封筒を受け取った。ふたつのものが同封されており、そのうちのひとつは手紙だった。

親愛なるストラング先生

潔く負けを認めよう。あんたは最初から最後までわたしを出し抜いたし、ご承知のとおり、わたしは取引を反古にするようなまねはしない。同封したものがあんたたちの計画の手助けになってくれることを願うよ。

きょうの晩、たかだかひと握りの生徒にチャンスをやるために、りっぱで威厳のある教師が何百人もの前でばかをやるのを、わたしは目の当たりにした。ひょっとしたら――あくまでも、ひょっとしたらだが――わたしはあんたのことを誤解していたのかもしれない。とにかく、三十五年近くものあいだわたしは恨みを心に抱き続けてきたし、それはあまりにも長すぎた。旅行用具一式を買うときにはいっしょにうちの店に来るよう、ジーンとヘンリーに伝えてくれ。とびきりのものを用意させてもらうよ。

おめでとう
ウェイド・ブッチャー

封筒のなかに入っていたもうひとつの品は署名済の小切手だった。

「わたしはもちろん、取り決めにはきっちり従ったとも」昼食時にヘンリーとジーンに会ったときに、ストラング先生はいった。「彼はわたしに、グラスを店の外に捕まらずに持ち出すようにといった。そして、わたしはそのとおりにした――そう、まさしくそうしたのだよ。グラスを割るまでにわれわれが披露してみせた道化芝居は、みんなの注意をわたしに向けさせると同時に、清掃係のほうに目をいかせないための、めくらましだった」

「でも、清掃係がグラスのかけらを運び出すことをどうして予測できたんですか？」ジーンが訊いた。

「簡単なことさ。ブッチャー氏の挑戦を受ける直前にわたしが町役場に電話を入れると、公衆衛生部は金曜の朝にオルダーショット全域のゴミの収集が行なわれることになっていると請け合ってくれた。そのため、木曜の晩に百貨店で収集された不要品はなんであれ、次の日の朝までに、ただちに店外に運び出されるのは確実だった。ウェイドにわたしが勝ったことをわからせる必要があるのではないかと思っていたが、あいつは自分で考えついたようだ」

「でも、小切手を送ってきたのには驚きました」ジーンが続けた。「ほかのひとだったら、あれが先生の計画に基づいたものだったのか、とっさに好機を利用したものなのか、見さわめようとしたでしょうに」

「ウェイド・ブッチャーにかぎってそんなことはないさ。たしかに扱いにくいやつではあるが、あれほど正直な、そう、ばか正直な輩もおらんからね」

「ちょっと待ってください」小切手を調べていたヘンリー・ケリガンが、目を教師のほうへと移した。「ストラング先生？」

「なんだね、ヘンリー？」

「この小切手は――まちがっています。先生はブッチャー氏に千ドルを要求されたのに、額面が九百九十二ドルと」――彼は言葉を切った――「六十五セントになっていますから」

「なんだ、そのことか。そいつはまたしてもブッチャー氏のばか正直さと細部へのこだわりの実例だよ。それは約束の千ドルから、壊れたグラスの分を差し引いたものさ。そう、品代の七ドルと税金とをね」

ストラング先生と消えた兇器

森英俊訳

事件は、オルダーショット高校がほとんど無人となった、秋の終わりのとある午後の五時半過ぎに起こった。建物の端から端までつながっている長い廊下を歩いていたマレー・クロフトン——米国史の生徒たちからはクロフトン先生と呼ばれている——は、椅子にほうきがコツンとあたる音を耳にし、夜勤の用務員が次の日に押し寄せる生徒たちに備えて清掃に励んでいるのを思い出した。

テストの最後の束を採点するのに学校に居残ってよかったと、クロフトンは思った。これで生徒らに採点が済んでいない理由をどうやって説明しようかと思い悩むことなしに、いかした新任タイプ教師を映画に連れ出すことができる。それに、外出先から立ち寄ったガスリー校長も、教職員のひとりが残業をしているのを見て明らかに喜んでいた。教師としての最初の年は順調なスタートを切ったと、クロフトンは感じていた。彼は開けっぱなしの清掃具入れの扉の前を通り過ぎ、いまいるところと後ろ廊下とが直角になっているところに出た。

すると、衣ずれの音がどこからともなくしてきた。びっくりして、若い教師は左手のほうを向いた。そのあたりから中央の大廊下は後ろ廊下へと分岐し、その先は小さな窓のない区域、生徒たちのロッカーの金属扉が並んでいる、およそ十二フィート四方の明かりのついていない袋小路になっていた。

なにかが暗がりのなかで動いた。その気配を感じたことが、教師の手を少しばかり震えさせた。「そこから出てきなさい！」彼はぴしゃりといった。

ロッカーの扉がガチャンと閉まる音がした。「家に帰って、目にしたことを忘れたらどうだい、クロフトン先生？」暗闇から声がした。

「だれだ……」クロフトンは暗がりに目を凝らした。「きみなのか、ソンタッグ？　きみのロッカーはこの階ではなく、一階にあるはずだが。それに、そこにいっしょにいるのはだれなんだ？」

彼はふたりの人間の輪郭がおぼろげに見えている隅にゆっくりと近づいていった。

ふいにすばやいひとの気配がして、ひじが腹に命中し、クロフトンはあえいだ。それとほぼ同時に、拳が右目の下に目のさめるような速度で炸裂した。彼がやみくもに拳をつき出すと、手の端がなにかにあたり、かん高い叫び声と悪態が聞こえてきた。すると腕が下から脚をはらってきたので、彼は顔から床にどさっと倒れこんだ。あばらを足で踏みつけられ、いまにも気を失いそうになる。

意識をはっきりさせようと頭を横にふっているさなかにも、なにかが自分の上からさっとふりあげられ、またふりおろされるのが、まるで濃霧を透かしてきたかのように見えた。顔を護るために、彼は腕を上にあげた。すると腕にはげしい一撃をくらい、ひじの近くの骨がポキッと折れるような痛みが肩のほうまで広がった。

細めた目のすき間から、クロフトンは上からの一撃がくり返されるのを目にした。なにが襲ってきたにせよ、それはふたたび下に向かってさっとふりおろされ、今度は側頭部にあたった。目

の前を数えきれないほどの光が走り回り、一瞬、頭が破裂しそうな気がした。彼の倒れていると
ころに向かって駆けてくる足音と叫び声がしてきた。だが、クロフトンにはそのどれも耳にする
ことができなかった。彼はとうに意識を失っていた……。

つぎの日の朝、オルダーショット高校の尊敬すべき科学教師ストラング先生は、学校にやって
くるのが遅くなった。紫のおんぼろ車は彼自身のきゃしゃな身体と同じように、こうした身を切
るように寒い朝には調子があまりよくなかった。学校にようやくたどりつき、出勤時を記録し終
わったとたん、彼は数学科のアート・ミッケルに呼び留められた。
「レナード、きょうの放課後なにも予定が入ってなければいいんだが」ミッケルがいった。
「変更できないものはなにもないよ、アート。でも、なぜだね？ まさか履修課程についてま
た委員会を開こうというのではあるまいな？」
「歴史教師のクロフトン青年がきのうの放課後、襲われた。それも、まさにこの建物のなかで
だ。いまわしい、実にいまわしい事件だ。教職員組合の長として、わたしはガスリー校長にきょ
う教職員会を開くよう求め、同意を得た」
ストラング先生は重々しくうなずいた。「もちろん、出席させてもらうよ」彼はそう返事した。
「だが、クロフトンのあんばいは？ ひどいけがを負ったのかね？」
「ビーズレー病院で予断を許さない状況にある。あとで病院に電話を入れ、もう少しはっきり
したことを聞いてみるつもりだ」

「だったら、親御さんに――」

「父親のほうはもう亡くなっている。母親はミネソタに結婚した姉といっしょに住んでいて、遠出のできるような状態じゃない。国のこちら側には近親者はいないのさ。そういう状況だから、教職員組合には彼のために働く義務がある」

「たしかにそうだな、アート。だれの仕業かは、わかっておるのかね？」

ミッケルはうなずいた。「疑問の余地はない。四人の用務員が取っ組み合いの音を耳にし、クロフトンを昏倒させた直後に少年たちを捕まえた。それがあったのは二階の後ろのあの小さな袋小路だ」

「少年たち？」ストラング先生は驚いてミッケルを見つめた。「つまり、うちの生徒の何人かが関わっているというのか？」鉛の塊がふいに胃のなかに出現したかのような気がした。オルダーショットに勤務してからもうずいぶんになるが、いまだかつてこれほど教員稼業とかけ離れたことを聞いたためしはなかった。もちろん、二千人以上も生徒がいれば、けんかが起きるのはやむをえない。だが、そうしたけんかは鼻血や目の周りの黒あざで終わるのが常で、まして教師が巻きこまれることはほとんどなかった。それに、今度の場合は単なるけんかではすまされない。ほかの人間を傷つけ、場合によっては殺しかねないような、意図的な襲撃なのだから。

一時間目のチャイムが鳴り、生徒たちがホームルームへと集まってきた。「それじゃあレナード、きょうの午後にまた会おう」ミッケルはそういって立ち去った。

その日の午後の三時半になると、オルダーショット高校のほぼ全教員が講堂に集結していた。

視聴覚責任者のカール・オーウェンズがマイクをいじって雑音やかん高い音を出すのを、マーヴィン・W・ガスリー校長は壇上の書見台の前で辛抱強く待ち、やがてマニラ紙の二つ織りのフォルダーから一枚の紙を取り出し、話をし始めた。

「諸君らもすでにお聞きおよびのことと思うが」ゆっくりとした声が拡声器から響きわたった。「昨日、クロフトン先生がけがを負った。ここにあるのは、この件に関する教育委員会からの声明書だ」

彼はその紙を書見台にパサッと置いて読み始めた。「昨日の午後六時ごろ、校内にいたオルダーショット高校の教員のひとりマレー・クロフトン教諭は、後ろ廊下のところに生徒がふたりいるのを目に留めた。さらなる調査まで生徒らの名前は伏せておくが、彼らが建物内にいるべき権利はなかった。クロフトン教諭と生徒たちとのあいだに取っ組み合いが起き、そのさなかにクロフトン教諭はいくつかの傷を負った。そのため、しばらくのあいだ職場からの欠席が予想される。建物内をうろついていたことで、ふたりの生徒は五日間の停学に処せられた。教育委員会としては、さらなる調査を実施するつもりでいる」

ガスリーはその紙を慎重に折りたたむと、ポケットにしまった。「教育委員会の声明書は以上のとおりだ。委員長であるフレデリック・ランダーホフ氏の署名がしてある。さて、なにも質問がないようなら――」

まるで怒っている蜂のうなり声のようなざわめきが、教師たちのあいだに広がった。すると、アート・ミッケルが自分の席からすっくと立ちあがった。「ガスリー校長！」発言の許可を得るのを待たずに、彼は叫んだ。「まさか、ブラッドリー・ソンタッグとルーク・バローズがたった五日間の停学をくらっただけというのではないでしょうね――」

「少年たちの名前を出さないでおいてもらいたい」ガスリーが答えた。「それから、きみの質問に対する答えだが、そう、五日間の停学でまちがいない」

「遠回しないいかたはやめにしましょう」ミッケルがぴしゃりといった。「われわれはみな、問題のふたりがだれなのかを知っています。それからいいですか、ガスリー校長、あなたに聞いていただきたいことがあるんです。わたしはきょうビーズレー病院に電話を入れ、クロフトン先生を担当している医師と話をしました。説得するのにしばらく時間がかかりましたが、どうにか教育委員会のいう〝いくつかの傷〟とやらの程度を聞き出すことができました。ガスリー校長、クロフトンはあばらを三本と腕を一本、骨折しています。それから脳震盪を起こしており、複数の打撲傷や擦過傷を負っています。おまけに頭蓋骨も骨折しているんですよ、ガスリー校長――頭蓋骨をね。きょうの正午の時点では、彼が回復するかどうか医師にも判断がつかず、仮に回復したとしても、教師としての能力が損なわれてしまっている可能性もあるそうです。医師はまた、クロフトン先生がなにか鈍器のようなもので殴られたのだろうという意見をお持ちでした。それなのに、たった五日の停学処分というのだから、聞いてあきれる！　本件がこんなにもいたましいものでなければ、あなたを笑い飛ばしているところですよ、ガスリー校長。うろついていたですって！」ミッケルは軽蔑したように鼻を鳴らすと、腰をおろした。

「言葉がちょっときつすぎたのではないかね」ミッケルの隣に座っているストラング先生がい

った。

「きつすぎただって！」ミッケルがとげとげしくいった。「この手のことがまた起きたら、今度はきみかわたしの番かもしれないんだぞ。あいつらふたりがなまぬるい叱責程度ですんでしまったら、学校をやめてもっと安全な仕事を見つけたほうがいい。そう、爆弾の処理とかテストパイロットとかいった類のね」彼は壇にのぼるための段に目をやった。「最高級のスーツに身を固めて上にあがっていく、あいつはいったい何者なんだ？」

「わからん」ストラング先生がいった。「だが、じきに判明するだろう」

ちょびひげを生やした、身なりの整った長身の男は、書見台のほうに歩いていき、ガスリーにささやきかけた。校長がうなずくと、男はマイクを手にとった。

「お集まりのみなさんは昨日あったことに関心をお持ちでしょう」新参者はいった。「それは無理もないことです。でも、あなたがたの関心が教員のことにあるように、わたしのほうの関心は関係者の少年たちのほうにあります。わたしはボイド・バンクヘッドという弁護士で、FREE――Fund for the Relief of the Educationally Exploited（教育現場の弱者の救済基金）――の代表をしております。親御さんが弁護料を払えない生徒たちの権利を護るのが、われわれの目的でして。ふたりの少年――そう、あなたのおっしゃるように、ブラッドリー・ソンタッグとルーク・バローズ――は、まさしくそれに該当します。わたしがここに参った目的は、彼らの権利が侵害されないようにするためです」

「だれがクロフトン先生の権利を護ってくれるんだ？」教師のひとりが叫んだ。

「正直なところ」バンクヘッドが先を続けた。「もうちょっとおだやかに迎えていただけるものと思っていましたよ。いいですか、先ほどわたしは、自分がここに参った目的は少年たちの権利を護るためだと申しあげました――彼らの有罪が立証された場合に、刑罰を免れさせるためではありません。とはいえ、彼らの罪は立証されねばなりません！　いましがたお聞きになったように、ガスリー校長は少年たちを停学に処されました。いてはいけない時間に校内にいたということには疑問の余地はありません。ですが、それ以外の申し立てられた罪に関しては、クロフトン氏にその告発の根拠を提出していただく必要があります」

「彼にどうやって告発の根拠が提出できるというんだ？」ミッケルがかみついた。「回復しさえしないかもしれんのに」

「それも一理ありますな。ですが、教育委員会の声明書はさらなる調査について言及しております。すなわち、望むのであれば、教育委員会自身が教師に代わってさらなる告発をすることができるということです」

「失礼」ストラング先生は椅子からのろのろと立ちあがった。「ひとつ質問があるのだが。教育委員会が声明書のなかで言及している調査とやらで、あんたはソンタッグとバローズの弁護を務めることになるだろう。あんたの呼びたい証人たちといっしょにあのふたりは証言し、そのあと教育委員会は少年たちがなにか悪さをしたか決断するということになる。違うかね？」

「基本的にはそうです」バンクヘッドが答えた。

「だとしたら」ストラング先生は先を続けた。「だれがクロフトン先生の代理人を務めるのかね?」

「どういうことでしょうか、ええと——」

「ストラング。レナード・ストラングだ。それに、あんたのいう類の聴聞会では通常、いわゆる当事者主義——あんたの側対こちらの側——が採られる。その場合、クロフトン先生の言い分はだれが代弁するのだろう?」

バンクヘッドはしわの寄ったツイードの上着のボタンをいじっている老教師をまじまじと見つめた。この老いぼれは見かけどおりのまぬけではないなと、弁護士は思った。バンクヘッドはガスリーとふたたびささやきを交わすと、マイクに向かってしゃべった。

「ストラング先生」彼はいった。「あなたのおっしゃることはごもっともです。クロフトン氏は当分のあいだ出席できないでしょうし、法律的扶助も依頼できる状況にはありませんから、あなたがた教職員組合が教育委員会の聴聞会でクロフトン氏の代理を務める人間を任命してはどうかと、たったいまガスリー校長にご提案申しあげました」

袖をぐいと引かれるのを感じてストラング先生が視線を下に落とすと、ミッケルがこちらにほほえみかけていた。「どうだい、レナード?」ミッケルは訊いた。「ひとつ、やってみるかい?」

「わたしが? 弁護士を頼むべきなんじゃないのかね?」

「これは裁判じゃないんだ、レナード。少年たちが実際にクロフトンをたたきのめしたのかを探り出し、どんな行動をとるべきかを教育委員会がきめるための、聴聞会にすぎない。そこで明らかになった事実はもちろん、のちのち正式な法手続きの際に用いられることになる。それに、組合の財政状況はいまかなりきびしいんだ。この手のことに必要な弁護士を雇うだけの余裕がないんだよ。さあ、どうだね？」

少しばかり考えてから、ストラング先生はゆっくりうなずいた。

ミッケルは立ちあがった。「ガスリー校長。オルダーショット高校教職員組合はここに、レナード・ストラング先生を教育委員会の聴聞会でのクロフトン先生の代理人に任命いたします。ストラング先生は終身在職権を与えられており、学内のだれよりも長く教師を務めておいでです。ご異存はありますか、バンクヘッドさん？」

弁護士は頭を横にふった。ガスリーは休会を宣言し、ストラング先生とバンクヘッド弁護士に校長室に来るようにいった。

十分後、マーヴィン・W・ガスリーは校長室の机の後ろの革の回転椅子に腰をおろし、バンクヘッドとストラング先生は校長と向かい合わせのクッションのきいた椅子に腰かけていた。

「ストラング先生」バンクヘッドが前置きなしに口火を切った。「これからわたしはただちに、手持ちの札をテーブルの上にあまさずさらすつもりです。というのもつまり、いるべきでないときに校内にいたということ以外にブラッドリーとルークがなにかをしでかしたのをあなたが立証できる見込みは、万にひとつもないからです」

「なるほど」ストラング先生は特大のブライアーパイプに火をつけ、嫌な臭いの煙をまきちらした。「すると、クロフトン先生のけがは想像の産物にすぎないというのだな？」

「いや、取っ組み合いがあったことは否定できません」

「ほほう。〝襲撃〟といったほうが近いような気もするがね」

バンクヘッドは思わず「異議あり！」と声をあげそうになって、あやうく踏みとどまった。

「取っ組み合いや格闘がクロフトン氏自身のせいでなかったと、どうしていいきれます？」彼はおだやかに訊いた。「クロフトン氏が少年のひとりにつかみかかったのかもしれません。少年がよけると、クロフトン氏は足をすべらせ、ロッカーの角か床そのものに頭をぶつけた」

「おそらくはそのときにあばらを骨折し、腕も折ったんだろう」教師はいい返した。「ああいったロッカーは、危険きわまりないからな。予想だにしていないときに跳びかかってきおる。いいや、バンクヘッドさん、そんなことはとうてい考えられん」

「ですが、そういうふうに起きた可能性もあるということはお認めになりますよね」バンクヘッドは質問というより主張を口にした。「それに、ストラング先生、被疑者は有罪が立証されるまで無罪だということをお忘れなく」

「クモヒトデめ！」ストラング先生は壁に反響するような大声をあげた。「ばかをいうな、バンクヘッド！　事故によってあばらが粉々になったか、腕が折れたか、頭蓋骨を骨折したうちのどれかだというなら、まだわかる。だが、三つ同時などということはありえん。クロフトンは棍棒かなにかで殴られたのだし、そのことはあんたも承知しておるはずだ」

「わたしの責務は少年たちに限られておりましてね」バンクヘッドがいった。「兇器を捜すのはわたしの役目ではありません。それはそちらの仕事ですし、幸運をせいぜいお祈りしておきますよ。というのも、いいですかストラング先生、兇器などなかったからですよ。それがわたしの主張の核心部分です。そう、兇器などなかったのです!」

ストラング先生の顔の筋肉がふいにしまりをなくし、唇のあいだからパイプがぽろっと落ち、ひざの上に灰をまきちらした。「兇器がなかった?」彼はガスリーのほうを見ながらぶつぶついった。

校長はうなずいた。「わが校の用務員のうちの四人が、クロフトン先生が倒れてからほどなくして駆けつけたのだ。すると、ノラッドリーとルークはまだ相手の上に屈みこんでいるところだった。用務員たちはもちろん彼らを取り押さえ、わたしに電話をしてきた。わたしは警察に通報すると同時に、ただちに学校に駆けつけた」

「それなのに、あんたがたのだれひとりとして、クロフトン先生にけがを負わせたものを発見できなかったというのですか?」

「そう、なにひとつとしてな。警察、用務員たち、それにわたし自身を加えた——全員で少年たちの身体検査をし、後ろ廊下を隅から隅まで捜した。実をいえば、捜すべきところはあまりなかった。中央廊下のほうも調べてみたよ。どちらにもなにもなかった」

「ロッカーはどうです?」

ガスリーはかぶりをふった。「手元にあるマスターキーでひとつひとつ開けてみたよ。本や書類以外、なにも入っていなかった——クロフトン先生の負傷の原因になるようなものはなにも。クロフトン先生が少年たちに気づいたときに連中がひっかき回していたとおぼしいロッカーは、たしかに見つかったが——」

「ですが、ふたりがロッカーのなかにいたことは証明できんでしょう、ガスリー校長？」バンクヘッドが訊いた。

ガスリーはうなずいた。

「連中が持っていたものは？」ストラング先生が尋ねた。

「危険なものはなにもなかった。ルークのほうは手ぶらだった。ブラッドリーは体操着と汗取り靴下の入った紙袋を持っていて、それらを家に洗濯しに持って帰るところだったそうだ」

「靴はどうです？」ストラング先生には自分が藁にすがろうとしているのがわかっていた。

「ふたりともスニーカーを履いていた。それに、用務員たちが彼らを取り押さえたとき、靴ひもはきつく結んであったよ」

「まあ、そういったところです、ストラング先生」バンクヘッドがいった。「見かけとは違い、ブラッドリーとルークのどちらかがクロフトン氏にああいったけがを負わせることは不可能でした。でも、誤解なさらないでください。わたしは被害者の青年のことは気の毒だと思っています。とはいえ、兇器を見つけ出せないかぎり、あなたもこちらの主張に同意せざるを――」

「いいや、バンクヘッドさん、同意せざるをえないなどということがあるものか。クロフトン先生がなにかで殴られたのだとしたら、なにがなんでも捜し出してみせる」

「幸運をお祈りしますよ、ストラング先生」バンクヘッドはせせら笑いを浮かべながら立ちあがると、ガスリーのほうを向いた。「さて、さしつかえなければ失礼させていただきます。なにせ、多忙なもので。そうそう、聴聞会は今度の月曜日に会議室で開かれることになっていると聞いております。では、そのときにまたお会いしましょう、ストラング先生」

バンクヘッドは校長室を出ていき、ストラング先生は立ちあがりながらタバコの燃えかすをパイプからはたき落とした。

「まあ、待ちたまえ、レナード」ガスリーがいった。「きみに話があるんだ」

ストラング先生はふたたび椅子に腰をおろした。

「レナード」ガスリーはもたもたと話に取りかかった。「先生がたもきみのいうことなら耳をかたむけてくれるだろう。彼らにこの悲惨な出来事でのわたしの立場を説明してほしいのだ。五日間の停学処分がかなりの批判を招くだろうというのは承知している。だが、わたしの権限でできるのはせいぜいそんなところなのだ。それ以上の処置となると、この区域の教育長の許可を得る必要がある。わたしはきょう二度にわたってウェイランド教育長と電話で話をし、あのふたりの少年を退学処分に処させてもらうよう懇願めいたことまでした。だが、教育委員会の聴聞会が終わるまではだめだと、聞く耳をもってもらえなかった」

「換言すれば、できるだけのことはやったと」ストラング先生はいった。

「ああ。わたしはもっか手詰まりの状態に陥っている。連中がクロフトン先生を殴るのに用いたなんらかの品をきみが見つけ出すことができなければ、ブラッドリー・ソンタックとルーク・バローズは来週には復学してくる。そうなれば、連中はわれわれ教職員を陰で笑うことだろう。兇器を見つけてくれ、レナード。さもなければ、ここでの生活は悲惨なものになってしまう」

次の日の放課後ストラング先生は学校に残って、遅れてクロフトン先生の救助に駆けつけた用務員のひとりジェシー・イェーツを待っていた。教師の質問に対し、ジェシーは頭を横にふった。

「嘘じゃありません、ストラング先生」彼は答えた。「われわれ用務員と警官たちとで、棍棒やクロフトン先生を殴るのにあのがきどもが使いそうなものを求めて、問題の廊下を隅から隅まで捜索しました。さほど時間はかかりませんでしたよ。というのも、どこを捜索したらいいというんです？　床はテラゾ（セメントに大理石の砕石を混ぜ、磨いたモザイク仕上げにしたもの）ですし、壁は途中までタイルが貼られていて、その上はコンクリートになっているんですから。棍棒のようなものを隠しておける場所はまずありません」

「なるほどな、ジェシー」教師はいった。「ただ、なにか気づいたことがあったのではないかと思ったものでね」

「ありません。ほかの連中も同じです。連中にもそのことを訊いてみましたから。おかしなものはなにもありませんでした。ただ——」

「ただなんだね、ジェシー？」

「奇妙に思われるかもしれませんが、ストラング先生、格闘の音を聞いて廊下を走っているさなかに、ふいにあのあたりは静まりかえりました。おそらくその時点でクロフトン先生が意識を失われたからでしょう。その直後です、わたしがなにかを耳にしたように思ったのは」

「それはなんだね、ジェシー？　なにを耳にしたのかね？」

「そこがおかしな点なんです。いいですか、わたしの子どもたちはローラースケートを持っています。それにわが家のまん前には歩道があって、ローラースケートでその上を滑ると鈍い音がするんですよ」

「だが、それがこの件となんの関係が――」

「わたしが耳にしたのはその類の音だったんです。そんなに大きな音ではなかったものの、家の前の歩道をうちの子どもたちがローラースケートをしているような音でした」

その晩、マッケイ夫人の下宿の部屋で、ストラング先生はベッドに横になりながら、天井を見つめてローラースケートのことを考えていた。だが、ローラースケートをどうやって隠す？　すると、壁のかなり上の部分に光があたっているのが目に留まった。窓の外を見てみたものの、目に映ったのは闇夜だけだった。いったいどこから――

ベッド脇の電気スタンドを消すと光は消え、それを再度つけると、光はふたたび現れた。奇妙だ。ストラング先生は部屋の向こうの寝室用たんすのあたりをちらっと見やった。そうだ、たんすの上には大きな鏡があったじゃないか。壁の上の光は電気スタンドの光が反射していたのにすぎない。物理の教科書の一節が頭をよぎる。「どんな角度であれ、平らな反射面に入射した光は、同じ角度で反射する」

入射角度は反射角度と等しい。その科学原理は光のみならず音波や――。あれこれ検討しているうちに、クロフトン先生が昏倒させられた隅の廊下の光景が頭に浮かんできた。

彼は歓声をあげながらベッドをはね起きると、階下まで軽快に走りおり、電話をひっつかんで、ジョーン・クロフォード（一九〇五〜七七。米国テキサス州出身のアカデミー女優）の映画をテレビで観ていたマッケイ夫人を唖然とさせた。電話帳を調べ、オルダーショット・ボーリング・ビリヤード場の番号を回す……。

ブラッドリー・ソンタッグとルーク・バローズに対する聴聞会は月曜の晩の八時にオルダーショット高校の会議室で始められた。聴聞会は非公開のもので、出席者は事件の当事者に限られていた。

部屋の片方の側の、三日月型に並べられたテーブルの後ろに、オルダーショット教育委員会の面々——この地域の教育政策を決定するために地元住民によって選ばれた七人の男女——が座っていた。法律顧問のアルヴィン・ビーニーと教育長のローレンス・ウェイランドも同席していた。委員会側と向かい合わせの折りたたみ椅子には聴聞会の関係者たちが座っていた。左側に両親につき添われたブラッドリー・ソンタッグとルーク・バローズがおり、FREEからやってきた弁護士のボイド・バンクヘッドとひそひそ話を交わしている。その反対側にはストラング先生、マーヴィン・W・ガスリー校長、ジェシー・イェーツ、そしてストラング先生の紹介によればオルダーショット・ボーリング・ビリヤード場の経営者パトリック・ハリデー氏だという、四番目の人物がいた。書記が隅の席にひとりでついていて、やりとりを記録することになっていた。

委員長のフレデリック・ランダーホフが小槌をたたいて静粛にするよう求め、ウェイランド教育長が立ちあがった。ウェイランドはまるまると太った小男で、目を大きく見開いて、眼鏡越しにあたりを見回しながら話し始めた。

「本聴聞会は」彼はいった。「先週の火曜日にここの校内であった出来事をめぐるものである。

いくつかの事実には異議がないものと思う。すなわち、本校教員のクロフトン氏が六時ちょっと前に、ブラッドリー・ソンタッグとルーク・バローズなるふたりの生徒が後ろ廊下にいるところを発見した。それに続く出来事のなかで、クロフトン氏はいくつかひどいけがを負った。ふたりとも、ここまでのところはいいかね？」ウェイランドがバンクヘッドとストラング先生を順々に見ていくと、ふたりともうなずき返してきた。

秋の葉のように潤いのない声で教育長は先を続けた。「少年たちの弁護人であるバンクヘッド氏は、けがは偶然の産物だと主張している――すなわち、校内から少年たちをつまみ出そうとしたクロフトン氏が足を滑らせ、頭をロッカーの扉か床に打ちつけ、同じようにして身体のほかの部分にもけがを負ったのだと。一方、クロフトン氏の代理人を務めるストラング先生は、同氏が少年たちの手で意図的にくり返し殴られたのだと申し立てている。クロフトン氏のけがを列挙した医師の診断書が委員ひとりひとりの手元にわたっていることを、ここではっきりといっておこう。

本聴聞会の終了時に、けがが実際に偶然の産物であったという結論に教育委員会が達したなら、少年たちはただちに復学することになる。その一方で、くだんのけがが意図的に負わされたものであると委員会が裁定したなら、委員会には少年たちを放校する権限がある。加えて委員会には、不法行為のいかなる証拠をも警察や地方検事局に差し出し、しかるべき法的手続きに入らせる権限と義務がある。いうまでもなく、本委員会がいかなる裁決に達しようとも、その結論は裁判の際に述べられるか、教育局長の元に届けられる可能性がある。なにかご質問は？」

質問する者はいなかった。

「ここは会議室であって、法廷ではないから」ウェイランドは先を続けた。「ある程度、形式ばらないやりかたを提案しよう。われわれの興味があるのは事実であって、法律上の些事ではないのだからな。それではバンクヘッドさん、お望みどおり、そちらから口火を切っていただこう」

バンクヘッドは立ちあがって、委員会の面々に魅惑的な笑みを向けながら敬意をはらった。

「ありがとうございます、ウェイランド教育長」彼はなめらかな口調で、のどを鳴らすような声を出した。「紳士淑女のみなさん、あなたがたの教育長がおっしゃったように、わたしが先にお話をさせていただくというのは、いささか変則的ではあります。弁護側が弁論を開始する前に、犯罪の行なわれたことを立証するのが、訴追側のすべきことだからです。ですが、本訴訟の場合、わたしの——そう、敵方のとでもいいましょうか——論拠それ自体が、これからわたしが粉砕しようとしているたったひとつの仮定の上に立脚しているのです」

バンクヘッドはブリーフケースに手を伸ばして、一枚の紙を取り出した。「さて、ウェイランド教育長が先ほどおっしゃった医師の診断書に注意を向けていただきたい。そこには医師の見解として、クロフトン氏が棍棒かブラックジャック（黒革で包んだ棍棒）のようなもので殴られたと思われると記してあります。ですが、それは医師自身の言葉にもあるように、ただの見解にすぎません」

彼は反対側にいるジェシー・イェーツのほうを見やった。

「イェーツさん、クロフトン氏がどさっと倒れ落ちてから氏と少年たちのいたあたりにあなたが駆けつけるまで、どれくらい時間がありましたか？」

「わかりません。十秒といったところでしょうか」

「十秒ですね。その際、棍棒やその他の兇器は見当たりましたか？」

「いいえ」

「あなたの助手のどなたかが、そういった兇器を発見されたということは？」

「いいえ。でも――」

「わたしの訊いたことにだけ答えてください。ガスリー校長か彼に呼ばれた警察官がなにかを捜し当てたということは？」

ジェシー・イェーツは頭を横にふった。

「それでは、イェーツさん、少年たち――なかでもブラッドリー・ソンタッグ――がなにを持っていたか、教えていただけますか？」

「袋、紙袋です」

「袋の中身は？」

「体育のショートパンツとTシャツ、それに汗取り靴下も入っていました」

「それですべてですか？」

「え、ええ」

「それから、廊下は隅から隅までお捜しになったと？」

「そう、みんなで捜索しました。でも、なにひとつ見つかりませんでした」

「どうも。以上で終わります」バンクヘッドは委員会の面々のほうを向いた。「紳士淑女のみなさん、こちら側のきわめて単純明快な論拠も以上の点にあります。転倒が原因でクロフトン氏があのようなけがを負ったというのがどんなに奇妙に聞こえたとしても、それこそが実際に起こったことに違いありません――そう、ここにいるふたりの若者がTシャツでクロフトン氏に負傷させたとでも考えないかぎりは」ほほえみを浮かべながら、バンクヘッドは腰をおろした。

一瞬、部屋のなかには沈黙が立ちこめた。ウェイランドがストラング先生のほうを向く。「個人的意見をいわせてもらうなら」教育長はいった。「バンクヘッド氏は少年が無実だというかなり強力な論拠を示したといえるだろう。さあ、ストラング先生、今度はそちらのお手並みを拝見といこうか」

関節のきしむ音が聞こえそうな勢いで、ストラング先生は立ちあがった。黒縁眼鏡をさっとはずすと、それを上着のポケットにしまいこむ。「ウェイランド教育長、紳士淑女のみなさん」彼はそう語り出した。「わが校の教員のひとりが情け容赦なく打ちのめされました。このまま回復しないかもしれません。それゆえ、この不法行為の犯人は罰せられるべきだと、わたしは主張いたします。ですが、わたしは復讐心に燃えてそういっているのではありません。暴力に訴えようという気になる輩がまた出てきた場合に、そうすれば罰を受けずにはすまないということをその人物に対し前もって警告するために、罰が必要だといっているのです。教職員たちが身の安全を危惧し、命の危険を感じることなく、オルダーショット高校の学校制度が正常に機能するよう、そう申しあげているのです。

わたしが、クロフトン先生がはずみでけがをしたとも足を滑らせて転倒したともいっていないのに、お気づきでしょう。わたしは彼が打ちのめされたのだといいました！　その事実をはっきり明確にするために、バンクヘッド氏が存在しないと主張された兇器を出してみせましょう」

委員のあいだにざわめきが広がった。ストラング先生は自分のブリーフケースのほうに手を伸ばして、白い木綿の靴下を取り出すと、それをウェイランドの前のテーブルの上に放った。

「運動用の靴下です」彼はいった。「ブラッドリー・ソンタッグが紙袋に入れていたのと同じものので、その片割れはここにあります」その左手には、似たような靴下がつま先を上にして握られていた。

「目の前にある靴下はなんの変哲もないものでしょう？　さあ、みなさんで回覧して、どれほど柔らかいものなのか、さわってみてください。鼠一匹傷つけられないでしょうし、相手が人間となればなおさらです。でも、こっちはどうでしょうか？」

もう一方の靴下の足首の部分を右手でつかみ、くだんの靴下を頭上に掲げると、彼はそれをテーブルの上にふりおろした。ドスン！　かなりの衝撃があり、木に凹みができた。

フレッド・ランダーホフはウェイランドを見つめ、それからストラング先生のほうへと視線を移した。「その靴下のなかにはなにが入っておるのかね？」と教師に向かって訊く。

無言のまま、ストラング先生は靴下をひっくり返した。すると、直径二インチほどの球が転がり出てきた。

「ビリヤードの球です」ストラング先生がいった。「こんなもので頭を殴られたら、陥没しかねないとは思いませんか、ランダーホフさん？」

「ちょっと待ってください」バンクヘッドが口をはさんだ。「ここにいる少年たちはどこでビリヤードの球を手に入れたというのです？」

「その質問を待っていたよ」教師は答えた。「ハリデーさん、それに答えていただけますか？」

「いいとも」オルダーショット・ボーリング・ビリヤード場の経営者は座ったまま、身を乗り出した。「いまから一週間前の夜、ソンタッグのやつはうちの店でビリヤードをやってた。やっこさんが帰ったあと、やつがさっきまで遊んでいたビリヤード台から球がひとつなくなってた。次の客のために別の球を用意しなければならなかったから、そいつはたしかだ。そんなふうに球がなくなるのは、よくあることでね。がきどもがそれでブラックジャックを作っているのはわかってるが、こちらとしてはどうしようもないんだ」

「でも、だれも廊下でビリヤードの球を見つけていないではないですか」バンクヘッドが異議を申し立てた。

「それについても説明する」ストラング先生がいった。「だが、まずはこの球を持って、廊下まで行くことにしよう。ジェシー、全神経を集中して耳をすませてくれ。なにか聞きおぼえのある音がしたら、教えてほしい」

ストラング先生はドアを開けっぱなしにしたまま部屋を出ていった。だれもが熱心に聞き耳を立て、やがてなにかの回転する小さな音が聞こえてきた。

「ローラースケートだ！」ジェシーがはげしい口調でいった。

「いいや、ジェシー」戸口のところにふたたび姿を見せたストラング先生がいった。「クロフトン先生が打ちのめされたときにきみの聞いた音はこれだったのさ。そう、ビリヤードの球が転がって、テラゾの床を横切っていく音だよ」

ストラング先生は今度は大きな黒板を手に部屋のなかに入ってきた。見れば、建物の設計図のようなものが上に貼られている。委員たちによく見えるように、彼はそれを椅子の上に置いた。

「ここにあるのは」彼はいった。「二階の廊下のクロフトン先生が発見された区画の縮小図です。これ以上のものは、機械設計課のもっとも優秀な生徒でなければ描けないでしょう。ご覧いただければわかるように、中央廊下とそこから分岐している後ろ廊下の両方が示されています。クロフトン先生と少年たちはこのあたりにいました」彼は鉛筆の先で袋小路を指し示した。

「いまご覧に入れたような球を後ろ廊下のどこかで転がしたのなら、見つかっていたはずです」ストラング先生は先を続けた。「しかし、中央廊下のほうに向かって転がされたとしたらどうでしょう?」

「その場合、回転しながら角を通り越し、中央廊下の奥の壁にあたって」ウェイフンドがいった。「はね返ったろう」

「そのとおりです。さあ、ハリデーさん、ポケットビリヤードでバンクショットと呼ばれるものがなんであるか、教えていただけますかな?」

「なあに、球をクッション――ビリヤードテーブルの側面――にあててはね返らせてポケットに入れる、突きかたにきまってるじゃないか」

「そして、そういった突きかたにはなにか法則がありますか? 球にひねりがかかっていないと想定した場合ですが」

「ああ。どんな角度でクッションにあたったとしても、球は同じ角度ではね返る。ちょっと練習しさえしたら、毎回そう突けるようになるさ。まあ、十中八九は」

「科学の原理によれば、入射角は反射角に等しいのです」ストラング先生が説明した。

「本当に？　だとすれば、おれもいっぱしの科学者になれるな」

「さて、これで」ストラング先生は先を続けた。「後ろ廊下から中央廊下のほうに転がっていったビリヤードの球は、その属性に沿った角度で壁からはね返ったろうということを、確認できたものと思います。そうであれば、球が転がり始めた位置からして、それは廊下を横切って転がり、奥の壁にあたったでしょう。すなわち、ここと」――彼は図の上に×を描いた――「ここのあいだのどこかで」そういって、もうひとつ×を描く。

「だが、なんで発見されなかったのかね？」ランダーホフが訊いた。

「それにはジェシー・イェーツに答えてもらいましょう。ジェシー？」

「うーん、どれどれ――いや、ちょっと待ってください！　そのふたつの×のあいだには扉――清掃具入れの扉があります」

「それに、放課後きみらが作業をしているあいだ、清掃具入れの扉は開けたままにしてあるのではないかね？」ストラング先生が訊いた。

「ええ、たしかに。というのも、雑巾や水なんかを――つまり、球はまだそこにあると？」

「そうとも、ジェシー」ストラング先生はランダーホフのほうを向いた。「クロフトン先生を殴った者がだれであるにせよ、その人物は球をただ処分しようと遠くに転がしたのです。それは中央廊下のほうまで転がっていき、奥の壁にはね返って、運よく――いや、この場合は不運にもというべきかもしれませんが――清掃具入れのなかに飛びこんだというわけですよ」

「だが、まるまる一週間ものあいだ用務員のだれひとりとして球がそこにあるのに気づかなかったというのは、おかしくありませんかね?」バンクヘッドがいった。

「弁護士先生」ジェシー・イェーツがいった。「一度、そういった清掃具入れをのぞいてみてくださいよ。ありとあらゆる清掃具で天井まで埋まっていますから。ビリヤードの球みたいな小さなもんは、特に捜しでもしないかぎり、見つかりやしませんよ」

「ストラング先生のいうことが正しいのなら、それはまだそのなかにあるということになるな」ウェイランドがいった。

「クロフトン氏が負傷してからまるまる一週間がたっていますから、その間にだれかが清掃具入れに球を入れておくのは可能だったはずです」バンクヘッドが異を唱えた。

「ビリヤードの球の面白いのは」ストラング先生が感慨をこめていった。「硬くて光沢があり――指紋を採取するのにちょうどいい表面を有している点だよ。球に指紋が残ってさえすれば、だれかが証拠をでっちあげたという考えを除外できるだけでなく、ふたりの少年のどちらがクロフトン先生を殴ったかもつきとめることができるだろう」

「さあ、なにをぐずぐずしとる?」ランダーホフがいった。「その清掃具入れとやらをのぞいてみようではないか」

ビリヤードの球は清掃具入れのずっと奥のほうの、ふたつの紙タオルの箱のあいだにはさまっているのが見つかった……。

数日後、アート・ミッケルは教職員室でストラング先生に会った。「おめでとう、レナード、今回もあざやかな活躍ぶりだったね」と彼はいった。「うれしいことに、マレー・クロフトンは日々よくなっているそうだ。それに、あいつらのうちのどちらが実際にマレーを殴ったにせよ、少年犯罪者として扱われることになる――」

「それほど喜ばしいことでもないさ、アート」ストラング先生はため息まじりに答えた。「今回のごたごたにはもう辟易しているところだ。それというのも、ビリヤードの球に残っていた指紋がルーク・バローズのものだったからだよ」

「それがなにか?」

「ルークは二ヵ月前に十六歳を迎えた。もはや少年犯罪者とは見なされない。もっかのところ郡刑務所に収監されて、裁判を待っているところさ」

ストラング先生の熊退治

森英俊訳

「レナード、きょうはもう授業をしなくてもいいぞ」机の向こう側に座っている教師がすでにしわだらけの顔を不快そうにしかめるのを、オルダーショット高校の校長マーヴィン・W・ガスリーは目の当たりにした。ふたりで話をするたびに、ストラング先生が口を開く前からひどく落ちつかない気持ちになるのはなぜだろうと、ガスリーは思った。痩せっぽちの老教師が人好きのする人間でないのはたしかだ。しわの寄ったスーツ、何週間も櫛《くし》をあてていないように見える白髪まじりの刈りあげた薄い髪は、ガスリーの思い描く高校教師のあるべき姿とはほど遠かった。それに、きょうはもう授業をやらなくてもいいと告げられているのだから、もう少しありがたそうな顔をしてもいいのではないか？

ストラング先生はありがたがってなどいなかった。学期末試験を控え、彼の化学の授業の生徒たちはさらなる復習の時間をひどく必要としており、彼の代わりに急遽呼ばれた代理教師は英語の準備だけをしてきて、三角フラスコとベンゼン環の区別もつかないことが判明したからだ。おまけに、オルダーショットで三分の一世紀以上にもわたって教えてきた経験からストラング先生には、教師が授業の途中で呼び出されるのは、校長になにか思惑――それも、だいたいが不愉快な思惑――があってのことだというのが、わかっていた。

彼は押し黙ったまま、酸による染みの付いたネクタイで黒縁眼鏡を磨き始めた。

「一時間ばかり前に電話があってね」ガスリーが先を続けた。「電話の相手はきみとの会見を要請してきた」

「なるほど」さっぱり事情は飲みこめなかったものの、ストラング先生はそう答えた。生徒の親との会見はきまって教師の自由時間か放課後に行なわれ、授業中ということはまずない。

「電話をおかけになってきたのは」ガスリーが神をあがめるかのような口調でいった。「レティシア・イングラム・ボールト御本人だ」

ニューヨークの新聞がかつて「ジェット機で地球を飛び回るおばあちゃん」と呼んだレティシア・イングラム・ボールトは、夫のモーティマーを亡くした直後の十年ほど前に、オルダーショット村のはずれにある大邸宅に移り住んできた。モーティマー・ボールトは生前、痩せた土地を買いあさり、その土地の権利を取得するやいなや、地表を軽く掘るだけでたちまち原油が無尽蔵に湧き出すという、他人にまねのできない才能に恵まれていた。そのためレティシアが村にやってくると、地元の銀行からもオルダーショットの社交界からも、諸手を挙げて歓迎されることになった。

何年ものあいだ、レティシアにはこの世にひとつしか楽しみがなく――それは彼女自身のことだった。自宅で〝内輪だけのささやかなパーティー〟を催しては百人以上もの招待客を呼び、彼らをもっとも最近の知り合い――米国の上院議員、受賞作家、あるいは映画俳優――にひき合わせるのを、なにより楽しみにしていた。こうしたパーティーのしめくくりとして、彼女はどこか異国の地にジェット機で向かい、そこで国家元首、芸術や文化の先導者たち、国際社交界の人々の歓迎を受けることもあったが、その際には、この国を代表する新聞の社交コラムの執筆者たちが一連の遊山旅行についてはでに書き立てた。

だが、ひとり娘と義理の息子が飛行機の墜落炎上した事故で命を落としたという知らせを聞くや、レティシア・ボールトのばかげた社交の旅もふいに終わりを迎えた。

夫婦のあいだには子どもがひとり――重いリューマチにかかり、半身不随になった九歳の男の子がいた。レティシアはその子を呼び寄せた。その子が到着し、車椅子姿で自分の前に現れた瞬間から、彼女はめまぐるしい生活をやめ、少年の幸福のためにすべてを捧げるようになった。なかにはそんな献身は続かないだろうという者もいたが、ほどなく驚かされることになった。孫の要求を聞いてやっているとき、彼女がこれまでになく幸福に見えることにも、人々は同じように驚かされた。

そんな矢先に少年が死んだ……。

「あれは六ヵ月ほど前のことだったな、レナード?」ガスリーが訊いた。「そのときのきみは、あの子になにか家庭教師のようなことをしてやっていたのではなかったかね?」

ストラング先生はうなずいた。「科学に関してはかなり優秀で、ボールト夫人がある日わたしの元を訪ねてこられ、孫が抱いている疑問の答えを見つける手助けをしてくれないかと頼まれたものですから。ふたりでなんとかその答えに達することができたあと、わたしは彼自身が虚弱すぎて行なうことのできない実験をやってみせることにしました。でも、ボビーが亡くなってからはボールト夫人にはお目にかかっていません。いまさらなんのご用がおありなのでしょう?」

「わたしもそれを疑問に思っておるのだ」ガスリーがいった。「わが校にとってやっかいなことにならねばいいのだが。なにせ、この土地では彼女の言葉に大いに影響力があるからな」彼は机の上のインターホンをいじくった。「ジョアン」とスピーカーに向かっていう。「ボールト夫人をお通ししなさい」

彼はストラング先生のほうをちらっと見やった。「お願いだから、レナード」と懇願するようにいう。「行儀よくしていてくれ。彼女がなにをいおうと、少しでも敬意を払うように——そう、わたしのためにだ。きみがそうしてくれなければ、彼女の持っている人脈からして、わたしは合衆国大統領に罷免された最初の高校校長ということになりかねん」

ストラング先生の背後のドアが開き、レティシア・イングラム・ボールトが部屋に入ってきた。ほっそりしていて身長も五フィート少しほどしかなかったが、自分自身にうぬぼれではなく誇りを抱いているところが見てとれた。六十はとっくに超えているが、気品のある美しさはいまだに保たれている。

彼女が机のほうに近づいてくると、ストラング先生は立ちあがり、相手のほうを向いた。「レティー」と優しい声でいう。「きみにまた会えてうれしいよ」

ガスリーはストラング先生にもっとていねいな口をきくようにいうべきかどうか迷った。だが、そのことについてあれこれ考えているうちにストラング先生はボールト夫人の手をそっと握ると、それを自分の唇のところに持っていった。彼がそれに口づけすると、レティシアは軽くひざを曲げ身体を屈めた。そのしぐさがあまりにも時代遅れでありながらいいようもなく魅力的だったので、校長は別の時代——シュトラウスのワルツや優雅な馬車の時代——に思いをはせた。そうこうするうちに校長室にいる自分がひどく場違いな人間に思えてきた。

「ストラング先生とふたりきりでお話になりたいのでしょうね」ガスリーは否定されることを期待しながらいった。

「もしよろしければ」レティシアが答えた。

肩をすくめ、ストラング先生をいま一度きびしく一瞥してから、ガスリーは部屋をあとにした。

「わたしが入ってきたとき、ガスリーさんはなにかに心を乱しておいでのようだったけど」眉を軽くひそめながら、レティシアがいった。

「おそらくわたしがきみのことを〝レティー〟と呼んだからだろう」ストラング先生が答えた。

「校長は地元でのきみの地位に感服していて、わたしがなれなれしすぎると思ったのだろうよ」

「なにをいうの、レナード！」レティシアは喉を震わせて、笑いまじりにいった。「だって、あなたはボビーにあんなによくしてくれたじゃない？　あなたの訪問がなによりも楽しみだと、孫もいっていたわ。あの子をあんなに幸せにしてくれたのだもの、わたしを妖精の女王《ボーディ・マブ》（『ロミオとジュリエット』の登場人物）と呼ぼうがどうしようが、あなたの自由よ。わたしたちはそんな堅苦しい呼びかたをしなくてもいいくらい仲良しのはずでしょ」

「きみのいうとおりさ、レティー」ストラング先生は彼女に椅子を勧め、別の椅子を自分のほうに引き寄せた。「さて、それでは用件を聞かせてもらおうか」

「ボビーのことなの」

「ボビーの？　でも、彼は……」教師の声はしだいに弱々しくなっていった。

「そうよ、レナード、あの子は死んでしまったわ。心臓があまり強くなかったものだから。でも、わたしはあなたにあることをつきとめてほしいの」

「あることをつきとめる？　いったいなにを？」

「わたしが孫を殺したのかどうか、それをつきとめてほしいのよ」

手を伸ばせば触れわれそうな沈黙が校長室にふいに立ちこめた。ストラング先生が向かいに座っている女性をまじまじと見つめると、相手も尻込みすることなく視線を返してきた。

「レティー」ストラング先生はささやくようにいった。「そんなことはありえん――つまりその、きみが――そんなのはばかげている！　きみは殺人者なんかであるものか。それに、新聞は心臓が原因だったと報道しておったじゃないか」

「ええ、たしかにあれは殺人ではなかったわ。それでもなお、わたしはあの子を殺したのは自分だと思っているの。だからこそ、あなたのところへ来たのよ」

「だが、それなら医者が――」

「ねえ、レナード、わたしはそれこそ世界中の医者と話をしたわ。警察を呼びもした。それから私立探偵たちもね」

ストラング先生は、レティシアの甲高い、ヒステリー気味の口調が気に入らなかった。彼はなだめるように相手の手をなでた。「でも、レティー、わたしは一介の学校教師にすぎない。そのわたしになにが――」

「ボビーの死に関して話した人間のなかにオルダーショット警察の刑事がいたの。ポール・ロバーツよ」

ストラング先生はほほえんだ。「ポールのことはよく知っているよ」彼はいった。「いいやつだ」

「彼もほかのひとたちと同じ結論に達したわ――あの子を殺したのはわたしだと。でも、なにか新たなことが見つかるとしたら、それができるのはあなただろうともいった」

「それはポール・ロバーツらしからぬいいかただな」

「そう」レティシアの涙に濡れた瞳がきらめいた。「実際の言葉は『あの骨ばった老いぼれには水晶球が生まれつきそなわっている』だったけど――要するに同じことじゃない？」

ストラング先生は椅子から立ちあがった。「レティー、なにかわたしにできることがあるというなら、もちろん、そうさせてもらうよ。でも、奇蹟は期待しないでほしい。それじゃあ、きみの話を聞かせてもらうとするるか」

「レナード、いっしょにお家まで来てもらえるとありがたいのよ。そこでなら、説明することができるわ。そのほうがここでそれについて語ろうとするより、はるかに容易だもの」

「でも、ガスリー校長が――」

「ガスリーさんとはもう話がついているのよ。お願いだから、多忙だとかなんとかいわないでちょうだい。もう、そうすることにきめたんだから。わたしはあなたの思うままになる教え子のひとりとは違うのよ、レナード・ストラング」

立ちあがって彼の腕をつかむレティシアの口元には笑みが浮かんでいたので、ストラング先生はほっとした。

レティシアの外国産の大型自動車はカール・ドルーという名の並はずれて大きな青年が運転手を務めていた。「このカールはボビーが亡くなる数週間前に雇い入れたばかりだったの」レティシアが説明した。「あの子にはとてもよくしてくれて。このひとが病身の子どもを楽しませるためにわざわざこしらえてくれた動物たちの小彫刻を、あなたにも見てもらいたいものだわ。いまやわが家の運転手であり執事であり、なんでも屋でもあるのよ」

ボールト家は、ストラング先生のおぼえていたとおりの——広大なものだった。母屋はヴィクトリア朝建築の巨大な建造物で、壁や屋根に突き出している出窓、丸天井や小塔があちこちに見られた。一方、庭のほうは庭師の手入れをひどく必要としていた。

「あの出来事以来——使用人たちを減らしてしまったのよ。興味をなくしてしまったものだから」レティシアがいった。「もう残っているのはカールとジャネットだけ」

ストラング先生はジャネット・ラムゼーのことを思い出し、当人が自分たちを正面玄関で出迎えると、温かく挨拶した。三十代初めの美しい看護婦で、もともとは七年前にレティシアが肺炎にかかったときにボールト家に呼ばれてきたのだった。それ以来屋敷にとどまっており、ボビーがやってくると、その看護婦としての訓練がなにより役立った。

「またお目にかかれてうれしいです、ストラング先生」彼女はほほえんだ。「ボールトさまはいつもこのお時間に紅茶をお召しあがりになります。あなたにもなにかお持ちしましょうか？」

「コーヒーを頼む」ストラング先生がそういうと、ジャネットは糊のよくきいたスカートをサラサラさせながら、キッチンのほうへ大股で向かった。

ストラング先生は顔をあげて幅の広い曲がりくねった階段のほうに目をやると、壁に設置された昇降用の椅子をじっと見つめた。「ボビーのために付けさせたのよ」レティシアがいった。「あの子の部屋からキッチンに通じるスピーカー装置といっしょにね。ジャネットにねんじゅう階段をのぼりおりさせるわけにはいかないし、それにもちろん、カールがそばにいないときには、あれがなければあの子をほかの階に連れていくこともできなかったからよ」

ストラング先生はレティシアと共に豪華な居間に行き、椅子に深々と腰をおろした。「さあ、事件の話をしようじゃないか」大きなブライアーパイプに火をつけながら、彼はいった。「きみがボビーを殺したのどうのという、この世迷い言はいったいなんなんだ?」

「ことの発端はこの部屋でのことなの」レティシアが答えた。「わたしはそのとき、ボビーに怪談を語って聞かせていたのよ」

「怪談?」

「ええ。あの子の健康状態からすると、それは愚かなまねだったけど、でもいい、ボビーは怪談には目がなかったのよ。暇を見つけては読んでいたし、あの子がそれらをどんなに楽しんでいるかを知って、わたしもいくつかその手のものを話して聞かせてやるようになった。でも日が暮れ、うす暗い部屋で暖炉の火が明滅するような時間になってからは、やらなかった。毎昼食時に違った話をするのが常だったのよ。まさしくこの部屋で、真っ昼間にね」

「なるほど。で、彼の反応は?」

「わたしが話しているあいだ、あの子は笑みを浮かべ、手をたたいていた。なかでも気に入った話をすると、『すばらしかったよ、おばあちゃん』といってくれたわ。燃える熊について話をしたときも、そういった反応を見せたの」

「燃える熊?」

「それがあの子に話して聞かせた物語なのよ――な、亡くなった日に――」

「わたしにも聞かせてくれるかね?」

「実をいえば、物語というほどのものじゃないのよ。ひもじがっている家族に食べ物を与えるために、ある年の冬、森に入ったインディアンの猟師の話なの。熊が冬眠しているほら穴を見つけ、熊を殺したいと思ったけれど、まずはインディアンの精霊のお告げを聞くことにしたの。すると、精霊の奇妙な声が風に乗って運ばれてくるのが聞こえてきた」レティシアは両手で口を覆い、不気味な調子でそっと歌い始めた。「精霊は熊を殺すことを禁じた。でも、インディアンはそれに従おうとしなかった。ほら穴のなかに枝木を積み重ね、それに火をつけたのよ。火が消えたころには、熊は焼け死んでいた。

その晩、インディアンとその家族が熊の肉を味わっていると、周りの森からふいにうなり声が聞こえてきた」レティシアはふたたび両手で口を覆い、今度は大きな動物の苦悶の声を出した。「やがて巨大な熊が明かりのなかに飛び出してきた。でも、それは毛の代わりに緑色の炎で全身を覆われていたのよ。インディアンが逃げ出し、熊がそのあとを追いかける。それ以来、どちらの消息もぷっつりとぎれてしまった。でも、ときおり森のなかで光っているのが見えるささやかな狐火は、熊にやっつけられたあとのインディアンの名残だという話よ」

彼女は肩をすくめると、腕を広げた。「これでおしまい」

ストラング先生はしばらく黙ったままパイプをふかしていたが、「申しわけないが、レティー」としまいにいった。「その燃える熊の話のどこが恐ろしいのか、わたしにはさっぱりわからんのだが。ボビーが真っ昼間にその話を聞いたというのなら、なおさらだ。きみが話し終えてから、なにがあったのかね？」

「なにもなかったわ。ボビーは三時まで読書をしたあと、昼寝をしに上に行ったのよ」

「ひとりで？」

ジャネット・ラムゼーがカップをカチャカチャいわせながら、トレーを片方の肩の上にバランスよく載せて入ってきた。「もちろん違いますよ、ストラング先生」紅茶とコーヒーをつぎながら、看護婦がいった。「ボビーは車椅子なしにはどこにも行けませんでしたから。わたしはあの子を昇降機に乗せ、脇について階段をのぼりました」彼女はレティシアのほうを向いた。「口をはさんで申しわけありません、奥さま。でも、漏れ聞こえてきたものですから」

「かまわないわ。この話はそれこそもう数え切れないほどしているもの。だからもう、ないしょにしておく必要などないのよ。あなたがあの子をベッドに寝かせたのだから、あなたに話の続きをしてもらったほうがよさそうね、ジャネット」

「お伝えするようなことはあまりないんです。階段のてっぺんに着くと、わたしはボビーを車椅子に乗せました。そういえば、カールが上の階の浴室で管をいじっていたので、もう少し静かにしてくれるよう伝えねばなりませんでした。わたしはボビーをベッドに寝かせると、ふとんをかけ、ドアを閉めました。おおむねそんなところです」

「あのときボビーが寝すごしたことをのぞけばね」レティシアがつけ加えた。

「寝すごした？」ストラング先生の眉がつりあがった。

「ええ」看護婦がいった。「ボビーはたいてい六時から六時半のあいだにひとりで目を覚まします。でも、夕食のしたくを終えて時計を見ると、七時を回っていたのに、あの子はまだ寝ていました」

「そのとき、きみはどうしたのかね？」

「最初はそうたいしたことだとは思いませんでした。というのもストラング先生、ボビーにはそのとき、腕や頭が痙攣する、いわゆる震えの兆候が見えていたものですから。医学用語でヒョレアといい、重度のリューマチ熱の後遺症としてしばしば見られるものです」

学校教師はうなずいた。「それについては聞いたことがある。かつては舞踏病といわれていたものだ」

「そういった発作に襲われると、ボビーは疲れ切ってしまうんです。わたしはあの子を寝かしておいてやろうと思いました。でも七時半になると、さすがに心配になってきました。カールがまだ上の階にいたので、ボビーのことを起こしてくれるよう頼みました」

「わたしたちはあそこに立っていたの」レティシアが指さしながらいった。「そう、あの階段の最下部にね。カールがボビーの部屋のドアをノックする音が聞こえたあと、カールが踊り場までやってきて、ボビーからは応答がなく、ドアに鍵もかかっているといった。もちろん、わたしたちはなにごとかと大急ぎで現場に向かったわ。というか、ジャネットが直行し、わたしはそのあとを少し遅れてついていったのよ」

「遅れをとったのはなぜだね、レティー？　きみはじゅうぶん機敏そうに見えるが」

「配膳室に置いてある鍵を取ってくる必要があったからよ。慌てていたせいで、かえっててまどってしまった――ジャネットがあそこの窓の外の風景をスケッチした美しい絵の上にイチゴジャムをまき散らしてしまったの」

「鍵を取ってから上にあがり、ボビーのドアの前にいるほかのふたりに加わったというわけだね、レティー？」

レティシアはうなずいた。「わたしがあそこにたどりつくと、ジャネットは叫び声をあげていて、カールは文字どおりわれを忘れてドアを押し破ろうとしていた。ジャネットはわたしの手から鍵を取ると――わたし自身の手は震えすぎていて、使いものにならなかったの――ドアを解錠して開けた。ああ、ジャネット、いつまでたってもドアが開かないような気がしたわ」

「蛮族のようにいきなり押し入るのはまずいと、思ったものですから」

「そのときなのよ、あの子が叫び声をあげたのは」レティシアは両手で顔を覆い、すすり泣きを漏らした。ストラング先生はそっと肩に手を添えた。

「叫び声をね」教師が優しい口調でいった。「どんなことを口にしたのかね、レティー？」

勇気をふりしぼるだけの力を静かに請い求めるかのように、レティシアは頭をあげて天井を見つめた。孫の部屋でのその瞬間の苦悩に満ちた記憶に、顔は歪んでいた。

「熊が！」言葉が唇のあいだから無理やり押し出されたかのように、彼女はささやいた。「あの子はそう叫んだのよ、レナード――『熊が！　ぼくのことを追っかけてくる！』って。そう、何度も何度も。ああ、レナード、これまであんな恐ろしい場面に遭遇したことはなかったわ」

「わたしはただちに明かりをつけ、あの子のところに駆けつけました」ジャネットがいった。「心臓が身体から飛び出さんばかりにいくたびか高鳴ったあと――停止してしまいました。お医者さまが到着するまもなく、あの子は死んでしまったんです」

「それが一部始終よ、レナード」レティシアは小さなハンカチで瞳をぬぐうと、気力をふりしぼって、自制心を働かせようとした。「わたしがあの話をボビーにしていなければ、あの子はいまでもまだ生きていたでしょうに」

ストラング先生は看護婦のほうを向いた。「医者が死因を証明したのだろうね？」

ジャネットはうなずいた。「ボビーは怖がっていて、心臓の鼓動が早くなるにつれ、傷を負っている弁がその負担に耐えきれなくなってしまったんです。ああいった症例ではべつだん珍しいことではありません」

ストラング先生はレティシアとふたりきりにしてほしいと、ジャネットに身ぶりで示した。彼女は承知しましたというように一礼すると、そっと立ち去った。

「レティー？」

「なあに、レナード？」

「自分を責め続けてはいけないよ。あれは事故以外の何物でもなかったんだから」

「そうすると、あなたもわたしがあの子を殺したと思っているのね?」

「レティー、きみが彼を殺したということにはならないさ。きみはあの子が喜ぶと思ったことをしたまでだ。それなのに、きみは自分を責め続けている」

「でも娘が亡くなってからは、あの子だけがわたしに残されたものだったのよ。わたしが死んだあとは、あの子に全財産を受け継がせるつもりでいたの」

あることがストラング先生の頭にひらめいた。「新しい遺言状をまだ作成していないんだね?」

彼は即座に訊いた。

「ええ」

「もっかのところ、だれが遺産を受け継ぐのかね?」

「いくつかのささやかな遺贈をのぞいて、遺産はすべて慈善団体に寄付されることになっているわ。娘の夫はかなり裕福で——いえ、そうだったものだから——娘はお金を必要としていなかったの」

隠れた動機はないということだな、とストラング先生は思った。彼は目の前に座っている女性の青白い顔を見つめた。なにか慰めの言葉を思いつければいいのだが、いまなにをいったところで、なんの役にも立つまい。レティシアは自分が殺したものときめつけてしまっている。とはいえ——

「椀足動物め!」彼は怒ったようにつぶやいた。なにかできることがあるはずだ。「レティー」

彼はうむをいわせぬ口調でぶしつけにいった。「ボビーの部屋を見せてくれ」

「いいわ、レナード。部屋はあの子が――あの日のままにしてあるの。あれ以来、錠をおろしてあるのよ――そう、あ、あの子との思い出のためにね。わたし自身が掃除をし、わたし以外の人間でなかに入ったのは。警察とわたしが雇った私立探偵たちだけよ」

彼らは階段をのぼり、廊下を通って、その端にある小さなドアの前までやってきた。「あまり大きな部屋ではないの」レティシアが錠にさした鍵を回しながらいった。「でも、明るくて快適で、ボビーはとても気に入っていたわ」

ドアが内側にさっと開くと、ストラング先生は錠がスプリング式になっているのを見てとった。このことがドアに錠がおりていたことの説明になるなと彼は思った。ドアが閉まるやいなや、留め金がパチンとはまるようになっており、施錠するのに鍵は必要ない。

ふたつの窓から遅い午後の日射しが小さなベッドのほうへと射しこんでいた。これらの窓の下には部屋の端から端までを占める長椅子が置かれている。その上には電話、ストラング先生自身が提供した科学の実験器具、それに何体かの木彫りの彫刻があった。彼はそのうちのひとつをつまみあげた。

「熊だね」とレティシアに向かっていう。「なかなか出来のいい彫刻だ。これはボビーの手によるものかい?」

「いいえ。カールの仕業よ。ボビーのためにいくつか彫刻をしてくれたの。なかでもこの小さな熊はあの子のお気に入りだったわ」

「少なくとも、この熊にはなんら恐れるべきところはないな」ストラング先生はクローゼットのなかを調べたが、なにも見つからなかった。世界的に有名な男女の署名入り写真が部屋の白壁に飾られているのが興味を惹いたが、なんの役にも立ってくれなかった。活発な運動によるしわやほころびとは無縁の少年の衣服が、彼らの入ってきたドアの内側に固定された二列のフックにつるされている。

ドアに軽いノックの音がした。ストラング先生がスプリング錠を解除してドアを開けると、ジャネット・ラムゼーが彼の肩越しにレティシアのほうを見た。

「申しわけありません、奥さま」彼女はいった。「でも、もうすぐ七時ですし、夕食のしたくもできています。どういたしましょう――」彼女はストラング先生のほうを身ぶりで示してみせた。

「もちろんよ、ジャネット。もうひとつ席をもうけてちょうだい。ねえお願いだから、もう少しいてちょうだいな、レナード。まだ帰らないでほしいの。ことによれば――」

「もちろんそうさせてもらうよ、レティー」教師はそう答えた。

食事は手のこんだもので、ストラング先生はオルダーショット高校の教師としての冒険をひどくおおげさに話し、カールとふたりの女性を楽しませた。話が終わると、ジャネットはカールにあとかたづけを手伝わせ、ストラング先生はレティシアと玄関ポーチに立って、夕暮れをながめた。

「じきに帰らなければいけないんでしょうね」レティシアがしまいにそういった。

老教師はうなずいた。「これ以上きみの力になれなくて申しわけない、レティー」

「ああ、レナード、このまま日が暮れなければいいのに。暗くなってからひとりでここにいて、あのときのことを――どうしたの、レナード?」

ストラング先生は黒縁眼鏡をはずし、赤い半円状の太陽が地平線に沈むのをじっとながめていた。「わかったぞ、レティー」彼はしゃがれたささやき声でいった、「きっとそうに違いない」

「いったいなにをいっているの?」

それに答えるかわりにストラング先生はレティシアの腕をつかむと、急いで家のなかへと連れていった。

「鍵だ、レティー」手を伸ばしながら、彼はいった。

「鍵というと?」

「ボビーの部屋の鍵だよ。あそこへもう一度入りたいんだ」

「そうしたいというのなら、もちろんいいわよ。わたしもいっしょに行くわ」

「いいやレティー、きみはここにいてくれ。日が暮れてから、上にあがってきたまえ。そうする際には、ジャネットとカールに」――親指をぐっとつき出して、キッチンのほうを指し示す――「なにか用事をいいつけておいてくれ。できることなら、あのふたりが屋敷にいないようにしてほしい」

レティシアが鍵を手渡すと、ストラング先生は階段を駆けあがり、てっぺんに到達したところで息を整えるために立ちどまった。彼はふりむいてレティシアのほうを見おろし、唇に指をあてた。それから死んだ少年の部屋のドアへ急いで向かい、解錠して、なかに飛びこんだ。

二十分後、ストラング先生は暗いなかに座ったまま、窓越しにガレージの明かりを目にした。カールとジャネットは芝生を横切り、すでにガレージに入っていた。ほどなくして、小さなスポーツカーが闇のなかへと走り去った。

廊下に足音が聞こえてきた。ドアに軽いノックの音がして、レティシアの声が「そこにいるの、レナード?」とそっと尋ねてきた。「カールとジャネットに映画を観に行かせたわ。今晩はもう帰ってこないでしょう」

彼は明かりをつけ、ドアを開けると、彼女になかに入るよう身ぶりでうながした。彼女が入室すると、ドアを押してその背後で閉めた。

「ここにいるあいだに電話を使わせてもらったよ」彼はささやいた。「かまわなかったろうね?」

「もちろんよ。だれに電話をかけたの?」

それに答えずに、ストラング先生は小さなベッドのほうを身ぶりで示した。「きみに寝てほしいんだ、レティー」

「でも、いったいなんのために? だってレナード、気分は悪くないし、横になる必要なんかないもの」

ストラング先生は眼鏡をさっとはずすと、それを上着のポケットにしまいこんだ。「答えが見つかったように思うんだ、レティー」彼は優しい口調でいった。「わたしにはボビーがどのように殺されたかわかっている。そして、きみはそのことになんの責任も——ほとんどなんの責任も——ないんだよ」

レティシアは老教師を見つめ、信じられないというようにかぶりをふった。「つまり、わたしのせいでは本当になかったと――」

「ああ、レティー、きみのせいじゃない。でも、口で説明するだけではなにもならない。のちのちきみが疑いを抱き、ふたたび自分自身を責めるようなことがないように、実演してみせる必要があるのだよ。だから、さあ、横になりたまえ」

いまだに怪訝そうにストラング先生のことを見ながら、レティシアはゆっくりベッドのほうに向かい、柔らかいマットレスの上に身体を横たえた。

「さあ、目をつぶって」ストラング先生が命じた。「わたしが話しかけるまで、つぶったままでいるんだ」

「わかったわ、レナード」小さなカチッという音がして、レティシアには目をつぶったままでも明かりの消えたことが感じられた。

「いま部屋は真っ暗な状態にある」ストラング先生は落ちつかせるようにいった。「ボビーが昼寝から目を覚ました六ヵ月前とちょうど同じ状態だ」

「たしかにそのとおりだわ。外は暗くなっていた。でも、それがあの子の死となんの関係があるというの?」

「それがわたしの考えに入れていなかった点だったのさ、レティー。いまは六月――学期末試験の月だ。夕食の直後にここにあがってきたときには、さらに二時間はたっぷり日が射していた。だが、ボビーが亡くなったのは六ヵ月前――冬のさなかだ。日は短く、サマータイムにもなっていないから、当日ボビーは暗闇で目を覚ましたということになる。そうじゃないか、レティー？」

衣ずれの音が部屋のどこか近くでするのが聞こえてきた。「ええ、たしかに暗くなっていたわ、レナード。でも、わたしにはまだ――」

彼女のいらだった神経をなだめるように、ストラング先生はゆっくり優しい口調で語った。「いいかい、レティー、きみに想像してみてほしいんだ。でも、目はきっちり閉じたままでいてくれ。きみはつかのま、この屋敷を所有している裕福な女性ではなくなる。きみはリューマチ性心疾患を抱えた十一歳の少年、ボビーだ。加えて、きみはヒョレア――ジャネットが〝震え〟と呼ぶところの発作に見舞われている。疲労困憊してはいるものの、身体が痙攣するため、眠りにつくことができない」

レティシアには自分の腕が無意識のうちに痙攣するのが感じられた。

「きみはなにか鎮静剤を与えられていたことだろう。おそらく、フェノバルビタールかなにかを。きみははっきり目が覚めてはおらず、〝うとうと〟していた。身動きするには疲れすぎているものの、自分の周囲にあるものには気づいている状態だ」

「正気な人間ならリューマチ性心疾患を抱えた患者にフェノバルビタールを与えたりはしないわ」レティシアが異を唱えた。「わたしでさえ、そんなことくらいは知っているもの」

「だが、ボビーは知らなかった」教師はものうげにいった。「ミルクかなにかに混ぜられていたら、飲んだことにすら気づかなかったろう。さあ、きみはいまボビーだ。いいかい、ボビーだということを――忘れないように」

真っ暗闇のなかでふいに物音がした。最初のうちはそれがなんなのか、彼女には見当がつかなかった。目を閉じたまま、彼女は必死に耳をすました。

ストラング先生は彼女の怪談話の精霊の言葉をくり返し唱えていた。熊、燃える熊。ああ、なんでボビーにあんな話をしてしまったのだろう。もちろん、そんな熊が実在しているなどということはありえないが。

そのとき、うなり声が聞こえてきた。あれもレナードの仕業に違いないわ。それにしても真に迫っていること。彼女は森の熊が部屋のなかをうろついているさまを思い浮かべた。とにかく、ボビーと同じように考えなくては。レナードもそうするようにいったじゃない。

うなり声はやんだ。数分すると、奇妙な状況下にあるにもかかわらず、レティシアは眠くて考えがまとまらなくなっているのに気づいた。こんなことじゃいけない。でも、レナードがそばにいてくれて、わたしを熊から——そう、熊から——

彼女がうとうとしかけていると、部屋のどこからかドシンドシンという大きな音が聞こえてきた。「起きなさい、ボビー!」くぐもった声がした。彼女は思わず目を見開くと、起きあがった。びっくりして、冷静になろうと頭をふる。彼女は真っ暗な部屋のなかにいる学校教師の姿を求めてあたりをながめ回した。

そして彼女は悲鳴をあげた。

それはまるで悪夢さながらにベッドの後ろに身構えていた。熊の形をしていたが、地獄の深淵部から現れ出でたかのようなありさまだった。いっぱいに伸ばした前肢、巨大な胴、よだれを流しているあごが、目の前にぼうっと浮かんでおり――それらがすべて緑の炎に包まれて暗闇のなかで輝いている。

すると、その恐ろしいものが――動いた。

「レナード！」彼女は金切り声をあげた。

部屋の明かりがつき、熊は出現したときと同じようにだしぬけに消え失せた。ストラング先生は開いたドアのすきまから外を見渡した。それから床に積み重なっている少年の衣服を踏み越えながら、レティシアのところまで歩いてきた。

「きみのお孫さんを殺したものの正体が、きみにももうわかったろう」と教師はいった。「あの子みたいに心臓が弱ければどうなっていたか、想像してみたまえ」

「でも、あの熊は――」レティシアはうめいた。

「蛍光塗料さ――熊はそれでドアの内側に描かれていたんだ」ストラング先生は答えた。「明かりがついているあいだは蛍光塗料の色はドアの色ととけ合ってしまうので、気づかれない。これらがフックに掛かっていたことも、隠すのにひと役買ったんだろう」彼は床の上の衣服を身ぶりで示した。

「きみの雇った私立探偵たちがだれひとりとしてなにも見つけられなかったのもそのためだ」彼は先を続けた。「連中は昼間この部屋のなかを調べるか、夜ドアを開けると同時に明かりをつけるかした。真冬の七時半にここがどんなに真っ暗になるかを思い出すまで、わたしも同じ過ちを犯していたのさ」

「でも、いったいだれが――」

「ジャネットさ」ストラング先生がいった。「それ以外には考えられない」

「でも、彼女がそんなことをするはずはないわ！　ボビーのことを心から愛していたもの」

「どんなふうに起こったか説明させてくれ、レティー。ジャネットはあの日、きみの怪談を盗み聞きした。ボビーを始末し、きみにその責任があると、みんな――きみを含めた全員――に信じこませるのには、絶好の機会だった。彼女はこの部屋にやってくると、ドアの上に熊の絵を描いた――蛍光塗料が手元になかったとしても、あの日の午後に町で入手する時間はいくらでもあった。それにきみの話だと、彼女は腕のいい画家だというじゃないか」

「レナード、さっきフェノバルビタールがどうのこうのといったわね？」

「それが使われたのを立証することはできないが、そうだったに違いない。看護婦として、そうした鎮静剤類に容易に近づけたろう。彼女にはあの子をうとうとさせておくのにちょうどいい分量をどうやって与えるかがわかっていたし、ここにいるあいだに、ドアに掛かっていた洋服をはずしたのさ。いいかい、ボビーには昼間は熊を見ることができなかった。それに彼女はスプリング錠がきっちりかかっているのを確認したに違いない。

彼女はそうしてから下におり、キッチンに戻った。おそらく、きみがさきほど話題に出したスピーカー装置を通じて燃える熊のうなり声をボビーの部屋に送ったのだろう。キッチンと居間とのあいだには距離があるので、きみには聞こえなかったのだよ。

そのあと飲まされていた薬のせいで、ボビーはいつもの時間に応答しなかった。心配になったきみたちは部屋の前に集まり、ドアをノックしたり、大声で叫んだりした――そんなものはただでさえグロッキーの少年を怯えさせ混乱させるだけだった。彼が目を開けると――そう、あとは知ってのとおりだ」

「でも、わたしたちは揃って部屋のなかに入ったのよ」レティシアがいった。「だのになぜ、カールとわたしには見えなかったのかしら――」

「ジャネットが最初に部屋に入ったからさ。彼女がどんなにゆっくりドアを開けたか、きみも話していたじゃないか――そう、ボビーが確実に熊の姿を目にするようにしたかったのだよ。ボビーは悲鳴をあげ――」

「ジャネットはただちに明かりをつけた！」

「まさしくね。そして、きみらの注意がボビーのほうに向いているすきに、衣服をドアのところに掛け直した。そのとき以降、ジャネットには熊の絵を塗りつぶす機会はなかった。というのも、きみが部屋に施錠し、鍵を肌身離さず持ち歩いていたからだ」

「な、なんて、おぞましい」レティシアがゆっくりといった。「でも、ドアに描かれた熊を無視することはできないわ。どうしたらいいかしら、レナード？　警察を呼んだほうがいい？」

ストラング先生はうなずいた。「彼女が戻ってくるまでには呼んでおいたほうがいいだろう。もっかのところ、ドアに描かれた熊をのぞけば、ジャネットの罪を裏づける証拠はさほど強力なものではない。こちらが確信していることと法廷で証明できることとはまったくの別物だからね。でも、正しい方向に目を向けさせてやりさえすれば、ポール・ロバーツと彼の部下たちがさらなる証拠を見つけてくれるだろう」

「あなたのいうとおりにするわ、レナード。ただ――」

「ただ、なんだね？」

「なぜなの？　ジャネットはいまになって、なんでそんなことをしでかしたの？」

「なあ、レティー、すべてはきみがこの世でもっとも寛大な人間に違いないからさ」

「どういうこと？」

「ここで待っているあいだに、わたしはきみの弁護士に電話をかけ、遺言書のことを訊いてみた――お孫さんへの遺贈がまだ記載されていないままのやつだ」

「ええ、それがなにか？」

「シムズ弁護士はわたしの古い友人で、いっしょに学校に通ったものさ。とはいえ、きみの私事については口が重かった。でも、最終的には聞き出すことができたよ」

「まだ事情がのみこめないわ――」

「きみはわたしに〝いくつかのささやかな遺贈をのぞいて〟遺産はすべて慈善団体に寄付されることになっているといった。そうじゃないか？」

「ええ、でも――」

「いいかい、レティー、われわれ労働者階級は〝ジャネット・ラムゼー嬢の誠実な働きに対して五万ドル〟をささやかな遺贈などと見なしたりはしないものなのさ」

ストラング先生、盗聴器を発見す

森英俊訳

まだ三時間目の終わりにすぎなかったが、ストラング先生にはこの日がもう厄日になるということがわかっていた。化学の授業で試験管が破裂した結果、シャツやネクタイや上着に真っ赤な染みが付いてしまい、どんなに洗濯しても落ちそうになかった。それからライデン瓶（蓄電器の一種）の先端部にうっかりさわって感電してしまい、手がしびれたばかりでなく、残り少なくなった頭髪がまるで光輪のように逆立ってしまい、ばつの悪い思いをすると同時に生徒たちの大爆笑を誘ってしまった。おまけに、水槽のなかのグーラミー（小型鑑賞魚）が、名乗り出ようとしないだれかによって与えられた鉛筆削りのかすのために、ひどい消化不良を起こしていた。

だが、もう少しすれば、授業の空き時間だ。とにかく、なにがなんでもオルダーショット高校の職員室の長椅子に横になって、コーヒーをすすろう。ほどなくして、まさに教室を出ていこうとした矢先に壁のインターホンが鳴ったので、科学の老教師はコードごと引き抜いて床にたたきつけたいという欲望をかろうじて抑えこんだ。

「ガスリーだ」ストラング先生が受話器を持ちあげると、相手の声がいった。「レナード、校長室にただちに来てくれるかね」

オルダーショット高校の校長マーヴィン・W・ガスリーには、用件を告げずに教師を校長室に呼びつける癖があった。その結果、教師たちは神経質になり、不安に駆られるようになるのだ。

校長室のドアをノックしたとき、ストラング先生もまさにその気持ちを味わっていた。

「入りたまえ」ガスリーがいった。ストラング先生がなかに入ると校長は、一方の端に三台の電話、もう一方の端に書類の山が置かれた、大きなガラス張りの机のところに腰かけていた。さらにもうひとり、しわの寄ったツイードのスーツを着た五十代初めの頭髪の薄くなりつつある男性が、来客用の椅子に腰をおろしている。

「レナード」ガスリーがいった。「こちらはわが町のビリック・モーターズの社長ウェズリー・ビリック氏だ。加えて、オルダーショット商工会の会長も務めておいでだ。それに――」

「それに」教師が口をはさんだ。「木曜の晩ごとにせこいポーカーの勝負をする。とはいえ、インサイドストレート（ある数字の札があいだに入ればストレートが完成する状態の手）の札をしばしば引く」ストラング先生は黒縁眼鏡をはずすと、ビリックにはでに目くばせしてみせた。「やあ、ウェス」とほほえみかける。

「おはよう、レナード」という返事が返ってきた。ビリックはガスリーのほうを向いた。「ストラング先生とはもう顔なじみでね」といわずもがなのことを口にする。

「そのようですな」ガスリーはふたたび腰をおろした。「だとすれば、この問題をより内々に扱うことができるでしょう」

「問題？」ストラング先生は校長からビリックへ、そしてまた校長へと視線を移した。「どんな問題だね、ウェス？」

「数週間前、わたしに会いにきたのをおぼえているかね？」ビリックが訊いた。「われわれはこの高校での労働学習課程について話をした」

「むろんおぼえているとも」教師がいった。「何人かの生徒は学校で問題を抱えていて、それを解決するのには、午前中は授業を受け、午後は外で働くのがいいだろうと、われわれは考えた」

「そうだ」ビリックはそっけなくいった。「きみは、地元の企業家に仕事を提供してもらえるよう、わたしの人脈を活用してほしいといった。きみもおぼえているだろうが、わたしはその思いつきにさほど乗り気ではなかった。というのも、学校で最後まで集中していられない生徒にうちで働いてもらおうという気にはなれなかったからだ」

「でも、きみはとりあえず試してみようといってくれたね、ウェス。ヴィンス・クウェールをきみのところで雇い入れ、ちゃんと勤めることができたら、商工会に労働学習計画を推薦してくれると約束してくれた」

「わたしは十日前にヴィンスを雇い入れた」ビリックがいった。「いまここにいるのも、そのためだ」

「どういうことか解せないのだが」眉をひそめながら、ストラング先生がいった。

「ヴィンスをきのう首にせねばならなかったんだよ、レナード」

「おやおや」ストラング先生は神経質そうに眼鏡をネクタイで拭いた。「なあ、ウェス、ヴィンスはたしかにそう賢い子どもじゃないかもしれん。あの子にきみがやらせたいことを呑みこませるのには相当な時間がかかることだろう。それでも、あの子が努力することはたしかだよ」

「車の扱いは上手さ。そのことは問題じゃない」

「なあ、あの子がなにかを壊したというのなら、なんとかしてそれを弁償する方法を――」

「ばかをいうな、レナード！」ビリックは怒りで目を光らせながら教師のほうを見つめた。「このわたしをどんな人間だと思っているんだ。そんな偶発事故ごときでだれかを首にしたりなどするものか。そう、今回のこれは意図的なものなんだ」

「なにが意図的なのだね、ウェス？」教師が尋ねた。

「あいつはわたしにスパイ行為を働いたのさ」ビリックが答えた。「内密であるべき情報を漏らしたんだ。いくら報酬を受け取ったかはしらんが――」

「待ってくれ」ストラング先生は首をはげしく横にふった。「たしかにヴィンス・クウェールは学科に問題を抱えている。だが、生まれてこのかた不正直な行ないをしたことはない。わたしの名誉にかけてそう誓うよ」

「レナード」ガスリーが冷ややかな口調でいった。「それはどうも危ういものだな。それに、きみはわが校の評判も危険にさらしとるぞ。ビリック氏はご親切にもこの件について新聞社には伝えないと約束してくださった。ただし――」

「ただしヴィンス・クウェールはオルダーショットでは今後二度と職に就くことはできない、というのでしょう？　そのうえ、労働学習計画自体が頓挫してしまう。それもこれも、ささいなトラブルから学校を守ろうとせんがためにだ」ストラング先生の言葉には蔑みがこもっていた。

「ヴィンスはなにをやらかしたと思われておるのかね、ウェス？　国家の安全に関わる機密かなにかを漏らしたというのかい？　超小型カメラを手にうろつき回り、書類を写したとでも？」

「いいやレナード、もちろんそんなことはしていない」

「きみがこのスパイ行為の件で責めると、あの子はなんといったのかね？」

「むろん、否定したさ。だが、すべてがあまりにも明白で――」

「明白でなんかあるものか！」ストラング先生は眼鏡をするりとかけると、目を見開いて、ビリックをじっと見つめた。「あの子に責めを負わせる前に、なにが起きたのか聞かせてもらえんかね」

「あれはおとといのことで」ビリックは辛抱強く語り始めた。「整備主任のＪ・Ｊ・キャリッシュが社長室に同席していた。われわれは入札の準備をしていたのさ」

「入札というと？」

「オルダーショット警察は二年ごとにパトカーの新車の入札を公募する。入札に参加するのはいつも二社――ビリック・モーターズと町の反対側にあるハルバート自動車だけだ。われわれが入札に勝つときもあれば、連中が勝つときもある。だが、本年度の入札はパトカーだけにとどまらなかった」

「どういうことかね？」ストラング先生が訊いた。

「公衆衛生局が新しいトラックを数台、購入する意向を発表した。連中はパトカーの入札状況をじっくり見きわめ、どちらの会社からトラックを購入するかきめるつもりでいる。パトカーとトラックを併せると、契約を取りつけたほうの会社には相当な利益をもたらすことになるのさ」

「なるほど」教師はうなずいた。「いいだろう。きみはキャリッシュといっしょに社長室に入り、入札の準備をした。それからなにがあったのかね？」

「われわれは部屋に十一時直前に入った」ビリックが答えた。「J・Jは整備部門と売場に電話を入れて、じゃまをしないよう告げた。それからわれわれは入札額をきめるために席についた」

「これまでのところ、ヴィンスはまったく顔を出していないようだが」ストラング先生がいった。「さあ、その話をしてくれ」

「いいとも。十二時半ごろ、J・Jはドアのところに行き、手のあいている整備上のひとりに向かって、小僧――われわれはヴィンスのことをそう呼んでいるんだ――にカフェテリアにロールパンとコーヒーを買いに行かせるよう、大声で命じた。ヴィンスは昼食を食べに出ていたが、戻りしだい伝えると整備士はいった」

ビリックは椅子から身を乗り出し、ストラング先生のことをじっと見つめた。「さて、ここで時間がきわめて重要になってくる。一時半ごろに入札額がきまった。二万二千五百ドルだ。わたしはそれを目の前の企画書に記載した。ヴィンスがコーヒーとロールパンを手に部屋に入ってきたのは、それからほどなくしてだ。彼はそれらをテーブルの上の入札額の記載されている企画書のすぐ隣に置いた。彼にはいやでもそれが目に入ったはずだ」

「それがどうした?」教師は肩をすくめた。「あんたはランチを注文し、あの子はそれを運んできた。そのどこが犯罪だというんだ」

「まあ、いまにわかるさ。J・Jとふたりして入札の書式を完成させたりなんだりするのに、さらに二時間ばかりかかった。入札額を提示するために車で役場に到着したころには、時刻はもう三時半を回っていた。入札の締め切り時間は四時だったから、かろうじて間に合った。係の話によれば、ハルバート自動車の人間はわれわれの前——三時ごろ——にもう来たとのことだったよ」

ビリックはひと息つくと、ハンカチで眉をぬぐった。「きのう、入札結果の発表があった」彼は先を続けた。「ハルバート自動車が車の契約をとった」

「つまり、きみらは本年度は敗れたわけだ」ストラング先生がいった。「だからといって——」

「いいかレナード、ハルバートのやつらは二万二千四百五十ドルという入札額を提示したんだ」ビリックは椅子のひじをぎゅっとつかんだ。「二万ドルを超える入札で、ハルバートのやつらはわずか五十ドルわれわれを下回ったにすぎん」

「ふーむ」ストラング先生はふしくれだった指で耳をかいた。「ハルバート社の入札額が偶然の産物だという可能性はないのだろうね？」

ビリックは首をはげしく横にふった。「われわれとハルバート社の提示した入札額はこれまでずっと数百ドル違いのものだった。今回、あいつらがわずか五十ドル違いで提示したのなら、そいつは奇蹟に近いよ。それに、わたしは奇蹟など信じないことにしているんだ、レナード」

教師は下唇をかみしめた。「するときみは、ヴィンスがコーヒーを運んできたとき——一時半ごろ——に入札額を目にしたと主張しておるのだな。それから、そのときからきみが役場に行くまでのあいだに、その情報をハルバート自動車に流したと」

「主張など《ヽヽ》していない。それがことの真相だというのはわかりきっている」

「なんでそう確信が持てる？」ストラング先生が断固たる口調で訊いた。

「なぜなら、それ以外に可能性はないからさ。キャリッシュとわたしだけが最終的な入札額を知っていた。それにわれわれは役場に着くまでずっといっしょだった」

ストラング先生はその点に考えをめぐらせた。「ひょっとして」彼はおずおずといった。「マイクが隠されていたなんてことは――」

「ちょっと待った」ビリックはいらだたしげに手をふった。「ハルバート社の入札額を聞いて、わたしは激怒した。だが証拠なしに、決定的な証拠なしにヴィンスを責めるようなことはしたくなかった。そのため、専門家を何人か呼んで、その日の午後のうちに社長室のなかを調べさせた。ずいぶんと金がかかったが、なにひとつ発見されなかった。マイクも盗聴器もなければ、なにかに手を加えた形跡もなかった」

「小型の無線装置のようなものが使われた可能性は？　外部コードが必要ない類のものだよ」

「それはありえんよ、レナード」ビリックは親指を下に向けた。「わたしの部屋の外壁と天井は鋼板でできている。わたしの雇った者たちがいうには、電波を通さないそうだ。社長室が盗聴された可能性はないと、連中は断言したよ」

「わたしには決定的なように思えるが」とガスリーがいった。「もっとも、ストラング先生のスパイ小説さながらの新発明を用いれば別だろうがね。ヴィンスは入室して入札額を目にし、ハルバート自動車に数字を教えたのだろう」

「そして、それによって数百ドルをせしめたのさ」ビリックが苦々しげにつけ加えた。

「だが、ヴィンセント・クウェールはそんなことをするような子じゃない」ストラング先生がいった。「あの子は仕事をくれたことできみにとても感謝していた。そんなふうにしてきみの信頼を裏切るはずはない」

「そうはいっても、事実は事実だ」ビリックがいった。

「ああ、織毛虫めが!」教師はぶっきらぼうにいい返した。「科学者たちは〝事実〟とかいうやつを何世紀にもわたって説明しようとしてきた。ほかのみなが正反対のことを〝信じている〟なか、ガリレオは地球が太陽の周りを回ると主張したことで投獄された。それからアインシュタインの学説は――」

「いいかレナード、わたしはきみといい争いをしようとは思わん」ビリックがさえぎった。「なあ、こうしようじゃないか。時間のあるときにわたしの部屋まで来てくれ。そうして、入札額をハルバートに漏らせたのはヴィンス・クウェールだけだったということを自分自身でたしかめてくれ。そうすれば、わたしが商工会で労働学習計画を支持するわけにはいかないということを納得してもらえるだろう」

「そんなことは認められん」ガスリーがいった。「レナード、ただでさえきみはもう学校をやっかいごとに巻きこんでいる。万が一これが新聞に漏れようものなら――」

「いいとも、ウェス」校長の発言などおかまいなしに、ストラング先生がいった。「きょうの放課後、うかがうよ。ただし、それにはひとつ条件がある」

「というと?」

「ヴィンス・クウェールが無実だという妥当な結論に結びつくようななにかをわたしが見つけ

た際には、あの子にわびをいって復職させたまえ。それからほかの企業家連中に労働学習計画を推奨すること」

「きみがせこいポーカーの勝負をするわけがわかったよ」ビリックはにやりとしてみせた。「いいとも、約束するよ」彼は立ちあがって、教師と握手した。「それじゃあ、あとで」とつけ加える。

ストラング先生が紫色のおんぼろ車をビリック・モーターズの外の縁石のところにつけたのは、四時近くになってからだった。まるでストラング先生の車が縁を切りたい不名誉な親戚かなにかであるかのように、ピカピカの新車たちは外に突然現れたがたの来ている車のことをショールームの窓越しに見下しているように見えた。

学校教師は建物のなかに入ると、セールスマンらをやり過ごし、ビリックの部屋にたどり着いた。

ドアをゆっくり開けると、ビリックが机から顔をあげて、「入りたまえ、レナード」と呼ばわった。

ひとたびなかに入ると、ストラング先生はあたりをきょろきょろ見回した。蛍光灯に照らされた部屋には窓がなく、そのことで仮説のひとつが崩れ去った。

「ちょっと待ってくれ」机の上の電話を手元にひき寄せながら、ビリックがいった。「J・J・キャリッシュをここに呼ぼう」ずんぐりした指でダイヤルを四度回すと、どこか建物の後ろのほうでブーッという音がするのが聞こえてきた。

「もしもし、整備部門かね？　きみかい、マイク？　Ｊ・Ｊにわたしの部屋に来るようにいってもらえるかね？　いや、その仕事はほかの人間に回したまえ。わたしはただちにＪ・Ｊに会いたいのだ」

それから一分とたたないうちに、なまくらな斧で丸太を切り刻んだかのような顔をした、灰色のスーツ姿の大男の手で社長室のドアが開けられた。片方のほお骨は油で汚れている。「こいつがＪ・Ｊ・キャリッシュ、わが社の整備主任だ」ビリックは男を紹介した。「Ｊ・Ｊ、こちらはストラング先生だ」

「どうも」肉づきのいい手で教師の手を握りながら、キャリッシュはもごもごいった。「諸手を挙げての大歓迎でなくて申しわけない」

「それも無理はないでしょうな」ストラング先生が答えた。「わたしがここに来た目的が、ヴィンス・クウェールがたとえ入札額を目にしたにせよ、それを漏らさなかったというのを、どうにか証明することにあるとあってはね。それにクウェールが無実だとすれば、たまたまそうなったのか、はたまたあなたかビリック氏が意図的に情報を流したと考えるのが妥当だ、ということになりますからな」

「われわれがどういう立場に置かれているかはわかっているとも」キャリッシュがいった「だが、あの小僧の仕業に違いないさ」

「そうかもしれん。ところで、部屋のなかは入札の準備をしていた二日前と同じ状態にあるかな？」

「そうだ」ビリックがいった。「わたしの机はあそこにあり、われわれはこの仕事台で入札の準備をしていた。なにひとつ手を触れていない。そう、灰皿さえもそのままにしてある」

ストラング先生はうなずいた。「それで、きみはどこに座っていたのかね、ウェス？」

「あそこだ」ビリックは椅子を示した。「J・Jはあそこでわたしと向かい合わせに座っていた」

「なるほど。きみらはふたりとも鉛筆と紙を持っていたのだろうな？　その類のものを？」

「ああ、そうとも」ビリックがいった。「だがレナード、きみがメモの類を考えているのなら――」

「わたしはまだなにも考えていないよ」ストラング先生が答えた。「なにが行なわれていたのか、思い描こうとしているだけだ」

「おれはなにも書いたりなどしなかった」キャリッシュが怒った口調でいった。「車に特殊な装置を付けるための費用を算出し、その数字をビリック社長に伝えただけだ」

「それからたばこをひと箱近く吸い、ジャックナイフでラジエーターのホースを半インチほどに切り刻んでいったよ」ビリックが笑みを浮かべた。「その結果、大きな塊のひとつが灰皿のなかでくすぶりだし、ひどい悪臭を放った」彼は灰皿のなかのたばこの吸い殻をつついて、小さな黒い物体をひっぱり出した。それは黒いゴムの穴の開いた筒で、直径一インチで高さが半インチほどのものだった。彼はそれをストラング先生に手渡した。

「座金《ざがね》のようにも見える」教師はぼんやりそういうと、それを灰皿へ戻した。「さて、わたしの理解しているところによれば」と先を続ける。「十二時半に、キャリッシュさん、あなたはあちらのドアのところに行き、整備士のひとりに向かってヴィンスを呼んでくるよう呼ばわった」

「おれはハロルドに声をかけた」キャリッシュがいった。「やつはおぼえてるはずだ。ヴィンスは昼食に出かけたとのことだった。おれは戻ってきたら小僧にコーヒーとロールパンを買いに行かせるよう伝えた」

「それからなにがあったのかね?」

「おれは仕事台のところに戻り、ビリックさんと共にふたたび入札の準備にとりかかった。一時半ごろに最終的な数字がきまった」

「そのあとヴィンスがコーヒーとロールパンを運んできた」ビリックがつけ加えた。

「きみらが入札額を書き記すまで入ってこなかったのはたしかなんだね?」

「まちがいないよ、レナード。でも、それがなにか――」

「入ってくる際、ヴィンスはドアをノックしたかね?」

「ああ、ノックしたさ」キャリッシュがいらいらしたようにいった。「おれはあいつに入るようにいった。そのことでおれが共犯になるというなら、おれは潔く罪を認めるよ」

「落ちつきたまえ、J・J」ビリックがいった。「このことでだれもきみを責めたりなどしておらんよ」彼は教師のほうを向いた。「J・Jはここ数週間、ひどく神経が立っていてな。整備が立てこんでいるものだからね。そういった疲労はじわじわときいてくるものなんだ」

「ああ、そうだろうな」ストラング先生はそう答えると、仕事台のほうに戻った。「きみらがこの前に座っているときにヴィンスがやってきたというのに、まちがいはないだろうね?」

「彼はわたしの真横に立っていた」ビリックがいった。「そして、あそこに入札額の書かれた企画書が置かれていた。いやでもそれを目にしたはずだ」

「やつはコーヒーとロールパンを下に置くと、とっとと出ていった」キャリッシャがつけ加えた。「たぶん目にしたものの意味を即座にさとり、ここを出るやいなやハルバート自動車に電話を入れたんだろう」

「そうかもしれん」ストラング先生は机のところに戻り、電話の受話器をつまみあげた。「きみの整備士のうちのだれかが、ヴィンスがここを出ていってからのようすを目に留めているかもしれない。ほら、さきほど話に出たハロルドとかがね。これで整備部門を呼び出すことはできるかい、ウェス？」

「二二四三番にかければいい」ビリックがいった。「それがハロルドのところの内線番号になっている。わたしがここに来いといっていると伝えたまえ」

ストラング先生はダイヤルを回し始めたが、ほどなくかぶりをふると、受台のボタンを押し、電話を切った。「まずヴィンスをここに呼んだほうがいいかもしれん。これで外にかけることはできるかね？」

「もちろんだ。最初に九を回せばいい。それで外線につながるようになる。音がしたら、続けて相手の番号をダイヤルしたまえ」

「なるほど」教師はゆっくり受話器を置いた。「よくよく考えてみれば、ヴィンスの同席は必要なさそうだ」

「やれやれ」ビリックがいった。「ようやくきみも認めてくれたようだな、レナード。ヴィンス・クウェール以外の人間がここから入札額を漏らせたはずはないということをね。そうだろ?」

「それは違う」ストラング先生は落ちつきはらっていった。

「なんだと?」ビリックは手でいらだたしげに仕事台をたたいた。「いいかね、キャリッシュとわたしはかたときもたがいのそばを離れなかった。ほかに入札額を目にしたのはあの子だけだ。それ以外にどうやって情報が漏れるというんだ?」

「けさわたしがいったように、きみの部屋は盗聴されておったのさ」

「そんなはずはない。わたしがここを調べさせるのに雇った者たちは、その類のどんな複雑な装置でも見つけ出すことのできる専門家だからな」

「複雑な装置などなにもなかった」教師がいった。「O・ヘンリーの言葉を借りるなら、〝一流のペテンがみなそうであるように、あざやかで単純なもの〟だったのさ」

「ひと言いってさえもらえれば、ビリック社長」キャリッシュがうなった。「このちびを本来いるべきところに放り出してやりますよ」

ビリックは手で制した。「それにはまだおよばんよ、J・J。入札額が漏れた方法がほかにあるのを証明できたら、高校の計画を支持することを、わたしはストラング先生に約束した。頭がどうにかしてしまったような気がするが、それでもわたしは彼の話に耳をかたむけるつもりだ」

彼は机のところまで歩いていくと、回転椅子にドサリと座った。「さあ、レナード。だれが入札額を漏らしたのかね?」

「キャリッシュさ。ほかにだれがいる?」

「だが、彼にできたはずはない！　このわたしがずっとそばにいたんだからな！」ビリックは懸命に声を抑えた。「どうやってだ、レナード？」と先を続ける。「どうやったのか、とにかく聞かせてくれ」

「ビリック社長、まさかこんなちびのいうことに――」

「落ちつきたまえ、J・J。彼にばかをやらせておき、そのあとで放り出してやればいいさ。レナード、さっさと始めてくれ」彼はそうしめくくったが、その口調には疑いがありありと現れていた。

「よろしい」ストラング先生は黒縁眼鏡をさっとはずすと、それを上着のポケットに慎重にしまった。「わたしが最初に疑いを抱いたのは、ヴィンスにロールパンとコーヒーを買ってこさせるよう、キャリッシュがドアの外にいる整備士に向かって大声でいったと、聞いたときだ」

「それのどこがそんなに疑わしいというんだ？」ビリックが反駁した。「なにせ、ふたりとも空腹だったからな」

「そう、たしかにそうだろう。だが、机の上には整備部門に通じる電話があった。立ちあがってドアのところまで行って叫ぶより、それで内線を呼び出すほうが簡単なのではないかね？」

ビリックはじっくり考えをめぐらせ、しまいに「いわれてみれば、たしかにそうだな」といった。「だが、そんなにたいしたことではあるまい」彼はふり向いて、キャリッシュと対峙した。「きみはどうして電話を使わなかったのかね、J・J？」

「わかりません。おそらく――」

「わたしがその理由を教えてやろう」地の精のような小男の教師がいった。「彼がそれを使わなかったのは、それがすでに使用中だったからだ――この部屋のなかできみたちふたりが発した言葉をひとつ残らずひろうためにな。それがきみの盗聴器だよ、ウェス――そう、きみのすぐ隣にある電話がね」

ビリックはその機器をまるでいまわしい虫でもあるかのようにじっと見つめた。「だが、こいつも調査済だ。特殊な付属品はなにもなかったし、隠しマイクも仕込まれていない」

「特殊な付属品や隠しマイクのことなど口にしたおぼえはないがね。電話自体が用いられたのさ。ごくあたりまえの電話機――いささか旧式ではあるものの、じゅうぶん実用的な電話機がね」

「だ、だが、どうやって?」ビリックは訊いた。「この部屋に入ってから、ふたりとも手にとりもしていないのに」

「棘皮動物めが!」教師はぶっきらぼうにいった。「前言をひるがえすんじゃない。きみらが入室した直後にキャリッシュが電話を使ったと、さっきいったばかりじゃないか」

「ああ、たしかにそのとおりだ」ビリックが記憶をたどりながら答えた。「電話が鳴ってじゃまが入らぬよう、整備部門と売場に電話を入れた。だが、そのときにはまだ入札の準備にとりかかってもいなかった」

「でも、彼が整備部門と売場に電話をかけたのがどうしてわかるんだ、ウェス? つまり、きみは通話を聞いていたわけじゃないんだろ?」

「ダイヤルを回すのを見たものだから、てっきり――」

「きみがどう思ったなど、関係ない。だが、きみが自信をもっていえるのは、キャリッシュが四つの数字をダイヤルし、電話の向こうになにかを伝えたということだけだ。それから彼はさらに四つの番号をダイヤルした。つまり、都合八回ダイヤルを回したということになる」

「こんなたわごとはもうたくさんだ！」キャリッシュがどなった。「ビリック社長、ご用のおりには──」

「わたしがいいというまで、ここにいたまえ」ビリックがぴしゃりといった。「さもないと、北半球のこちら側で二度と自動車整備の仕事ができないようにしてやるぞ。さあ先を続けてくれ、レナード。キャリッシュが番号を八つダイヤルしたと、きみはいっているところだ」

「ああ。ここで最初の番号が九だったと仮定してみよう」ストラング先生は受話器をつまみあげ、人差し指を九の穴のところに差し入れると、ダイヤルを停止位置まで回した。「このあと」彼は先を続けた。「さらに番号を三つダイヤルする」彼はそうした。

「そうしてキャリッシュがやったように、通話口に向かって話しかける。だが聞いてみたまえ、ウェス」彼は受話器をビリックの耳元に持っていった。

「ブーッという音以外はなにも聞こえん」ビリックが驚いていった。

「それは電話がまだつながっていないからだ」ストラング先生は続けて四つの番号をダイヤルした。「さあ、今度はどうだね？」

電話の向こうで呼び出し音がしてから、女性の声がした。「ただいまから四時五十一分と二十秒をお知らせします」時報の音。「ただいまから四時五十一分と二十五秒をお知らせします」

「するとキャリッシュのやつは外線にかけたというわけか」ビリックがいった。「だがレナード、どうやって電話を通話状態のままにしておいたんだね？　つまり、受話器がずっとはずれていたのなら、わたしもそのことに気づいたはずだが」

ストラング先生は受話器を机の吸い取り紙の台の上に置くと、仕事台のところに戻った。彼は中身のつまった灰皿をひっかき回し、最終的にラジエーターチューブの短い切れ端を見つけ出した。

「これがトリックの種さ」彼はそれをおおげさに掲げてみせた。「持ちこんだやつをきみに見つけられた場合にそなえ、きみの目をくらますために、キャリッシュはここでさらにいくつか切ってみせたのだよ」

「いったいなんの話だ、レナード？　そいつでどうやって――」

ストラング先生は丸いチューブを受台の中央のボタンに手際よくはめこんだ。「このチューブのおかげでボタンが押しこまれることなく、電話線は遮断されないのさ」彼はいった。「さあ、見たまえ」

彼は受話器を元に戻した。受話器が元の位置にあると、黒いチューブはほとんど見えなくなった。「耳をすませるんだ」教師はいった。

かん高くていささか金属的な不気味な声が電話の向こうから聞こえてきた。「ただいまから四時五十三分ちょうどをお知らせします」

「わたしがいわんとしているのは、ウェス」ストラング先生がしめくくった。「キャリッシュがくだんの電話をかけ、きみが入札額を決定する——きみは大声でそれを口にしたに違いないよ——までのあいだ、この部屋とキャリッシュが電話をした先とは電話がつながったままだったということさ。ここで口にした言葉はなんであれ、ハルバート自動車につつぬけだった。書類のほうはあと実際の入札額を書きこめばいいだけの状態にしてあったので、きみのところの数字がわかりさえすれば、役場に先乗りすることは可能だった。そして、ハルバート自動車に必要な情報が伝わったと確信した時点で、きみに気づかれずにチューブをはずして電話を切るのは、キャリッシュにはいとも簡単だったろう」

「でも、なぜだ?」いっさいを否定しようとするかのように頭を横にふっている青い顔をした整備主任のほうを、ビリックはふり向いた。「なんでそんなことをした、J・J?」

「おれはなにもしてませんよ」キャリッシュがずうずうしくもいった。「たしかに、この教師野郎のいう方法が用いられた可能性もありますがね。だが、おれがそんなことをしたのは証明できっこない。いいですか、やっぱりあのがきの仕業に違いないんです」

「ここ数週間というもの、キャリッシュは神経が立っていたという話だったね」ストラング先生がいった。「おそらく借金にどっぷりとつかっていて、債権者に返済を迫られているんだろう。この情報に対してハルバート自動車からもらえる数百ドルはありがたかったに違いない」

「その裏をとるのはさほどむずかしくはないな」ビリックがいった。「だが、J・Jのいうことにも一理あるぞ、レナード。たしかにきみは彼にも犯行可能だったということを示してみせた。だからといって、必ずしも彼がやったということにはならない。いまのところわたしは、ヴィンスとＪ・Ｊのどちらが有罪なのかきめかねている状態だ」

「キャリッシュの不在時にはだれが整備部門の責任者なのかね？」ストラング先生が訊いた。

「整備部門にかかってきた電話に応対するのは？」

「マニー・ベイツという名前の男だ。腕のいい整備士さ」

「その男をここに呼んでくれ」

ビリックは電話でベイツを呼んだ。ほどなくしてドアにノックがあり、ベイツという太った小男が入ってきた。

「ベイツさん」学校教師はいった。「キャリッシュが社長室に行っていた、おとといのことを思い出してみてほしい」

「はあ？」

「キャリッシュがきみに電話をかけてきて、自分とビリック氏のじゃまをしないようにと伝えたことはあったかね？」

整備士は頭をかきながら、考えをめぐらした。「うーん、わからんですなあ」彼はしまいにそういった。「そうともそうじゃないともいえる。もう忘れちまいましたよ」

ストラング先生はがっかりした顔をし、Ｊ・Ｊ・キャリッシュの口元には笑みが浮かんだ。

「そういっただろ」整備主任はいった。「あんたにはなにひとつ証明できんよ。あとは水掛け論になるだけだ――」

「ひとつだけいえることがあるんですが、ビリック社長」ベイツがキーキーいう声で口をはさんだ。

「なんだね、マニー?」

「なに、あなたがたが入札額をきめようとしているときに、何度かこちらに電話をしたということを思い出しまして。そうすべきではなかったんでしょうが、ウィンターのばあさんがわれわれのやった整備のことで大騒ぎをしてたもんですから。社長とじきじきに話させる以外に彼女をおとなしくさせるすべはありませんでした。午前十一時から午後の一時にかけて、わたしは少なくとも六回はここに電話しました」

「で?」

「でも、あなたの部屋の電話はいつも通話中でした。つまり、あなたとキャリッシュがここにいるあいだ、受話器はずっとフックからはずれていたに違いありません」

ビリックはストラング先生から椅子にがっくり腰を沈めたキャリッシュに視線を移した。ビリックはしまいに教師に向かって、優しい、ほとんど悲しげな声で話しかけた。

「ヴィンス・クウェールにわたしが心から申しわけなく思っていると伝えてくれ——いや、わたし自身がそうしよう」と彼はいった。「いつでも好きなときに復職してもらってかまわんさ」

ストラング先生の逮捕

森英俊訳

ストラング先生は堅い木の椅子の上で身をよじって、なんとか座り心地をよくしようとした。彼は小さな部屋の壁や天井を構成している防音タイルの数を数えてから、使用されている総数を計算した。大きなため息をつき、席につかされている机の堅い表面を指でトントンとたたき始める。せめて部屋に窓があれば、建物の外にある縦樋をちょろちょろ流れる音のしている雨をながめることができるのだが。だが、ここには窓はなかった。

「腔腸動物め」彼は困惑ぎみにぶつぶついった。

いっこうにやもうとしない雨が一週間にわたってオルダーショットに降り続いたあとの、土曜日の朝だった。ストラング先生の高校の生徒たちは外で若さを発散させることができなかったので、そのうさばらしとしてフン族の王アッチラさながらの蛮行にうって出たが、それは中間テストを控えたティーンエイジャーたちとしてはお世辞にもりっぱなものとはいえなかった。週末がやってくると、老教師は心身共に疲れきってしまい、じとじとした天気のせいで古くなった関節があちこち痛んだ。だからこそ、けさは遅くまで寝ているつもりでいた。

それなのに、九時ちょっと過ぎに第三分署の取調室にいるはめになろうとは。

マッケイ夫人の下宿屋に彼を訪ねてきたのはいかつい身体をしたウォルター・フォスなる刑事で、終始一貫して丁重な態度をとってはいた。おじゃまして申しわけないが、もっかある事件の捜査中なので、これから警察署までご同行いただき、昨晩の八時から十時のあいだどこにいらしたか、供述をしていただけないだろうか。ああ、それからもうひとつ。警察署にはご自分の車で来ていただけますか？　雨にあたらぬよう、車は署の車庫に入れておけばいいでしょう。

眠さのあまりまだ頭がもうろうとした状態で、ストラング先生は自分の車を警察署まで持っていき、そこで前夜の九時ちょっと前までオルダーショット公立図書館にいたという旨の供述書に署名した。そのあとは帰宅し、晩の残りをベッドに横になりながら借り出してきた本のうちの一冊を読んで過ごしたと。フォスは「すぐ戻りますから」といい残して、供述書を手に取調室を出ていった。

いっさいの手順があまりにもなじみのないものだったので、ストラング先生は一度ならず警察がなにを捜査中なのか尋ねようとした。

「すぐに戻るが聞いてあきれる」高校教師は皮肉っぽくつぶやいた。「ここに置き去りにされてから、少なくとも一時間はたつに違いない」彼は腕時計にちらりと目をやった。フォスが出ていってからまだ十分しかたっていなかった。

彼はしわの寄った上着に両手をこすりつけ、手のひらからふいに湧き出してきた汗をぬぐおうとした。べつだん怖がっているわけではなかったが、どう控えめに見積もっても、奇妙な状況だった。教室ならば本領を発揮できるが、警察署はどうにも不慣れな領域だ。フォスは自分の供述書をとったのだから、どうして帰してもらえないのだろう？　これではまるで犯罪者のような扱いではないか。彼はふたたび上着で手をぬぐった。

取調室のドアがぱっと開き、フォスが入ってきた。見れば親指をつき出し、外の廊下を指し示している。「ついてくるんだ」彼はストラング先生にぶっきらぼうにいった。

刑事は小さな老科学教師と共に二十世紀の初めごろにうぐいす色に塗られた小汚い廊下を通って、別の廊下に出て、さきほどよりも大きな部屋へと連れていった。部屋のなかには長いテーブルがあり、一方の側に沿って三人の男性が腰かけている。白髪まじりのヴァンダイクひげ（先の細くとがった、あごひげ）を生やしたイタチのような顔をした小男は、オルダーショット家庭用家具店の経営者ジョン・キトリッチで、やぶにらみの目をした赤毛の男性は公衆衛生局の事務所で働いているダン・マッキーヴァーだった。三人目の、あごに何日か剃っていない無精ひげを生やした、やせてひょろ長い金髪の青年は、ストラング先生にはなじみのない顔だった。

テーブルの反対側には、カールした黒髪とみごとに逆立ったあごひげの大男がいて、あごから頭にかけて、顔の周りを漆黒のウェーブが覆っている。そのありさまたるや、悪魔めいたサンタクロースといった感じだった。すると男の巨体越しに、ポール・ロバーツ部長刑事の姿が見えた。

「ポール！」ストラング先生は心の底からほっとした。ここに少なくとも友人がいる。なにが起きているのかを説明してくれることのできる友人が。「こんなにだれかに会えてうれしいと思ったことはないよ」

「お座りなさい、ストラング先生」キトリッチの隣の席を身ぶりで示しながら、ロバーツは笑みを浮かべていった。「みなさんお揃いですから、これがフォス部長刑事の事件だということをあらためて申しあげておきましょう」

「事件だと？　いったい、なんのことだ？」キトリッチは立ちあがり、ロバーツに向かって指をふった。「きのうの晩どこにいたかについて供述するために、わしはここに呼ばれた。供述をすませた以上、ただちに帰してもらいたい」マッキーヴァーともうひとりの人物も賛同のつぶやきを漏らした。

フォスはテーブルの端まで大股で歩いていくと、その表面を拳でコツンと軽くたたいた。部屋のなかはたちまち不気味なほど静まりかえった。刑事は必要な紹介を手早くすませた。金髪の青年はウィラード・クインといい、ときおり大学に通いながらパン屋のトラックの運転手をしている。ロバーツの隣のあごひげの巨人はヴィクター・ウィルソンで、前の日の晩に図書館で本の貸し出し業務にあたっていた。

「さあ、それではまず」もじゃもじゃの眉毛のあいだから目をのぞかせて、フォスがいった。「あなたがた四人のうちの三人にお詫びを申しあげておきましょう。お三方にはここにいるべき理由はありません。ただやっかいなのは、どの三人がそうなのか、こちらにもわかっていない点です」

刑事は分厚い手に体重をかけ、身を乗り出した。「いまこの瞬間も」と先を続ける。「クリフォード・ベーリンジャーという名の男性が病院のベッドに横たわっています。あごとおそらく頭蓋骨も骨折し、あばらを三本折り、あざや擦過傷を――それこそ数えきれないくらい負って」

「クリフが？」ストラング先生は無意識のうちにいった。「だが、きのうの晩あそこで会ったばかりだが――」

フォスはうなずいた。「そう、図書館でね。彼のことをご存じだと思いましたよ、ストラング先生」

「もちろん、知っておるさ。わたしが在職しているのと同じくらいの長きにわたって、高校で米国史を教えていたからな」

「ひょっとして、図書館でなにをしていたかご存じですか?」

「ふむ」教師はしばし考えをめぐらせた。「クリフは余分な時間の多くを二流の歴史雑誌向けの記事を書くのに費やしている。もっか調査中のテーマは――そう、たしか――『一六七〇年から一七二〇年にかけての、植民地時代の南岸における船積み』だったはずだ。そんなものを読みたがるのはせいぜい六人くらいのものだろうと、やっこさんをからかったおぼえがある」

「すると、それがここに呼ばれた理由なんですな」マッキーヴァーがいった。「きのうの晩、全員が図書館におりましたからね」

フォスがうなずくと、クインは椅子の上で身体の向きを変え、ひげを剃っていないあごをなでた。「なあ、それだけのはずはないじゃないか?」頭を横にふりながら、彼はいった。「おれはたしかに図書館にいた。でも、あそこには少なくとも十五人はいたから、そのなかからおれら四人を選び出したのは、いったいどういうわけだ? 老いぼれをたたきのめすのに快感をおぼえそうに見える、とでもいうのかな」

「ベーリンジャーはたたきのめされたのではありません」フォスがクインにつかみかかりそうになるのをかろうじて思いとどまっているのは、だれの目にも明らかだった。「轢き逃げされたんですよ。図書館の、そう、車回しでね。車がぶつかったとき、ベーリンジャーはそこに立っていたに違いありません。そのはずみで建物の側面にあたったのでしょう」

四人がこの情報を頭に刻みこむのにつれて、小さなざわめきが起こった。「フォス刑事」ダン・マッキーヴァーの口調にはスコットランドなまりが混じっていた。「この若者が警察に対して抱いているとおぼしい見解に与しようとは思いませんが、彼の質問自体は理にかなっています。さあ、図書館にいた人間のなかからどうしてわれわれ四人を容疑者として選び出したのか、お聞かせ願えますか?」

「容疑者という言葉を使ったおぼえはありませんがね、マッキーヴァーさん。あなたがたから供述をとらせてもらったにすぎません」

「わたしをあほうとでもお思いですか、刑事さん? あなたがたはわれわれの名前をやみくもに選び出したわけではない。さあ、教えてください。どうして、この四人なんです?」

ストラング先生はふいにすっくと立ちあがった。「ポール」斜め向かいに座っている刑事のほうをきっと見据えながら、いう。「わたしにはことのなりゆきがどうも気に入らん!」

フォスが口をはさもうとするのを、ロバーツは手で制した。「どういう意味ですか、ストラング先生?」

学校教師は眼鏡をはずすと、それを上着のポケットにしまった。「実験に必要な化学薬品が半分しかないのに、科学の実験をやっておるような気分なんだ。第一に、図書館にいた人間のなかから、きみらはわれわれ四人を選び、供述をとるために警察に来させた。それがなんのためのものなのか、ひと言も告げることなしにだ。いざ供述がすむと、今度はわれわれをここに集めた。なぜだ？　われわれは情報を小出しにされてきたが、それがわたしには気に入らんのだよ、ポール。きみらの手持ちの情報を――あますことなく――伝えてもらうか、さもなければ、このわたしは少なくとも帰らせてもらう」

ストラング先生に見おろされているうちに、どちらの刑事もいささか自分たちが叱られたばかりの生徒のような気がしてきた。

フォスの顔が真っ赤になった。「そんなことをいう義務は――」

「いいか、ウォルト」ロバーツがいった。「先生のいうことにも一理あるのは認めろよ。さあ、いっちまうんだ。そうしていけない理由がどこにある？」

「それから、その際には」教師がつけ加えた。「彼がここでなにをしているか、ついでに教えてもらえるだろうね？」彼はひょろ長い指をヴィクター・ウィルソンに向けた。「このひとが容疑者でないことは明らかだ。われわれとは立場が違う」

フォスはロバーツをにらみつけたが、先に目を伏せたのはフォスのほうだった。「いいでしょう」彼はしまいにいった。「われわれとしても、この事件をさっさとかたづけたいと思っています。われわれ――いや、わたし――はあなたがたをここに集め、きのうの晩に実際になにがあったのかを示す手がかりになりそうなことを見つけ出せないか、お知恵を拝借しようと思ったしだいです。このようなやりかたが気に入らないというのであれば、いつでも帰っていただいてけっこうですよ。その場合、どなたかがそうされた動機を問うようなまねは表向きにはいたしません。

ただし、非公式には――」彼はたくましい肩をすくめた。「なんらかの不愉快な結論を導き出さざるをえないでしょう」

「わし個人についていえば、弁護士に相談するまではもうなにもしゃべりたくない」キトリッチがいった。

「キトリッチさん、そうなさるのはそちらのご勝手ですが」ロバーツがいった。「だれもあなたがなにかをしたと非難しているわけでないというのは、肝に銘じておいてください」いたずらっぽい笑みが顔に浮かぶ。「まだいまのところは」彼はそうつけ加えた。

「わたしに関していえば」マッキーヴァーがいった。「なにも罪は犯していませんし、そのことは声を大にして申しあげたい。ですが、ここにおいでのストラング先生はわたしよりも頭の働きがよくていらっしゃるようですから、さしつかえなければ、わたしに代わってしゃべっていただきたいと思います」

「異議なし」クインはそういうと、握り拳を高々と掲げながら、ストラング先生のほうを向いた。「やってみなよ、先生。警官《スクリューズ》どもをぎゃふん《スクリューズ》といわせちまえ！」

「お手並み拝見といきましょう」フォスが即座に応じた。「さあ、なにをお知りになりたいのですか、ストラング先生？」

「なにからなにまでだ」という返事が返ってきた。「わたしの友人が重傷を負った。そのことにただでさえ衝撃を受けているのに、知らぬ間にその犯罪の四人の容疑者のうちのひとりにされている。そうした状況にひどく仰天させられたことは素直に認めよう。だから、これ以上もったいぶるのはやめ、われわれが実際になんの容疑を課せられているのか、事細かに教えてくれ」

「最初のところから話を始めましょう」フォスはそういうと、ヴィクター・ウィルソンのほうを向いた。「あなたが口火を切られますか？」

ウィルソンはのそのそと立ちあがった。「わたしはこの地方に来てまだ日が浅いんです。先週の木曜日に、エルム・コートにいる姉の家へ引っ越してきました。あなたがたのうちのおひとりは姉のことをご存じなのではありませんか？ ゾラー夫人というのが姉の名前ですが」

マッキーヴァーがうなずいた。「日曜の午後はいつも新しいセダンを洗って過ごしている、未亡人ですな。そのかたのことはよく見かけますよ――近所に住んでいますから」

「とにかく」ウィルソンは先を続けた。「昨日がわたしの図書館員としての初出勤の日でした。わたしはあそこをきっちり九時に閉め、自分の車のところに行ってエンジンをかけました。車回しを走っているときに、建物の脇になにか白いものが見えたような気がしました。よほど、車を停めるのをやめようかと思いましたよ。というのも、家まで車だとたかだか数分でしたし、疲れていたうえに身体が濡れたりなんだりしていたものですから。ああ、なんだか支離滅裂な話しかたになってしまっていますね」彼は困惑の面持ちでフォスのほうを見やった。

「だいじょうぶですよ」刑事は低く重々しい声でいった。「あなたのやりやすいように話をなさってください、ウィルソンさん」

「とにかく、自分がもっか図書館の責任者なのだから、調べてみたほうがいいだろうと思いまして。すると、ベーリンジャー氏が車回しの脇の地面に倒れているのを見つけました。わたしが目にしたのは、あのひとの布製のレインコートだったのです。だれかに連絡すべく図書館にとって返そうとしてみたものの、スプリング錠をすでにかけてしまったあとでしたし、わたし自身はまだあそこの鍵を与えられていませんでした。夜のその時間に電話を見つけるのがどんなにたいへんだったか！　終夜営業のドラッグストアをようやく捜しあて、そこから通報しました。そ、そんなところです、フォス刑事」

「ウィルソン氏の通報があったのは九時半でした」フォスがいった。「わたしは救急車とパトカーを手配し、それからロバーツとふたりで図書館に急行しました。ウィルソン氏はわれわれの到着を待っていましたが、氏の古いスポーツカーのカンバス地の屋根には裂け目ができていて、そこから雨が車のなかに流れこんでいたので、そう長くはひき留めませんでした。救護士たちがベーリンジャーを救急車に運びこむ際にその身体を調べてみたものの、着衣に塗料やその他の手がかりが残されていたとしても、雨でとっくに流し落とされてしまっていたでしょう。とはいえ、ベーリンジャーの横たわっていたあたりはパトカーの照明灯でじっくりと調べることができました」

フォスはポケットのなかを手探りして小さな封筒を取り出し、開封した。「身体の近くでこれが見つかりました。わたし個人としては、これになにか意味があるとは思えませんが、あなたはまた別の考えを持たれるかもしれません」彼は封筒をふって、中身を取り出した——それは隆起したガラスの破片ふたつだった。

「自動車のシールドビーム（反射鏡・レンズ・フィラメントが一体となった、ヘッドライト）の一部です」彼はいった。「あの晩図書館にいた人間のなかで車の前面のヘッドライトが壊れている者を見つけ出せばいいと、われわれは当初考えました」

「で、それはだれの車だったのかね?」ストラング先生が訊いた。

フォスは深いため息をついた。「われわれはこの件に昨晩の十時からかかっています。日曜からの六日間のあいだに図書館を訪れた人々を調べあげましたが、その際、本の貸出票が役に立ってくれました。しまいに完璧な一覧表ができ、それに基づいてわれわれは対象車を見て回りました。幸いなことに、ほとんどの人々は車を外に置いてあります。車庫のなかを見せてもらうのにたたき起こさねばならなかったのは、ほんのひと握りの者たちでした」

フォスはテーブルに拳を打ちつけた。「われわれが調べたなかでヘッドライトが壊れていた車は一台もありませんでした。それにヘッドライトをつい最近つけ替えたものも。したがって、ガラス片はしばらく前からあそこにあったもので、この事件とはなんの関係もないだろうというのが、こちらの見解です。とはいえ、昨晩ベーリンジャーに勢いよく追突した車にはへこみができているものと思われます」

「なるほど、だからわたしはここにいるというわけだな」ストラング先生は安堵の思いが全身に広がっていくのを感じた。「愛車のフェンダーにへこみがあるという、ただそれだけの理由で」

「正確にいえば、右前のフェンダーにです」フォスがいった。

「愛用のおんぼろ車がタクシーにかすり傷をつけられたことで、おれは即座に犯罪者扱いされたというわけか」クインがせせら笑った。「まいるよな」

「先週、息子には慎重に車を運転するようにいっておいたのですが」マッキーヴァーが割りこんだ。「わたしをどれほどの面倒に巻きこんだか、帰ったら聞かせてやる」

「これで」フォスが口をはさんだ。「事情はおわかりいただけましたよね。あなたがたと話をしているあいだにも、整備士と鑑識係とが署の車庫に入れてあるあなたがたの車を調べています。連中がなにかを見つけ出せたとは思えません。さもなければ、いままでになにか連絡があったはずですから。さあ、あとひとつだけいっておきましょう。あなたがたのうちのだれかが有罪だとしたら、この場で白状したほうがご自分のためですよ。どうにか罪を軽くしてあげることもできるかもしれません。そうなれば、きびしい罰金刑だけですむことも考えられます。でも、証拠を探り出さざるをえなくなれば、われわれ警察は罪状を徹底的にあばかずにはおきません」

四人は警戒の目でたがいを見やった。ストラング先生には汗が背中を流れ落ちるのが感じられた。

制服警官が警察署の入り口のところまで四人に付き添っていった。建物を出て雨のなかに足を踏み出すや、キトリッチはマッキーヴァーのほうを向いた。「やつにはわしらをここに連れてくる権利などなかった」怒りに短いあごひげを震わせながら、キトリッチがいった。

「いいですか、フェンダーにへこみがあるからといって、われわれのうちのひとりが有罪だとはかぎらないというのには、わたしも賛成です」マッキーヴァーがいった。「とはいえ、警察もどこかしらから捜査を進める必要があったのでしょう」

「だが、わしらには権利がある。公民としての権利がな」

「なあ」クインは警察の車庫に向かいながら、クックッと笑った。「サツの連中はだれが真犯人か見つけ出せると思うかい？」

「警察は答えを出すための彼らなりの方法を持っておるものと思う」ストラング先生はそっけなく答えた。

その答えがなんであるか、ストラング先生は翌週の水曜日に思い知らされることになった。オルダーショット高校の生徒や教員たちは例外なく、ベーリンジャー氏の事故の話題とストラング先生が轢き逃げの疑いをかけられているという噂でもちきりだった。校長のマーヴィン・W・ガスリーに六度にわたって、なにか打ち明けて心の重荷をおろしたいようなことはないかと尋ねられたあと、ストラング先生は校舎を出た。

すると、フォスが彼の車の脇に立って待っていた。

「どうも」丁重にうなずきながらストラング先生はいった。「なにかご用かな？」

「ストラング先生、事故現場から逃走した容疑であなたを逮捕する。あなたには黙秘権が認められている。だが、望みとあらば——」

フォスが逮捕者の権利を読みあげているあいだ、ストラング先生はただ信じられないというように頭を横にふるばかりだった。胃がきゅっとして、一瞬、病気になってしまったのではないかと思われた。あたかも赤の他人の逮捕劇をはたからながめているような、なにかひどく非現実的な感じがしていた。すべてが悪夢そのもので、じきに目が覚めるに違いない。フォスの最後の言葉で、彼はわれに返った。

「なあ、手錠は使いたくない。子どもたちに悪い影響を与えかねんからな。だから、おい、おとなしく車に乗るんだ」

もたもたした足どりで、ストラング先生はフォスの車に乗りこんだ。

十五分後、ストラング先生は先週の土曜日と同じ取調室にいた。フォスとポール・ロバーツが隅のほうで興奮ぎみに言葉を交わしているあいだ、先生は取調机の前にじっと座っていた。

「おい!」ロバーツがぴしゃりといった。「このひとを丁重に扱うようにといったはずだ。なんといっても、お年なんだから。こんなに手荒にする必要があったのか?」

「なあ、わたしはけっして――」

「心配ないよ、ポール」ストラング先生が弱々しくいった。「コップにいっぱい水をもらえさえすれば、だいじょうぶだ」

ロバーツが教師の横に腰をおろすのを見て、フォスは水を取りに行った。「気を楽にお持ちなさい、レナード」刑事は思いやりのこもった口調でいった。「この件について、話をなさりたいですか?」

「ポール、嘘じゃない。きみに話せるようなことはなにもないのだ。そもそもここに連れてこられた理由さえ知らないのだから」

「けさ、フォスはベーリンジャーの話を聞きに病院まで行ったんです。ああ、くそっ、あなたが無実だということはわかっているんですが――」

そのとき、部屋に戻ってきたフォスによるじゃまが入った。見れば、片手に水の入ったコップ、もう一方の手に小さな携帯用テープレコーダーを持っている。

「けさ、わたしがどこにいたか、ロバーツのやつがあんたに伝えたものと思うが」フォスはいった。「ベーリンジャーのあごはまだ針金で固定してあるので、しゃべるのは困難だが、彼が口にしようとしたことはまちがいなくあんたの興味を惹くだろうよ」

「わたしはストラング先生を長いこと知っている」ロバーツがかみついた。「このひとをいたぶるようなまねは許さんぞ、フォス。さっさと、テープをかけるんだ」

フォスがボタンを押すと、テープレコーダーのリールが回り始めた。

「——ほんの短時間でお願いしますよ」機械から野太い声が聞こえてきた。

そのあと、フォスの声がした。「いいですとも、先生。それくらいで充分です」

沈黙が続くなか、リールが回転する。すると、ふたたびフォスの声がした。「ベーリンジャーさん？　起きていらっしゃいますか？」

返事の代わりに、二度かすかなうめき声がした。

「だれだったのかわかっておいでですか、ベーリンジャーさん？　図書館であなたを車ではねたのは？」

「ああ」か細い、ささやきに近い声がした。

「だれなんです、ベーリンジャーさん？　だれの仕業です？」

リールが二回転したあと、針金で固定されたあごのあいだから弱々しいささやき声がした。

「ティーチ（Teach）……」

声がだんだん消え失せていくにつれ、ストラング先生の背筋に震えが走った。

フォスは手を伸ばして、スイッチをポンと押した。「以上だ」彼はいった。「ストラング先生、あんたは頭が切れるというふうに、ポールから聞いている。容疑者は四人。商店主、公衆衛生局員、トラックの運転手」――刑事はわざと間をあけた――「それに教師《ティーチャー》。さあ、あんたはテープを聴いた。ベーリンジャーがだれを名指していたんだと思うね？」

ストラング先生はただ頭を横にふり、取調机をじっと見つめるだけだった。

「ストラング先生」フォスは内証話をするような口調でいった。「ポールのいうように、あんたはもういい年だ。そこでだ、なんらかの折り合いをつけようじゃないか。どんな裁判官でも、あんたみたいなひとに二、三ヵ月以上の判決はくだすまい。さあ、どんなふうに起きたのか、あらいざらい白状したらどうかね？」
二、三ヵ月の刑務所暮らし。そのあとはどうなる？　生まれてこのかた、ほぼずっと過ごしてきた、オルダーショットを離れることになってしまうだろうか？　こんなことのあとで、どうやって生徒たちの信用と尊敬を集めることができよう？　どこに行ったとしても、もう教師としてはおしまいだ。こんなのはあまりにも不公平だ。なにせ、自分は無実なのだから。
だが、だとしたら、テープに記録された告発の言葉はどうなる？

「これからどうなるのかね、ポール？」ストラング先生はかすれた声で訊いた。

「弁護士に電話をかけてもらってかまいません。お急ぎになれば、裁判所が閉まる前に保釈の手続きをとれるかもしれません」

取調室を出る際にフォスがストラング先生の腕をつかもうとすると、ロバーツはその手を払いのけた。一同が廊下に出ると、配管工が年代物の噴水式水飲み器につながっている管をはずそうとしていた。

ストラング先生は配管工の手にしている苛性ソーダの缶に目をやった。缶の横に、大きく赤い文字で「猛毒」と印刷されている。

なにかが教師の頭のなかで動き出した。彼は無意識のうちに配管工に近寄っていくと、その手から缶を奪った。

「おい」フォスはロバーツにささやいた。「まさか、あれを飲もうとしているんじゃ――」

だが、くだんの教師は缶を開けようとはしていなかった。その代わりに、ラベルをじっとながめている。

「ポール」元いたところまで戻ってから、ストラング先生はいった。「フォス刑事にひとつ質問をさせてもらってもかまわんかね?」

ロバーツはフォスに目をやり、ふたりして肩をすくめた。「いいですとも」

「なあ、フォス刑事、あんたがクリフ――ベーリンジャー氏――を訪ねた際、彼はなにかおかしな行動をとらなかったかね?」

「おかしな行動をとるどころの騒ぎじゃなかったさ。そもそも医師の与えた鎮痛剤のおかげで、頭がぼんやりしていたしな。おまけに、目をのぞいてはほとんど動かすこともできなかった。それに、わたしのほうを見てもいなかったよ。病室のドアの向こうをじっとながめていただけさ」

「ドアの向こうを？　つまり、ドアは開いておったということかね？」

「ああ。外の向かい側の壁には大きなポスターが掛かっていて、『スピード違反は命取り』と書かれていた」

「壁にあったのはそれだけかね？」

「そうさ。標語の下には大きな髑髏と二本の骨の交差した図形が描いてあった。それから、一番下には皮下注射器が」

五十年近くも前に高校で聞いたことを思い出そうとしているうちに、ストラング先生には頭のなかで車輪がぐるぐる回る音がしてくるような気がした。すると、ふいに車輪が停まった。

そうだ！

「おいおい、見てみろよ、ポール」フォスがささやいた。「どうやら頭にきちまったようだぜ。泣き出しちまったじゃないか」

ストラング先生は赤い絞り染めの大型ハンカチをさっと取り出すと、それで勢いよく鼻をかんだ。安堵の波が押し寄せてきて、震える身体を椅子の上に落ちつけたいと心から願った。いや、いまはまだ弱音を吐くべきときではない。

彼は上着のポケットからゆっくり眼鏡を取り出すと、教室の生徒たちに接するときのように、眼鏡越しにふたりの刑事を見据えた。「あんたにしてもらいたいことがある」彼は傲然といい放った。

「してもらいたいことがあるだと？」フォスの顔は驚きのあまりこわばった。「あんたは拘留中の身なんだぞ、先生！」

「黙ってこのひとの話を聞くんだ、ウォルト。なにかためになることを聞かせてもらえるから」ロバーツの顔一面ににやにや笑いが広がっていた。ストラング先生がふたたび教師らしいふるまいを見せ始めたら、解決は間近ということなのだ。

「フォス刑事」教師は落ちつきはらった態度で、冷ややかな威厳を見せつけた。「クリフ・ベーリンジャーを轢き逃げした真犯人を捕まえたいのなら、どうすべきなのか教えてやろう。二度とくり返さないから、注意して耳をかたむけていたまえ」

フォスはたちまち聖ウィリアムズ・カトリック高校の時代へと戻った。そう、アン修道女の定規で指のつけ根をコツンとたたかれようとしているところへと。

教師が話し終えると、フォスは頭を横にふった。「それはどうでしょうか、ストラング先生」彼はいった。「わたしにはかなりの当て推量のように思えるのですが」

「ちょっと調べてみるくらい、どうってことはあるまい?」ロバーツが訊いた。「興味を盛りあげるために、ストラング先生のいうとおりだということに、ステーキの晩飯を賭けようじゃないか」

四十五分としないうちに、フォスは新たな囚人を連れて警察署へと戻ってきた。「まるで千里眼でもおありのようですね、ストラング先生」フォスは恐れ入りましたといわんばかりの口調でいった。「すべてがおっしゃったところにありました。車やなんやらがです。新しいヘッドライトにつけ替えてありましたが、古いほうのやつはゴミ箱のなかで見つかりました。もっか鑑識に送ってありますから、図書館の車回しで発見されたガラス片と一致しさえすれば、犯人はこの男できまりです。なんでこの男の仕業とわかったのか、摩訶不思議ではありますがね」

「やあ、ウィルソンさん」教師はいった。「あんたに会えてどんなに喜んでいるか、口ではいい表せせんよ」

図書館員は黒いあごひげの奥でなにかもごもごいうと、床に視線を落とした。

「さあ先を続けてくださいスス、ストラング先生」フォスがいった。「この男に不利な証拠を挙げていただきましょうか」

「わたしに不利な証拠などあるものか」ウィルソンはどなった。「ロバーツとフォスはあの晩、図書館でわたしの車を見た。へこみも壊れたヘッドライトもなかったことは、ふたりともよくわかっているはずだ」

「もちろん、なかったさ」教師は答えた。「なぜなら、彼らの見た車はあんたがクリフ・ベーリンジャーに衝突したときに乗っていたものとは違うからだ」

「あんたは頭がおかしいんだ」

「さあさあ、ウィルソンさん。もう、しらばくれてもむだだよ。あんたの車――フォス刑事と会ったときにあんたが車内で待っていた車――は、カンバス地の屋根のところに裂け目があった。それゆえ、図書館を出たときに自分自身の車が水浸しになりかかっていないよう、あんたはお姉さんのセダンを借りたに違いない。だが、借りた車がクリフ・ベーリンジャーに追突し――警察に通報する前に――あんたは損傷を受けた車をお姉さんの家まで乗って帰り、車庫にしまった。

それには十分もあれば充分だったろう。

それからあんたは自分の車で図書館にとって返す途中でドラッグストアに立ち寄って警察に通報したが、それでもほかのだれよりも先に図書館に帰りつくことができた。図書館の閉まったのが九時だったにもかかわらず、あんたからの通報が九時半だったのはそのためだ。それに、警察は目的の車を捜すのにあんたの車庫を調べるようなまねはしなかった。というのも、あんたに疑惑の目が向けられたことは一度もなかったからだ。それどころか、あんたは犯罪を通報した公共心に富む市民と見なされた」

ポール・ロバーツは満面の笑みを浮かべた。逮捕のさなかになっていた憐れな存在ではなく、昔ながらのストラング先生が戻ってきたことは喜ばしかった。

「わたしは一切を否定する」ウィルソンがぴしゃりといった。

「ウィルソンさん」教師がたしなめた。「あんたのお姉さんの車のヘッドライトが壊れていたことは、どう説明するね？」

「だれでもヘッドライトくらい壊せるさ」

「鑑識の結果、わたしの見つけたガラス片とあんたのとこのゴミ箱にあったヘッドライトとが一致したら、もうそれ以上そんな口はきけなくなるさ」フォスがいった。「仮に一致しなかったとしても、ベーリンジャーは日を追うごとによくなってきている。そのうち、あんたをまちがいなく犯人として名指しすることになるだろうよ」

フォスは教師のほうを向いた。「ひとつだけわからないことがあるんですが。どうしてウィルソンに目をつけたんです、ストラング先生?」

「クリフ・ベーリンジャーがそう伝えてくれたのだ」

「でも、彼は『ティーチ』としかいわなかったじゃないですか」

ストラング先生は身を屈めると、床から一冊の本をつまみあげた。「きみがウィルソンのお姉さんの家に行っているあいだに、ポールとわたしはこれを図書館から借りてきた」

「なんの本ですか?」

「順を追って話させてくれ。録音から明らかなのは、クリフがごく簡単な単語をもごもご口にするので精一杯だったことだ。だが、彼はわたしのことをよく知っており、わたしの名前自体も口にするにはむずかしくない。だとしたら、なんで単に『ストラング』といわなかったのだろう?」

「医者の与えた薬かなにかの影響では?」

「そう、たしかに頭がもうろうとはしていただろう。だが、いいかね、彼が歴史学者だということを思い出してくれ。実際、車が衝突してくる数分前まで、一七〇〇年代初めの大西洋岸およびメキシコ湾岸における航行に関する書類を調べていた。加えて、ポスターに描かれた髑髏と二本の骨の交差した図形をじっと見つめていたという事実がある。そこからなにか思いつかんかね?」

「どれどれ。配管工の持っていた缶のような、猛毒とか?」フォスは依然として困惑の体で、頭をかいた。「それとも――」彼は目を大きく見開いた。「海賊?」

「上出来だよ、フォス刑事。そう、海賊だ。クリフが記事のなかで取りあげようとしていたのは、名だたる海賊たちが南海岸の領海を行きかかっていた時代だった」

「でも、ストラング先生——だから、どうだというんです？」

「図書館の外に横たわっている、クリフを想像してみたまえ。車をぶつけた相手がおりてくる。やがてクリフは男が自分の上に屈みこんでいるのを目にする——その日の晩になるまで一度も会ったことがなく、名前も知らない男がだ。そう、前の日にオルダーショットに越してきたばかりの、われらがウィルソン氏さ。

病院のなかでクリフは犯人を指摘するのに〝あごひげ〟といった言葉を使うことはできたが、それだと無実の人々をも巻きこむことになりかねなかった。ほら、キトリッチ氏は短いあごひげを生やしていたし、クイン青年でさえも、ひげ剃りを必要としていたからね」

教師は目の前にある本をめくって、印をつけておいた頁を出した。「クリフは特定の人間のことをいわんとしていた」と先を続ける。「十八世紀の作家（一七二四年に出版された『イギリス海賊史』の著者、英作家チャールズ・ジョンソンのこと）の言葉を借りれば、『並はずれた量の髪がまるで悪魔の落とし子のように顔全体をすっぽり覆っている』といった感じの男のことをだ。なあ、ウィルソン氏をかなり巧みにいい表した言葉だとは思わんかね？」

フォスは図書館員の黒いもじゃもじゃのひげを見て、うなずいた。「ですが、その作家とやらは、いったいだれのことを書いていたんです？」

「クリフの記事のなかでまちがいなく中心となる人物さ」小男の教師はひと息つくと、誇らしげに頭上高く、人差し指を掲げた……。

「黒ひげ海賊だよ！」

「ちょっと待ってください」いらいらしたように頭を横にふりながら、フォスがいった。「ベーリンジャーは黒ひげなど、ひと言もいっていませんよ」

ストラング先生はひょろ長い指である一節を指し示しながら、無言のまま本をフォスに手渡した。

「『黒ひげ海賊とは』」フォスはゆっくりと読んだ。「『英国のブリストルで生まれ、北カリフォルニアのオラコーク島で一七一八年に没した、エドワード・ティーチ（Edward Teach）の呼び名である』」

「クリフの〝ティーチ〟という言葉をいったん黒ひげと結びつけたら、あとは簡単だった」ストラング先生はいった。「きみの見た車になんの傷もなかったからには、別の車があったに違いない。もう一台の車がウィルソンの姉のものだろうというのはまず確実だったし、やつはほとぼりが冷めるまでそれを隠しておくつもりでいた。それがやつの姉の家にあるのはまちがいない――ほかの場所に隠すような危険はおかさないだろうからな」

彼がこういっているさなかに後ろの壁のところにある電話が鳴り出した。ロバーツがそれに出る。手短に会話を交わしたあと、彼はウィルソンのほうを向いた。

「ヨーホーホー、ラムを飲め！」ロバーツはいった。「来るんだ、黒ひげ。フォスとわたしとで、これから居心地のいいブタ箱に連れてってやろう」

「でも――」

「いまのは鑑識からの電話でね。ベーリンジャーの身体のそばにあったふたつのガラス片は、あんたの姉さんのゴミ箱のなかでフォスが見つけたヘッドライトの割れたレンズと一致したそうだ」

ストラング先生、証拠のかけらを拾う

白須清美訳

それはストラング先生の休み時間の出来事だった。小柄で年老いた科学教師は、教室で実験用のテーブルを前に化学実験の準備をしながら、自分にあと二本手があればと思っていた。左手で三角フラスコをリングスタンドに固定しながら、右手でゴム栓をすることはできる。だがそうすると、水平に突き出た一ヤード以上のガラス管を支えるものが何もなくなってしまう。節くれ立った指を伸ばしながら、先生は目の前のテーブルに置いた実験器具をにらみつけた。それからガラス管を脇の下に挟み、ぎこちなくフラスコをつかむと、見えないタコと格闘している男とそっくりの格好になった。その格好のまま、ぶら下がっている栓のほうへフラスコを持っていく。

そのとき、教室のドアにノックの音がした。

「鞭毛虫め！」先生はつぶやき、音を立てて装置を置いた。ぎくしゃくとした足取りでドアへ向かい、開ける。

入ってきたのは筋骨たくましい大男で、地味なグレーのスーツに身を包み、片手にブリーフケースを持っていた。もう片方の手を差し出し、ほほえむ。「おはようございます、先生」

「ごきげんよう」先生は苛立ちを抑えていった。「で、どなたかな？　今ちょっと忙しいもので――」

「職員室に行ったら、直接訪ねていいといわれたものですから。ぼくのことを覚えておいでだと思いますが」

「いわれてみれば見覚えのある顔だが、わたしは長年、このオルダーショットで何千人もの生徒を受け持ってきているのでね」

「十年ほど前に、生物のクラスでモルモットとハムスターを一匹残らず明るい緑色に染めてしまった生徒がいたでしょう？」

「ああ、もちろん覚えている。証拠はなかったが、ずっとある生徒が怪しいと思っていた。そいつの名は――」ストラング先生はオルダーショット高校での長年の記憶をたどり、満面に笑みを浮かべた。「ケンペル」彼はつぶやいた。「ブリュースター・ケンペルだ。よく来たな、ブルーザー」

高校では〝乱暴者《ブルーザー》〟の名で通っていたブリュースター・ケンペルは、ストラング先生の腕を大きな手でつかんだ。かつてはその手でフットボールから紙つぶてまで、同じように圧倒的な正確さで投げていた。小柄な先生は、若いケンペルの半ズボンの尻を叩いてやりたくてうずうずしたものだ。だが、つい釣り込まれてしまう笑顔と外交的な性格の持ち主であるケンペルを嫌うことはできなかった。

「ところで、緑色の染料は落ちたのですか？」

「落ちたとも。ずいぶん骨を折ったがね。つまり、懺悔にきたというわけかな？」

「そうです。でも、いっておきますが、それはもう時効ですよ」

「ふむ。では、弁護士になるという夢をかなえたんだな」

「そうなんです。二カ月前に司法試験に通ったばかりです。実は、その仕事のことで来たんです」

「ほう?」レナード・ストラング先生の眉が、後退しつつある生え際のほうへ跳ね上がった。「わたしが何か非合法なことをしたとでもいうのかね?」

「ぼくの知る限りでは、それはありませんね」ケンペルはにやりとした。「ただ、先生の証言が必要なんです」

「どんな証言だね?」

「ぼくは州の公選弁護人の事務所で働いています。弁護士費用を払えない人たちのための弁護をしているんです。今、手がけている訴訟は――実に単純明快なものに思われます。もちろん依頼人は無実を主張しています。いずれにせよ、裁判のときに本人の人柄の良さを証言してくれる人がひとりかふたりいれば、助けになると思うのです」

「わたしでよければ喜んで」先生はいった。「依頼人は誰だね?」

「クリフォード・ホイットリーです」

「なるほど」ストラング先生は唇を尖らせて床を見た。「それでここ二日、学校に来ていないのか。正直にいおう、ブルーザー。彼の人となりをうまく証言できるかどうか自信がない」

「教えてください、ストラング先生」ケンペルは冷たい声でいった。「クリフが黒人だから尻込みをしているんですか?」

先生は平手打ちを食ったかのように反応した。ぎらぎらした目で青年を見て、ささやくような低い声でいう。

「帰ったほうがいいな、ブルーザー。わたしを今いったような男だと思っているなら、お互いこれ以上話すことはないだろう」

ケンペルはカンニングを見つかった子供のように足をもじもじさせた。「あのう、ストラング先生、すみませんでした。先生の教え子で公平に扱われていない生徒はひとりも知りません。しかし、これはぼくの初めての訴訟で、クリフのためにできるだけのことをしてやりたいんです。ただ——少し言葉が過ぎてしまいました。でも、なぜ先生は彼を助けないのですか？　いい生徒なんでしょう？」

先生はうなずいた。「テストも宿題も申し分ない。だが、ひどいかんしゃく持ちでもあるのだ。ある程度は理解できる。しかし、侮辱されたと感じると何にでも暴力をふるいかねない。ほんのちょっとしたことでかっとなり、そうなると手がつけられないのだ。そんなかんしゃくの間に誰かに怪我をさせたとしたら、その始末は自分でつけるしかないだろう。肌の色には関係なく、良いことは良い、悪いことは悪いのだ」

ケンペルは不思議そうにストラング先生を見た。「クリフォードが誰かに怪我をさせたなんて、誰がいいました？」

「彼が弁護士を必要とするなら、当然——」

若者は笑みを浮かべた。「クリフォード・ホイットリーは、単なる窃盗の罪に問われているんです。店のウィンドウ破りをしたというんですよ。誰も怪我をしていないし、脅された人すらいません。しかも逮捕されたとき、クリフは無抵抗でした」

ケンペルはポケットに両手を突っ込み、かかとに体重を預けた。「一足飛びに結論を出すのは間違っている。ぼくにそう教えてくれたでしょう、ストラング先生」

「こいつはやられた、ブルーザー、まったくその通り。非難は受けよう」ストラング先生は机に向かって腰を下ろした。「むろん、そういうことなら、わたしにできることは何でもしよう。だが、クリフォードに罪があるとは思えない。下手なことをいわれれば、人の頭の二つや三つはかち割るかもしれないが、盗みをやるとは考えられない。盗みを働くには、プライドが高すぎる」

「先生はこの事件の事実関係すらご存じないでしょう」

「それにきみは、クリフォード・ホイットニーのことをわたしほどは知らない。わたしの証言の前に、何があったか聞かせてくれ」

「しかし、時間が――」

「もちろんあるとも。次の授業が始まるのは十五分後だ。座ってくれ」

ストラング先生は尊大に椅子を指し、ケンペルはため息とともに腰を下ろした。ブリーフケースから黄色い法律用箋を出し、ぱらぱらとめくる。

「事件があったのは火曜の夜。七時ごろのことです。村の外れにあるベインブリッジ宝石店。場所はご存じですか?」

「もちろんだ」先生はいった。「ピーチャム・レーンとかいう、あそこだろう。〝ちょっとした古いロンドンの街並み〟などと宣伝しているところだ。十九世紀風の建物に、細い石畳の通りといった趣の」

「そこです。ルイス・ベインブリッジの話では、彼と店員のジェローム・オズボーンは、店が終わってから一時間ほど在庫整理をしていたそうです。それからベインブリッジはオズボーンを帰らせました。彼が店を出てから五分ほどして、ベインブリッジが奥に行ったところ、正面から大きな音がして、同時に警報機が鳴り出しました。彼は何が起こったのかと外に出ました」

「それで、何が起こったんだ？」先生が訊いた。

「店の正面のウィンドウが壊されていました。そして、クリフォード・ホイットニーがピーチャム・レーンをメイン・ストリートに向かって逃げていくのが見えたのです」

「よければふたつほど質問したい。はじめに、宝石店はウィンドウに特別製のガラスを使うものだろう。とうてい壊すことのできないようなものだ。それについてはどうなんだ？」

「この店はもともとブティックだったんです」ケンペルがいった。「入居するはずだった男が賃貸契約をふいにしたので、ベインブリッジが入ることになったのです。前から特別製のウィンドウに替えようと思いながらも、時間がなかったそうです。そこで、ウィンドウの周囲に金属テープを貼り、電線で警報機につなぎました。当面はそれで事足りると思ったようです」

「ふむ。なるほど」ストラング先生はブライアーパイプを出し、柄に息を吹き込んだ。「それともうひとつ。店のウィンドウに明かりがついていたとしても、七時ともなればピーナャム・レーンは真っ暗のはずだ。ベインブリッジはどうして、逃げていったのがクリフォード・ホイットニーだといい切れるのだ？」

「簡単なことです」ケンペルはにやりとした。「ジョー・ベルという地元の警官が、毎晩七時ごろにピーチャム・レーンをパトカーで巡回するのです。警報機が鳴ったとき、ただちにクリフを見つけました。ベルが彼を捕まえるのはわけないことでした。クリフはパトカーの目の前に飛び出してきたも同然だったのですから。向きを変えて逃げる前に、ベルに取り押さえられました。クリフはただ散歩に出ていて、ウィンドウが割れたので怖くなっただけだと主張していますが——」

弁護士は肩をすくめた。

ストラング先生はぼんやりと空のパイプを吸った。「それで、ベインブリッジのウィンドウから何かが盗まれていたというわけだな。そうでなければ、クリフの罪はせいぜい悪質ないたずらといったところだろう」

「そうです。ふたりの警察官が駆けつけ、ベインブリッジにウィンドウの中のものを確認させました。紳士用の時計から金のキーホルダーまで、さまざまなものがありました。加えて、大量の割れたガラスも。ベインブリッジと警察官は店じゅうを調べました。最終的に、婚約指輪が三つなくなっていたことがわかりました。とりわけ高価な宝石が使われているものです。合わせて四千ドル近い価値があります」

「その指輪は、当然クリフォードが持っていたのだろうな」

「いいえ。身体検査をしたときには何も持っていませんでした。本人は指輪のことなど知らないといっています。しかしロバーツ刑事は、パトカーを見てどこかに捨てたのだろうといっています」

「ちょっと待ちたまえ」先生が口を挟んだ。「ポール・ロバーツのことかね?」

「ええ、そうです。この事件の担当です。ご存じですか?」

「ああ、よく知っているとも、ブルーザー。彼ならわれわれが捜査を始めるにしても、ややこしい手続きを省いてくれるだろう」

ケンペルは戸惑った。「何の捜査です、ストラング先生? お願いしたいのは、クリフの人柄を証言することだけですよ」

「ブルーザー、今まで聞いたところでは、この事件が単純明快だとは思えない。ウィンドウが割られ、怯えた青年が逃げ出した。どこにも犯罪はない」

「でも、ストラング先生、ウィンドウが割られたとき、そばにいたのはクリフだけだったんですよ。彼しかいないじゃありませんか」

「そうかな? きみの話では、ウィンドウが割られたときにはベインブリッジは店の奥にいたはずだ」

「ふたりの目撃者が、それぞれ彼だといっているんです」ケンペルがいい返した。

「ほう」ストラング先生のパイプがだらりと垂れた。「その目撃者というのは?」

ケンペルは法律用箋をめくった。「ひとり目はベインブリッジの店の向かいで洋品店を経営しているミルトン・ゲージです。ゲージは自分の店のウィンドウの飾りつけをしていました。ガラスが割れる音を聞いて、マネキンに着せていた上着から目を上げたそうです。すると道の向かいでウィンドウが壊され、クリフォード・ホイットリーが走り去っていくところでした」

「それで、もうひとりの目撃者は?」

「ベインブリッジの店の店員、ジェローム・オズボーンです。彼もゲージとほぼ同じ光景を目にしたに違いありません。彼はちょうどゲージの店の前で、ゲージのウィンドウを背にして新聞を読んでいたのです。仕事が遅くまでかかったので、タクシーに電話して来るのを待っていたんですよ」

「はっきりさせよう。ふたりとも宝石店の真向かいにいた。それでいいかね?」

「そうです。何が起こったかを見るには絶好の場所でしょう」

「ああ。だが、きみの話が本当なら、どちらもクリフォードがウィンドウを壊すのを見てはいないはずだ」

「見ていますとも!」ケンペルが大声でいった。「今、いったじゃありませんか――」

「きみがいったのは」ストラング先生はいかにも教師らしくいった。「ウィンドウが割れたとき、ゲージは自分の店のウィンドウのマネキンに服を着せていたし、オズボーンは新聞を読んでいたということだ。どちらも犯罪といわれている場面を見たわけではない。その結果――つまり、割れたウィンドウと走り去るクリフを見ただけだ」

「ストラング先生、落ち着いて」ケンペルがいった。「いいでしょう。厳密にいえばおっしゃる通りです。しかし実際、あのときピーチャム・レーンにはほかに誰もいなかったんですよ。クリフがやったのでなければ、どうやってウィンドウが壊れたんです?」

「何かが飛んできたという可能性は考えたかね? どこか都合のいい場所から、何かを発射したとか投げたとかいうことは?」

ケンペルが答える前に外の廊下でベルが鳴り、どやどやと足音が聞こえた。休み時間が終わったのだ。

ストラング先生は立ち上がり、ポケットにパイプを押し込んだ。

「化学の授業中は話し合いに最適とはいえんな、ブルーザー。ロバーツ刑事に、明日会いにいくといっておいてくれ——四時ごろにな」


翌日の午後四時十分までには、ポール・ロバーツ部長刑事はブリュースター・ケンペルとストラング先生に浴びせたい言葉を山ほど選び抜いていた。だが、警察署の広報部にしぶしぶ従い、ただひとことにとどめた。

「駄目です」

「だが、ポール」先生はいった。「ほんのちょっと話し合いがしたいだけだ——」

「駄目です」

「あなたさえよければ——」ケンペルがいいかけた。

「駄目です」ロバーツは苛立って首を振った。「ケンペル、きみとは協定を結んだはずだ。きみはホイットトリーに罪を認めさせ、われわれはできるだけ温情をかけると。それが今度は、ホイットトリーを無罪にするのに手を貸せという。わたしは証拠もないのに罪に問うようなことはしない。だがこの事件では、検察側が非常に有利だ。きみに有利なことは何もないのに、なぜわざわざ骨を折る？」

「そう簡単な事件だと思えなくなってきたからです」ケンペルがいった。「ストラング先生とぼくとで話し合ったのです。先生の話にはとても説得力がありました」

「ああ、いつものことだ」ロバーツはぶつぶついった。「いいですか、ストラング先生、ウィンドウが割られたちょうどそのとき、クリフォード・ホイットリーはすぐそばにいたんです。道の向かいでふたりの目撃者が彼を見ています。あなたはケンペルに、何かが遠くからガラスに投げつけられたのだろうとおっしゃったようですね。それは問題外だとわかっているはずです。銃弾ならガラスに穴が開くだけです。それに、ウィンドウを丸ごと壊せるほど大きなものなら、どこかに転がっているはずでしょう。

ベインブリッジに紛失したものがないか確かめさせている間、われわれは徹底的にウィンドウの中の陳列品を調べました。しかし、そんなものはありませんでした。それに、音波ビームだの何だのといったたわごともやめてくださいよ。われわれもその可能性を検討しました――十五秒ほどね。そんな装置を組み立てるには相当な金がかかって、犯罪とは引き合いません」

「ポール」先生がいった。「内側からガラスが割られたとしたら――」

ロバーツはかぶりを振った。「歩道にいくつかかけらが落ちていたほかは、破片はみんな陳列ケースの中に落ちていました。ウィンドウは外から割られたのです。そして、それができたのはホイットニーただひとり。ただひとりなのです。以上」

「しかし、まだ説明のつかないことがあるぞ、ポール」ストラング先生はいった。

「へえ？　例えば？」

「そう、例えば、なぜクリフは婚約指輪を選んだかだ。時計やキーホルダーなど、男の子の興味を引きそうなものがあるのに」

「それはわかりませんね。たぶん、真っ先に手に触れたものを盗んだのでしょう。いずれにせよ、指輪はほかのものに比べてずっと価値がありますからね」

「もうひとつあります」ケンペルが口を挟んだ。「クリフは非常に頭のいい少年です。なぜパトカーが来る時間を選んで、そんな大胆な真似をしたのでしょう？」

「知らなかったんだろう」ロバーツは苛立たしげに怒鳴った。「パトカーのルートを把握しているやつなんて、誰か知っているか？」

「かもしれん」先生はいった。「しかし、わたしが犯罪を企てるとすれば、調べておくくらいの骨は折るがね」

「前もって計画されたものではないのでしょう、ストラング先生。ホイットリーはチャンスと見て実行したのです。それだけのことですよ」

「なるほど。だが、通りの向かいにいた男たち——ゲージとオズボーンのことだが。ふたりとも、ガラスが割れる音がしてすぐに顔を上げたという。それにはどれくらいの時間かかるだろうか？　わずか一瞬のことではないか？」

「でしょうね」ロバーツはいった。彼の我慢も限界に近づきつつあった。

「だったら、クリフォード・ホイットリーがウィンドウを壊した後、手を伸ばして何かをつかむ時間があっただろうか？」

長い沈黙が流れた。ロバーツは椅子の上で前かがみになり、ケンペルに指を突きつけた。「最後の質問だ――これはきみの訴訟だな？」

弁護士はうなずいた。

「では、ひとついわせてもらおう。時間というのは相対的なものだ。ゲージとオズボーンはすぐに目を上げたかもしれないし、そうでなかったかもしれない。どこから音がしたかわからずに、何秒かきょろきょろしたかもしれない。それはわからない。だが、考えられるのがせいぜいそれくらいなら、わたしのいうことを聞いてホイットリーに有罪を認めさせることだ。そのほうが彼にとってもいいはずだ」

十五分後、ブリュースター・ケンペルとストラング先生は、車で先生の下宿に向かっていた。「ロバーツ部長刑事のいう通りです」弁護士はむっつりといった。「今ある証拠では、クリフに勝ち目はありません」

「だからわが家へ向かっているんじゃないか」ストラング先生はいった。「ひと晩かけて、ピーチャム・レーンで本当は何が起こったかを突き止めるんだ」

先生の下宿のおかみ、マッケイ夫人は、事の重大さを察したようだ。いつもなら壊れた蓄音機のようにおしゃべりなのに、黙ってストラング先生の部屋にふたり分の食事を用意した。

八時には、狭い部屋の床は紙切れで埋まっていた。その一枚一枚にピーチャム・レーンの図が描かれている。矢印や点線がその上に書かれ、盗難事件が起こった当時のクリフォード・ホイットリー、ベインブリッジ、オズボーン、ゲージの動きを想定していた。

八時半には、ふたりとも結論が出ないことを認めていた。ブーメランや巨大ヨーヨー、訓練された猿といった手段が次々に検討され、却下された。割れたウィンドウと宝石の盗難は、依然として謎だった。

もちろん、クリフォード・ホイットリーが犯人なら話は別だ。それが唯一筋の通った答えだと、ストラング先生もしぶしぶながら認めざるを得なかった。

九時、ドアにノックの音がした。「わたしです、ストラング先生」閉じたドア越しにマッケイ夫人の声がした。それはキラーニー湖に吹くそよ風のように聞こえた。「コーヒーが飲みたいでしょうと思って」

ストラング先生はトレイを受け取り、下宿のおかみに礼をいった。尻でドアを閉め、ケンペルに勧める。「砂糖とクリームもある」ケンペルが鉢から大さじ一杯の砂糖を入れている間に、ストラング先生は小さな机に戻った。

「ほかに新しい説は？」ストラング先生は自分のコーヒーを飲みながら尋ねた。「というのは、もしなければ、ケンペル・アンド・ストラング探偵社はすぐにも畳むべきだと提案したいのだ。わたしはクリフォード・ホイットリーを誤解していたかもしれない。認めるのはひどく腹立たしいが、犯人は彼だろう。それしか答えがない」

「プーッ！」背後でしわがれた声がした。

「何だって、ブルーザー？」

「オエッ！」弁護士があえぎながらいった。「このコーヒーときたら」

「別に変な味はしないが」ストラング先生はいった。

「ブラックで飲んだからですよ。ぼくのは——しょっぱいったらありゃしない」

「まさか——」いいかけた先生は、納得したようにうなずいた。「ああ、あり得る話だ。マッケイ夫人は台所の一番下の棚に塩と砂糖の缶を並べて置いているのでね。ときどき、どっちを取ったかわからなくなってしまう。つい先週も同じような間違いをして、舌がお慈悲を求めたくなるような甘いビーフシチューを出してくれた。ちょっと待っていてくれれば、下へ行って——」

その声が不意に途切れた。一瞬、先生の口が鼻と顎の間で小さな円を描いた。それから、老教師の顔に笑みが広がった。

「それだ」彼はケンペルにいった。

「何ですって？」口の中の塩をすすごうと洗面所に向かいながら、弁護士が訊いた。

「どうやったのかだよ。割れたウィンドウのことさ。ああ、ふたりとも何て馬鹿だったんだ！これは入り組んだ事件なんかじゃない。それどころか、実に単純な事件だ」

「何をぶつぶついってるんです、ストラング先生？」

「クリフォード・ホイットリーのことさ。彼を誤解するはずがないと思っていたんだ。彼は何も盗んでいない。誰かの罪を着せられているんだ。そのことを何といったかな」

「濡れ衣ですか？」ケンペルがいった。

「そう、それだ」

「どういうことです？」

「今はそれを話している時間はない、ブルーザー。いいかね、きみにしてもらいたいことがある。ポール・ロバーツに連絡を取ってくれ。署にいなければ家を訪ねるんだ」ストラング先生は図の裏に何やら書きつけた。「これを渡してくれ」

「それで、あなたはどこへ行くんですか、ストラング先生？」

「ピーチャム・レーンさ。それ以外にどこがある？」


ストラング先生が来たときには、ピーチャム・レーンには人ひとりいなかった。道を照らすのは古いガス灯を模した三つの街灯だけだ。幸い、そのひとつはベインブリッジ宝石店の板でふさいだウィンドウの真向かいにあった。

ストラング先生は身震いしたが、寒さのせいだけではなかった。この場所の雰囲気がそうさせるのだ。深い闇の中から、ビル・サイクスやエイベル・マグウィッチといったディケンズの小説の悪党どもが現れてきそうだった。

ベインブリッジの店のすぐ前の縁石に、探していたものがあった。手袋をした手でしばらく探り、ついに帰る用意ができた。ぎこちなく立ち上がったとき、明らかに現代的なゴミ収集車がやってくる轟音が聞こえた。

ポール・ロバーツの家では、刑事とケンペルが待っていた。「手短に説明してもらえますか、ストラング先生？」刑事がいった。「テレビのニュースを見逃したくないので」

「好きなだけ手短にしてやるよ、ポール」それが答えだった。「きみにあるものを見せたいのと、この事件にかかわった全員を集めてもらいたい。できれば明日、学校が終わってから」

「突拍子もない話に聞こえますが、本当に重要なものを手に入れたのなら、集めることはできるでしょう。何を見せてくれるんです？」

「これだ」先生は刑事に向かって手を差し出した……。

警察署の狭い取調室は、ストラング先生が着いたときには人であふれ返りそうになっていた。隅でブリュースター・ケンペルがクリフォード・ホイットニーに何やら話しかけ、暗い顔をした若者の肩を励ますように叩いている。その反対側では、ルイス・ベインブリッジとジェローム・オズボーンが小声で興奮気味に話しながら、大げさに腕を振り回していた。部屋の中央に置かれた机では、ミルトン・ゲージが昼間から店を閉めることの不都合をポール・ロバーツに説明していた。

ストラング先生が入ってくると、ロバーツが立ち上がった。「来てくれてよかった。あとどれくらいみんなを引き止めておけるかわからないところでした。ゆうべおっしゃったことが功を奏するのを祈っていますよ。部下をふたりほどやっていますが、まだ連絡はありません」

「やあ、ストラング先生！」クリフォードが大声でいった。「ムショ行きを逃れさせてくれるのかい？　そうしてほしいところだよ。おれの弁護士として送り込まれてきたこのあんちゃんは、今のところ大した役に立っていないようだからな」

「いつまでもそんな口をきいているつもりなら、このままここに置いておいてもらうぞ」先生はいった。「その不良言葉ときたら、まるで三流映画だ」

「悪かったよ、おっさん――じゃない――ストラング先生」

「こんな馬鹿げた集まりを遺憾に思いますよ」ベインブリッジがきっぱりといった。「わたしには店があるんです。それに、陳列ウィンドウなしでお客を呼ぶのは普段の倍は骨が折れるんですよ。さっさと終わらせましょう」

「よろしい」先生はいった。それから慎重に眼鏡を取り出し、ネクタイで拭いた。拭き終えると、右手で眼鏡を振り回しながら、左手を上着のポケットに突っ込んだ。

「問題は、ウィンドウが壊された後で、一番高価な宝石を誰にも見られず一瞬のうちにどうやって盗んだかということだ」

「でも、われわれは見たんですよ――」ゲージがいいかけた。

「いいや、見ていない。この事件にかかわった人はみな、壊れた音を聞き、クリフォードが逃げていくのを見ただけだ。実際に宝石が盗まれたところは誰も見ておらん」

「だから何です？」オズボーンがいった。「ダイヤの指輪が割れたウィンドウから勝手に逃げ出したとでも？　盗んだのはこの若者に決まっています。ほかの誰にも持ち出すことはできません」

「おや、それはちょっと違うと思うがね」ストラング先生はベインブリッジのほうを見た。「そうだろう？」

「でも、ほかにどんな――」ベインブリッジはいいかけた。

「そらそら、あの時計やら何やらは、陳列ケースの後ろの壁を通り抜けたわけではないだろう。ウィンドウにどうやって品物を並べる、ベインブリッジさん？」

「ケースの後ろが店の内側に向かって開くようになっています。そこから物を入れるのです」

「その通り。指輪はそこから盗まれたのだ」

「ちょっと待ってください」ベインブリッジは顔を真っ赤にして立ち上がった。「わたしが店の中にいたのをお忘れですか？　誰かがいれば見たはずだ――」

「ごもっとも。ウィンドウが割れたときに宝石が盗まれたとすればね。だがもちろん、実際は違っていた。指輪は本当はもっと前に盗まれていたのだ。ウィンドウの中にあれだけのものがあれば、いくつかなくなったものがあったとしても、よく見ない限り気づかないだろう」

「いっておきますが」ベインブリッジがいった。「こんな話の流れは気に入りませんね」

「わたしもです」オズボーンが相槌を打った。「ベインブリッジさんが自分の店の商品を盗んだといいたいのですか？　保険金か何かを手に入れるために？」

「とんでもない」

「じゃあ、いったい――」

「ベインブリッジ氏に盗むことはできない。なぜなら、盗んだのはきみだからだよ、オズボーンくん」

オズボーンはロバーツが座っている席に突進し、刑事に向かってまくし立てた。ロバーツはたっぷり一分間それを聞いていた。やがて席を立ち、小男の前に立ちはだかると、片腕をつかんだ。

刑事は半ば促し、半ば運ぶようにして、彼を椅子に戻らせた。

「ストラング先生の話を聞こうじゃないか」刑事は穏やかにいった。「その後で先生が間違っていたら、取り囲んで馬鹿なことをいうなと非難すればいい。続けてください、ストラング先生」

「よろしい。ここにいるオズボーン氏は、昼間のうちに指輪を盗んでいた――おそらくあなたが昼食に出ている間にね、ベインブリッジさん。たぶんポケットにでも忍ばせていたのだろう。しかし、いつかはなくなったことがばれると考えた。そこで、宝石が消えたのをただの盗難事件と見せかける、ちょっとした計画を立てたというわけだ。やるのはただ、ウィンドウを壊すだけ。実に簡単だ」

「ええ、そこがすなわち、あなたのできそこないの説が崩れるところですよ」オズボーンはぴしゃりといって、先生に指を突きつけた。「ウィンドウが壊されたとき、わたしは道の反対側にいたんです。ここにいるミルトが仕事をしていたウィンドウのすぐ外に。彼とは二ノィートと離れていませんでした」

「それは本当です、ストラング先生」ゲージがいった。「たしかにわたしはマネキンに服を着せるので忙しかったですが、ジェリーが道を渡っていれば見えたはずです。ウィンドウが割れたとき、すぐに顔を上げましたから」

「ああ、オズボーン氏は道を渡ってはおらん」ストラング先生は穏やかにいった。「あんたの店のすぐ前にいたのだ、ゲージさん」

「だったら、どうやってウィンドウを壊せるんです?」オズボーンが問いただした。

「簡単なことだ。何かを投げつけたのだ」

オズボーンはまたしても刑事に詰め寄った。「いわせてもらいますがね、ロバーツ、この――この教師こそ、監獄送りにすべきです。現場を見たでしょう。あなたとベインブリッジさんとでウィンドウを調べたはずです。どうやってわたしが――」

「ゲージさん」ストラング先生が口を挟んだ。「ガラスが割れる音がする直前、オズボーンはあなたの店のすぐ外に立っていた。そこで彼は何をしていた？」

「新聞を読んでいましたが」

「その日の早い時間に買った新聞だろう。彼が仕事を終える頃には、ピーチャム・レーンの店はどこも閉まっているからな」

「ええ」オズボーンがいった。「昼休みに買っておいたんです。いつもそうしていますからね。それが何か？」

「しかしきみは、昼休みに別のものも買っているね？　店を出たとき、新聞紙にそれを包んでいたのだ。それからゲージ氏の洋品店の前で待った。彼が完璧なアリバイを証言してくれるのを見越して。

そして、ついにクリフォードが道の向こうからやってくるのが見えた。計画を完成させるのにうってつけの人物だ。何が起こったのかわからないと彼が何度いったところで、誰が信じる？ついに彼がウィンドウを通り過ぎた。そのとき、きみは新聞紙の中からある物を出し、ピーチャム・レーンの向こうに投げたのだ。道の向かい側にある宝石店のウィンドウを割るために。

ゲージ氏は仕事に夢中で、素早い手の動きには気づかなかった。しかも道はとても狭く、狙いを外すこともない。クリフォードは驚いて逃げ出した。そこをベル巡査に捕まったのだ」

「ちょ、ちょっと待ってください」ペインブリッジがいった。「ジェリーはわたしの店でもう一年近く働いているんですよ、ストラング先生。もっと説得力のあることをいってもらわなければ信じられません。つまり、道の反対側から投げておきながら、誰にも見つからなかったものとは何なんです？」

「わたしも昨日までわからなかった。下宿のおかみが塩と砂糖を間違えたときに気がついたのだ。そのふたつはとてもよく似ている――見ただけでは、どちらがどちらか区別するのはほぼ不可能だ」

「しかし、それとジェリーが何かを投げたことと、どういう関係があるのですか？」

ストラング先生はポケットに手を入れ、小さな紙切れを取り出した。「今日、昼休みに何本か電話をかけた。そのひとつが報われたよ。これはオルダーショット金物店のレシートだ。店員はここに書かれている品をオズボーン氏が買ったと証言してくれるだろう」

「その品とは？」ペインブリッジが尋ねた。

「十二インチ四方の、特別に厚いガラスだ」

「ガラス？　しかし――」

「わからんかね？　オズボーンは新聞紙の中にガラスを忍ばせていたのだ。そして、ちょうどクリフがウィンドウの前を通り過ぎたとき、子供がプラスチックの円盤を投げるように通りの反対側に放った。ガラスはウィンドウに当たり、粉々にした。同時にオズボーンが買ったガラスも、ウィンドウに当たったか道に落ちた拍子に割れたのだ。ガラスが少しばかり余計にあったとしても、誰も気づかないだろう——拾い集めてゴミ箱行きなのだから。かけらが多いことを証明するために、わざわざウィンドウを組み立て直す人がいるかね？　特に、すでに容疑者が挙げられているというのに」

「いいですか」ベインブリッジが疑わしげにいった。「おっしゃることはいかにももっともです、ストラング先生。しかし、それはあくまで仮説で、証拠がありません」

「証拠ならありますよ、ベインブリッジさん」ロバーツがいった。「ゆうべ、ストラング先生はピーチャム・レーンに行ったのです。ちょうど運がよかった。縁石の端に割れたガラスでいっぱいのゴミ箱がありましたが、収集車はまだ来ていなかったのです。先生はふたつのかけらを見つけました。特別なかけらをね」

「ほう？　何が特別なんです？」

「片方がもう片方に比べて、三分の二ほどの厚さしかなかったのです。どっちがどっちかは関係ありません。問題はあなたのウィンドウがあった場所に二種類のガラス片があったことです。ところがウィンドウそのものは一枚の板ガラスでした。ですからもう一種類のガラスは、どこからか出てきたものに違いありません」

ベインブリッジが次の質問をする前に、制服警官が取調室の戸口に現れ、ロバーツを呼び出した。彼が出ていくと、オズボーンは薄ら笑いを浮かべて先生を見た。

「わたしに罪をなすりつけるつもりなんでしょう」彼は軽蔑したようにいった。「しかし、わたしがそれを買ったのは水槽の修理のためです。ええ、趣味で魚を飼っているものでね。アパートメントの住人はみんな知っていますよ。それで、あなたの奇想天外な説はどうなりました、先生どの？」

ストラング先生が答える前に、ロバーツがふたたび戸口に現れた。彼は笑顔でケンペルを見た。

「きみとクリフはいつでも帰っていい。だが、オズボーンさん、あなたには少々お話があります」

「わたしに？　なぜです？」

「ストラング先生が見つけたふたつのガラス片の違いを根拠に、判事からあなたのアパートメントの捜索令状を取ったのです。あなたが出かけて間もなく、部下が部屋へ行きました。そして水槽のひとつに敷かれた砂利の下に、盗まれた指輪を発見したのですよ」

安楽椅子探偵ストラング先生

白須清美訳

黒板を爪で引っかくような声が、オルダーショットで最も高級なレストラン〈バード・アンド・ボトル〉の静かな雰囲気を切り裂いた。「わたしの話を気に入ってくれたようで嬉しいよ、ポール。大都市の殺人事件の捜査には田舎ではまずお目にかかれないような問題があることを、きみの班の人たちにわかってもらえたのならいいが」スタンリー・ホルベックはマティーニをひと口飲み、音を立ててグラスをテーブルに置いた。

ポール・ロバーツ部長刑事はダイニングの隅にいる給仕長をこっそり見て、椅子の中で巨体をさらに縮めた。彼はホルベックを都会から呼んだりしなければよかったという気持ちになりかけていた。たしかに、オルダーショット警察での彼の講演は素晴らしかった。都市の殺人事件にかけては何でも知っている。だが、都会の外にあるすべてを見下したような態度には苛々した。

ストラング先生は怒ったように黙りこくって、ワイングラスの柄をもてあそびながら、顕微鏡で虫でも見ているようにホルベックを凝視していた。友人であるポール・ロバーツの同業者ではあったが、小柄な科学教師はこの男の脳天にグラスを叩きつけてやりたい気分だった。ポールがホルベックとの昼食に自分を招いてくれたときには嬉しかった——教師の給料では〈バード・アンド・ボトル〉の食事など望むべくもない。だが今では、その代金を財布からではなく、神経をすり減らすことで支払っているような気がした。

「学校で教えておられるんですって？」ホルベックは初めてストラング先生に気づいたようにいった。

「ええ。科学を。高校で」ストラング先生はワインを飲み干した。早くウェイターが料理を持ってこないだろうか。だが、肉とじゃがいもを詰め込んでも、ホルベックを黙らせることはできそうになかった。

「それはいい。特に、あなたのようにお年を召した方にはね。のんきなものでしょう。わたしのいっている意味がわかればですが」

ストラング先生はこの一週間、予算請求を三回計算し直し、備品室の床に硫酸の入ったビーカーを落とした代理教員の高ぶった神経をなだめ、息子が化学の試験に落ちそうだという教育委員会のメンバーをとりなし、数え切れないほどの学生の喧嘩を仲裁してきた。そのほとんどは、十代のくせに巨人のように先生を見下ろすのだ。教えるという言葉にはさまざまな意味があるが、ホルベックがいうのはこういうことではないに違いない。

「のんきですと、ホルベックさん？」先生の自制心はスフィンクスにも匹敵するものだったろう。

「そうですとも。あなたは学校にいるわけでしょう――象牙の塔に。本を何冊か読んで、いかにも素晴らしい理論を山ほど思いつく。問題は、現実世界との接点がないことです」

「おい、スタン」ロバーツがスコッチの水割りを飲み終えると、ウェイターが料理の載ったトレイを手にやってきた。「その言葉は撤回してくれないか？　実をいうと、ストラング先生をお呼びしたのは、わたしの手がけた事件で大いに助けになってくれたからなんだ。特に学生がらみの事件ではね。先生の推理力は素晴らしいと思っている」

ホルベックは身体をよけてウェイターに皿を置かせた。「このオルダーショットではそうかもしれないが、都会で警察をやるならせいぜい二分が限度だろう。いっておくが、教師をけなしているんじゃない。ただ、探偵向きじゃないんだ。教師というのは頭を雲に突っ込んでいる。警察官は地に足をつけていなくてはならないんだ」

「ああ……環形動物めが！」とうとうストラング先生の堪忍袋の緒が切れた。「おかげさまで、オルダーショットの教員の分析力はきちんと機能しておる」

ホルベックはロバーツに向かってにやりとした。「彼はかっかしているんじゃないだろうね？」

「腹が立っているという意味なら、その通りだ」先生はいった。「しかし、あえていわせてもらえば、オルダーショット高校の教師陣にきみたちが持っているのと同じだけの情報を与えてもらえれば、どんな犯罪でもきみたちと同じくらいうまくさばくことができるだろう、ホルベックくん」

「口を慎んでください、ストラング先生」ロバーツがいった。「いいですか、彼は訓練を積んだ――」

「いいや、待て」ホルベックが口を挟んだ。「このストラング先生は挑戦をしてきたんだ。受けてたとうじゃないか」

「ほう？」ストラング先生は戸惑ったようにホルベックを見た。「どうやって？」

「ちょうど今、奇妙な事件が起こっていましてね。もちろん最終的には解決するつもりですが、あなたは椅子に座ったままで答えを出せるとお考えなのでしょう。試してみますか？　それとも、わたしが正しくてあなたが間違っていることを認めますか？」

ストラング先生は一杯食わされたのに気づいた。ホルベックは彼を誘い込み、これはというタイミングで罠を仕掛けたのだ。それでも先生は、ホルベックの顔からうぬぼれたような笑みを消すためなら何だってしてただろう。

「わたしに答えを出せというのだな、ホルベックくん。どんな問題だね？」

ホルベックはカナリヤを飲み込んだ猫のような得意顔をした。「どうすれば、五階建ての高級アパートメントに死体を隠し――あるいは、何らかの手段で処分し――誰にも気づかれずにいることができるでしょうか？　もっと具体的にいえば、ジェームズ・フィルモア・アーンショー氏が消えたわけを説明してほしいのです」

ストラング先生とロバーツは長いこと見つめ合った。ようやく刑事が肩をすくめた。「責任重大ですよ、ストラング先生」

「この事件は昨日捜査を始めたばかりです」ホルベックがいった。「十人のチームで捜査に当たっていますが、今のところ何の手がかりもありません。明日の朝刊にはすべて載るでしょう。しかし、あなたがおっしゃる通りのお方なら、ストラング先生、シャーロック・ホームズやエラリー・クイーン、その他小説に出てくるあらゆる探偵のように、席を立つことなく何だって解決できるはずですよ」

「ホームズもクイーンも捜査を許されているはずだ――」ストラング先生がいいかけた。

「おじけづいてしまいましたか?」ホルベックはにやりとした。「おやおや。おっしゃったことは本当なのですか、それともはったりだったのですか?」

ストラング先生の目が光った。テーブルから椅子を遠ざける。「挑戦を受けようじゃないか、ホルベックくん。このレストランを出るまでには答えを出そう。しかし、当然のことながら、ひとつ条件がある」

「何です?」

「探偵に対して、わたしは〝教師陣〟という言葉を使った――これは複数形の教師を意味する。つまり、わたしを助けてくれそうな同僚を呼ぶ権利があるはずだ。今日は土曜日なので、ほとんどは体が空いているだろう」

「ちょっと!」ロバーツがいった。「それではずいぶん高くついてしまいますよ。誰かを呼ぶとなれば、料理を頼まなくてはならないでしょうし――」

「まさにそこだ」先生がいった。「わたしが事件を解決したら、ホルベックくんに全部払ってもらおう。もしできなければ、わたしが支払いを持つ」

「どうだい、ポール?」ホルベックが訊いた。「もう少しここでゆっくりしないか?」

「それなら構わないよ。こっちが支払いを持たなくてはならないのかと思ったのでね。しかし、ストラング先生、本当に払えるんですか――?」

「ホルベックくんが払うのだ」先生は自信たっぷりにいった。「さて、始めようじゃないか。アーンショー氏に何が起こったのかね？」上着のポケットから、ペンと手帳を取り出す。

「通報があったのはゆうべの七時ごろです」ホルベックは話を始めた。「エヴェレット・キーチ夫人という女性で、バーソロミュー・アパートメントの住人です。イーストサイドにある、新しい高級アパートメントですよ」

「アーンショーという男がかかわっているといったが」先生はいった。

「そうです。まあ焦らずに。キーチ夫人は四―Bの部屋に住んでいます。四階の、階段のすぐ横の部屋です。バーマンとポラードというふたりの警察官が駆けつけたとき、彼女は廊下に出て待っていました。敷物を洗ったばかりで汚したくないからと、ふたりを部屋に入れようとはしませんでした。

初めは何もいわず、長くて派手なホルダーにつけた煙草を火山のように盛大に吹かしていました。それから五階を指差したのです。バーマンとポラードはすぐさま、何が問題かに気づきました」

「で、何だったんだね？」

「すさまじい喧嘩が階上で起こっていたんですよ。男と女の怒号と、床にものがぶつかる音がしました。同時にレコードが鳴り響いているのです――『ワルソー・コンチェルト』でした。音楽狂のバーマンにはすぐにわかりました。何もかもがノルマンディー侵攻のような騒ぎだったに違いありません」

ホルベックの表情は、人間というものの欠点をあざ笑っているようだった。「キーチ夫人は、その部屋はレイチェル・アーンショーという人物が借りているといいました。彼女はその女性のことはほとんど知りませんでした。アーンショー夫人はあまり人づきあいをしなかったようですね――」

「ちょっと待ちたまえ」先生がいった。「アーンショー夫人といったな。それは妙だ」

「なぜです?」ロバーツが訊いた。

「ポール、ホルベックくんは、部屋はレイチェル・アーンショーが借りているといった。だが結婚しているなら、夫の名前で借りるほうがありそうな話じゃないか?」

「なかなかやりますね、ストラング先生」ホルベックがいった。「なかなかのものだ。アーンショー夫人は離婚しているのです。実は、それが災難の始まりでした。どうやら夫が戻ってきたらしいのです」

「ほう?」

「そうです。しかも、最初は別の部屋を訪ねています。キーチ夫人がいうには、自分の部屋をノックして妻を出せといったそうです。小柄でずんぐりした男です。ゆうべは雨で、コートも帽子もずぶ濡れでした。口ひげが洗車機をくぐってきたようにさえ見えたということです」

「彼はキーチ夫人とどれくらい話していたのかね?」ストラング先生が尋ねた。

「一分かそこらでしょう。ドアのチェーンを外しもしなかったそうです。彼女はすぐ上の部屋に行かせました」

「それで、口論が始まったのは?」

「それから数分もしないうちでした。キーチ夫人は、しばらくは無視しようとしたそうです。それからドアマンを呼び、ドアマンが警察に通報するよう提案しました」

「それで警察が乗り出したというわけか?」いいながら、ストラング先生はサラダを食べ終えた。

「厳密にはそうじゃありません。ふたりの警官は、キーチ夫人に五分か十分事情を聞いて――」

「すぐ上で激しい喧嘩が起こっているのに?」先生はあっけに取られて訊いた。

「ええ、自然におさまるのを期待したのでしょう。それを責めはしません。バーソロミュー・アパートメントのようなところの住民は政治的なコネを持っていることがありますからね。必要もないのに怒らせることはないでしょう。それに、最初はそれでうまくいったように見えたのです。突然口論がやみました。よくある結末のように、勢いが弱まったり、捨て台詞があったりしたわけではありません。ただやんだのです」ホルベックは両手を打ち合わせた。「パンッ! こんな感じでね」

「だが、それで終わりではなかったのだろう」

ホルベックはうなずいた。「警察官は階上のドアが開いた音を聞きました。続いて、アーンショー夫人が部屋の中から叫びました。〝戻っていらっしゃい! わたしを捨てるなんてできないわよ!〟直後に、ふたたびドアが乱暴に閉まりました。その間ずっとレコードが鳴っていました――大音量でね。そのときになって、バーマンとポラードが階上へ行きました――駆け足で。呼び鈴を鳴らすとすぐに、アーンショー夫人は蓄音機を止め、ドアを開けました」

「どんな女性か聞かせてくれるかね?」ストラング先生はペンを構えて訊いた。

「もちろんです。わたしは後になって彼女に会いました。自由の女神のモデルといった感じですよ。大柄で背の高い女性です。自分の妻だったら、怖くて喧嘩などできません。夜会にでも出かけるような格好をしていました。白いストライプが入った長いグリーンのドレス、ハイヒールに手袋、一流の美容院が手がけたような高く結い上げた髪――などなど。とにかく、部下は彼女に、ご主人ともどもに少し静かにしてくれませんかといいました。すると彼女は、妙な返事をしたのです」

「どんな返事だね?」

「〝何をおっしゃるの、おまわりさん。主人とはもう何年も会っていませんわ。わたしはここにひとりで暮らしているんです〟と」

「じゃあ、彼女を訪ねてきたのは夫じゃなかったのか?」ロバーツがくすくす笑った。「警察官に見られて、さぞかし気まずかっただろうな」

「まさにそれさ」ホルベックが答えた。「そこから、この事件がおかしくなったんだ。アーンシヨー夫人はポラードとバーマンに自分の部屋をすっかり見せた」

「それで?」

「そこには誰もいなかったんだ!」

ロバーツとストラング先生が顔を見合わせている間、ウェイターがテーブルを片づけ、カップを三つといれたてのコーヒーのポットを置いた。

「警官はアーンショー夫人と腰を下ろし、あの騒ぎは何だったのかと訊きました。すると、演劇教室の台本読みの練習だというのです。ただし台本は見せず、男の声について尋ねると、そんなものはなかったと否定しました。最後にふたりは、夫のジェームズ・フィルモア・アーンショーのことを訊きました。どうやら三年ほど前に彼女のもとを去ったようです。それ以来、彼とは離婚手続きのときにしか顔を合わせていないし、今日は一日誰も訪ねてこなかったといいました」

ホルベックはナプキンで額を拭いた。「このときになって、わたしが呼ばれたというわけです」

「さっき」ストラング先生はゆっくりといった。「アーンショーの死体がどうとかいっていただろう。その男が何者にせよ、なぜ殺されたと思ったのだ？　ただ出ていったのではなぜ駄目なのだ？」

「まず、階段は使えません」ホルベックが答えた。「階下で警官がキーチ夫人と話していたのですからね。彼が来れば気づいたはずです。それにエレベーターのドアはキーチ夫人の部屋から廊下を挟んだ真向かいにあります。各階を過ぎるたび、明かりがついて小さなベルの音がします」

彼はかぶりを振った。「しかし、明かりにもベルにも気づかなかったそうです」

「では、エレベーターもなしか。しかし、別の部屋に行ったとしたら？　あるいは上の階に行ったか？」

「それも調べました。五階にいた誰もが口論を耳にしていました。しかし、誰も彼を見ていません。それにアーンショーが上へ行くことはできません。建物は五階建てなのですから。屋上に出るドアは、鍵がかかっていただけでなく、くっついて開きませんでした」

「非難ばしごは?」ロバーツがいった。

ホルベックは却下した。「アパートメントの窓は全部密閉されているんだ。〝完全空調〟というやつでね。避難ばしごを降りるには窓ガラスをそっくり外さなきゃならない。そうするには、窓ガラスを留めているプラスチックのピンを壊すことが必要だ。だが、ピンは手つかずだった」

「謎の消失が起こったとしても」ストラング先生がいった。「なぜ殺人の線を考えたのかわからない」

「トラックをいっぱいにするほどの証拠がありました。それをつなぎ合わせればいいのです。まず、居間の真ん中に大きな肉切りナイフが落ちていました。しかも、それよりおかしなことがあったのです」

「そのおかしなこととは?」

「居間の壁のひとつが塗り直されたばかりだったのです。つまり、まだ乾いてすらいなかったということです。真っ赤で、まだべたべたしていました。誰が塗ったかは知りませんが、汚れよけの布を置く手間も惜しんだようです。敷物にはペンキが飛び散り、壁にかかっていたものは部屋の隅に積み上げられていました」

「絵とか?」

「そうです。正確にいえば、額に入ったオペラのプログラムです。数年前まで、アーンショー夫人はプロのオペラ歌手だったらしいのです」

ホルベックはポケットから手帳を出して見た。「額に入ったプログラムは三つありました。ひとつはレイチェル・アーンショーがスカラ座の『イル・トロヴァトーレ』でアズチェーナを演じたもの。次はウィーン国立歌劇場でワーグナー『ラインの黄金』のエルダを演じたもの。それからコヴェント・ガーデンの『仮面舞踏会』にウルリカとして出演したときの大きなものです。

本人によれば、一時はかなりの歌手だったそうです。その後、結婚し、夫に無理やり仕事を辞めさせられました。彼女は復帰を望み、そのために離婚したということです。すでにコンサートの予定があり、批評家に好評なら市の歌劇団のひとつに参加できるかもしれないとバーマンにいっています。夢はいつか『カルメン』を歌うことだそうです」

ストラング先生は素早くメモを取った。「話を整理しよう。ジェームズ・アーンショー――あるいは、彼に扮した何者か――は、アパートメントにいたということだな。ただ、妻はそれを否定している。現場は徹底的に調べたのだろうね？」

「ええ、ストラング先生」ホルベックは先生を見て、ため息をついた。「そのために訓練を受けているのですからね。最初に、バーマンとポラードは死体がないかと家の中を隅々まで探しました。つまり、それくらい大きなものをね。アパートメントには死体が隠せるほどの場所はそうありません。そこで、わたしは仮説を立てたのです」

「仮説を待っていたんだ」ストラング先生は嬉しそうに叫んだ。「どんな説だね？」

「仮説を立てるのも給料のうちですからね」ホルベックはやや苛立ったようにいった。「とにかく、あのレコードのことがずっと気になっていました。ふたりの人間が口論するなら、少なくとも最初のうちは、近所の人たちに聞こえないように声を低くするのが普通でしょう。なのに、あのふたりは死人を起こそうとでもするかのような大声だった。ですから、あの音楽はアーンショー夫人が死体を処分する音を隠すためなのではないかと思ったのです。口論さえも作りごと――テープか何か――で、殺人が行われている間の悲鳴を隠そうとしたのではないかと思われます」

ストラング先生は納得したようにうなずいた。「きみの言葉を借りるとすれば〝なかなか〟やるな。きみへの評価がうなぎ上りになっていくよ。どこから思いついた?」

「ええ、歌手であるアーンショー夫人は、あなたには信じられないようなハイファイ装置を持っているのです。ターンテーブル、AM=FMラジオ、カセットデッキ――何もかもそろっています。もちろん、プレーヤーには『ワルソー・コンチェルト』が置かれていました。そこで部下を使って、彼女のレコードとテープをひとつ残らず調べさせ、何か不自然なものがないかを探させたのです」

「それで?」

「何もありませんでした。全部のレコードとテープを調べるのに、ほとんどひと晩かかるのがわかっただけで。彼女は大したコレクションの持ち主ですよ。しかし、実をいうと、何かが見つかるとは期待していませんでした。そこで、部下の一団を送り込んで再度アパートメントを捜索させ、ひとりを階下にやって焼却炉まで調べさせました。今回は録音したテープを探しました。煙草の箱ほどの大きさですが、部下は本物のプロですからね。彼らは部屋をくまなく探しました。ソファのクッションや配水管まで調べたのです。それでも何も見つかりませんでした。ここでいいたいのは、部下が死体を見逃すはずはないということです」

「血痕は？」

「ありませんでした。どこにも」

ホルベックはテーブルから椅子を遠ざけ、ため息をついた。「われわれは途方に暮れました。彼女は友人のところへ行かせましたが、アパートメントには警察官をつけました。ですから、いずれ見つかるでしょう。明日の朝刊が並ぶときには、警察は少しばかり無能に見えるかもしれませんが、来週の今ごろにはレイチェル・アーンショー夫人は逮捕され、監獄に入っているはずです」

彼はコーヒーのお替わりを注いだ。「いずれにせよ、これがあなたへの問題です、ストラング先生。ジェームズ・アーンショー氏に何が起こったのか？　彼がアパートメントへ入っていくのを見た人がいる以上、彼はそこにいたのです。どこに隠れているのでしょう？　あるいは、妻は彼をどこに隠したのでしょう？」

先生は答えなかった。代わりに自分で手帳に書いた文字をしかつめらしく見た。「ほかにいい忘れたことはないかね？」彼はようやくホルベックに尋ねた。

「何ひとつありません。どうです？　降参しますか？」

「降参？　居間の真ん中にナイフがあって、壁一面に真っ赤なペンキが塗りたくってあったと？　ああ、これほど面白いと思ったのは『バスカヴィル家の犬』を読んだとき以来だ」

「塗りたてのペンキは、壁に散った血痕の説明になると考えた」ホルベックはロバーツにいった。「そして、彼女の派手な装いは、ペンキを塗っていたことを隠すためのものだろう」

ポール・ロバーツは途方にくれたように首を振った。

ストラング先生はウェイターに合図した。

「コーヒーのお替わり《プラス・デ・カフェ》ですか、ムッシュー？」

「もういいよ、ミッキー」先生は黒縁眼鏡をネクタイで拭きながらいった。「昼食の客は帰ったし、ここにいるのはわれわれだけだ。きみの語学の才を息子が受け継いでいないのが残念だ。逆に、どうやら次の学期もスペイン語をやり直すことになりそうだよ」

「ええ、そのようです、ストラング先生」ウェイターは悲しげにいった。「しかし、少なくとも数学の成績は上がっています。何かご用でしょうか？」

先生は手帳を一枚破いた。「この三人に電話をしてくれ。ここへ来てほしいと——できれば一時間以内にね。わたしの名前を出してくれ」

「来られなかったらどうします？」

「ただで食事ができるというんだ。すぐに飛んでくるだろう。それから隣のテーブルをこっちへ寄せてくれ。委員会を開くのに、十分な空間を作ってやりたいからね」

「委員会？」ホルベックが不思議そうに先生を見た。「何の委員会です？」

「謎を解くのに教師陣の助けを借りてもいいといっただろう」ストラング先生は両手を大きく広げた。「傲慢刑事懲戒委員会《CRUD》の第一回会合を開くのだ。頭文字は謹んできみに捧げよう（crudは「嫌なやつ」の意）」

「こうおっしゃりたいんですか、ストラング先生」ロバーツがいった。「スタンのいったことから、何か考えが浮かんだと？」

「もちろんだ、ポール。ただし、彼にいい忘れたことがなければだが。だとしても、彼が払うことには変わりないがね。この課題には、警察と同じだけの情報を与えられるという条件があるからだ」

「知っていることはすべてお話ししましたよ」ホルベックはぶつぶついった。「しかし、それほど自信がおありなら、なぜほかの人たちを呼ぶのです?」

「理由はふたつある」ストラング先生は答えた。「ひとつ目は、いくつか確かめたいことがあるからだ。ふたつ目はさらに重要なことだが、わたしが呼んだ連中は、他人の金である限り、一流レストランでの食事を楽しむに違いないからだ」

二十分ほどして、最初にレストランにやってきたのは中年の男で、スーツ姿にかなり居心地が悪そうだった。「ホルベックくん、こちらは学校の保守係のエドワード・ウィトキンだ」先生はいった。「厳密には教師ではないが、われわれの取り決めには合っていると思う。学校に雇われているのには変わりないからな」

「もちろんです、どうぞおかけください」ホルベックはいった。「誰を呼んでくれても構いませんよ」

アルマ・ブルベイカーとドリス・ネトルズは連れ立ってやってきた。最新のファッションに身を包んだ魅力的な黒人女性のブルベイカー先生は、合唱を教えている。丸々として落ち着いたネトルズ先生は、家政科の主任だった。

先生は三人の新しい客を部屋の隅へ連れていった。そこで、しばらく小声で何事か話していた。

四人はようやく、ふたりの刑事がじりじりしながら待っているテーブルに戻ってきた。

挨拶が終わると、ストラング先生はほかの人々を座らせ、グラスを叩いて注意を引いた。「できるだけ早く、この事件を終わらせようと思う。ホルベックくんはすぐにでも都会に戻って、教師の一団がどうやって謎を解いたかを同僚に話したいだろうからね」

彼はホルベックとの賭けについて手短に話し、ジェームズ・アーンショーの消失に関する捜査について、もう少し詳しく話した。

それから眼鏡を取り、右手に軽く持った。左手はしわくちゃになった上着のポケットに深く突っ込んでいる。

「では、消えた男について、いくつかの可能性を考えてみよう」彼は高校の生徒を前にしているかのようにいった。「アーンショー氏が妻に殺されたとすれば、妻はただちに死体の処分という問題にぶち当たることになる。埋めるのは問題外だ——口論が終わったとたんに、警察が階段を上ってきたのだから。だが、死体をアパートメントの壁に隠すことなどできるだろうか？　見えない羽目板か何かの裏に？　アーンショー夫人が、エドガー・アラン・ポーの名作で使われた手段に頼ったかどうか、最初の客人である専門家のウィトキン氏に聞こうじゃないか。どう思う、エディ？　死体は床下で腐りつつあるのかな？」

ウィトキン氏は先生を見上げ、かぶりを振った。「あり得ませんよ、ストラング先生。ああいった新しい建物は——高級アパートメントでさえ——壁はティッシュペーパーのように薄いのです。間柱に乾式壁か薄い羽目板を渡してあるだけですから。死体を隠せるような空間はどこにもありません」

「待ってください」ホルベックが口を挟んだ。「どうしてそこまで断言できるんです、ウィトキンさん？　バーソロミュー・アパートメントに行ったことがあるんですか？」

「いいえ。しかし、そういえるのにはわけがあります。古い建物なら、部屋で大砲を撃ったとしても、壁はそれほど厚くないということです。口論が近所じゅうにはっきりと聞こえたのなら、隣の部屋で寝ている赤ん坊を起こしもしなかったでしょう。ああ、今は昔のような作りではないんですよ」

彼は声を落としていった。「こんなもんでどうでしょう、ストラング先生？」

「素晴らしかったよ、エディ。食事を楽しみたまえ」

「いいでしょう。では、バーマンとポラードが駆けつけたときには、ジェームズ・アーンショーはアパートメントにはいなかったということですね」ホルベックがいった。

「ああ、だんだんいい感じになってきたぞ。ふたつ目の推理。彼は殺されていない。妻には死体を隠す時間はなかった」

「あのですね――」ホルベックが不満そうにいった。

「まあまあ、スタン」ロバーツがぴしゃりといった。「ちょっとは譲るんだな」

ホルベックは肩をすくめた。「わかりましたよ。殺人ではないとしましょう」

「殺人の線を除けば、少なくとも当面は、壁のペンキとナイフのことは考えなくていいだろう。問題を混乱させることにかけては、そのふたつの要素は群を抜いているからな」

「しかし、何らかの形で説明しなければなりません」

「頃合を見てな、ホルベックくん」

「すると、ジェームズ・アーンショーは自力でアパートメントを出たということですね」ホルベックは考え込みながらいった。「しかし、どうやって？　キーチ夫人と警察官に姿を見られずに、あるいはエレベーターの音と光に気づかれずに階下へ行くのは不可能です」

「となると、結論はひとつしかない」先生はほほえみながらいった。「ジェームズ・アーンショーはアパートメントを出なかった」

「しかし、出なかったというなら……しかも、そこにいないとすれば……」

「われわれは唯一可能な答えにたどり着いたわけだ。ジェームズ・アーンショーは存在しない！」

ストラング先生は勝ち誇ったように、レストランに集まった小グループを見回した。

「まさか──存在するに決まってます！」ホルベックが興奮気味にいった。

「そうかな？」ストラング先生は冷静にいった。「なぜそういい切れる？　聞かせてほしいが、レイチェル・アーンショーが結婚していたかどうか確かめたのかね？」

「いいえ──」ホルベックは目の見えない男のように片手であたりを探った。「ただ、そう思っただけで──」

「ほかの誰もがそう思った。きみがジェームズ・アーンショーなる男が存在すると考えた理由はただひとつ──レイチェル・アーンショーがそういったからだ」

「しかし、目撃者がいるんですよ」ホルベックがいった。「キーチ夫人と話をした小男――それはどうなるんです？」

「明らかなことじゃないかね？　その〝男〟というのは、レイチェル・アーンショー本人なのだ」

「ほら！」ホルベックが非難するように指を突きつけた。「語るに落ちたようですね、ストラング先生。とうていそんなことは信じられません。キーチ夫人が玄関先で見たのは男です」

「キーチ夫人は」先生は、生徒のささいな規則違反をとがめるように答えた。「小柄でずんぐりした人物を見たといった。それを除けば、彼女が見たのはずぶ濡れのコートと帽子、口ひげだけだ。彼女の説明には、服とひげの中身は一切出てこない。そして、本人も認めたように、キーチ夫人とアーンショー夫人は互いにまったく知らないも同然だった。気の毒なこの女性が、ドアのところに立った人物が誰か気づかないのも不思議ではない」

「待ってください！　彼女は小男だといったのですよ。わたしはこの目でアーンショー夫人を見ています。彼女は背の高い女性でした」

「これはあなたの領分だと思うな、ネトルズ先生」ストラング先生はいった。

家政学の教師は、臣下を前にした女王のように立ち上がった。「わたしがクラスの女子にいうのは、身長というのは相対的なものだということです、ホルベックさん。五フィート十インチの女性は、背が高いと思われるでしょう。けれど男性なら平均的な身長です」

「しかし――」

「最後まで聞いてください。さらに、あなたがレイチェル・アーンショーを見たとき、彼女はハイヒールを履き、髪をアップにしていたそうですね。その二点で、少なくとも数インチは背が高くなったはずです。最後にドレスの縦縞――これは背を高く見せるためのデザインです。この状況下では、あなたが彼女をジョリーグリーンジャイアント（米国ゼネラル・ミルズ社のマスコットで、緑の肌をした巨人）と見間違えなかったのが驚きだといえるでしょう。けれど平底の靴を履き、髪をフェルト帽にたくし込み、オーバーの下で少しばかり背を丸めれば、小柄でずんぐりした男性に見せるのは難しいことではありません。特に、つけひげで男性であることを強調していれば」

「ううむ。しかし声はどうなんです？　女性の声は普通、男性の声よりも高いでしょう。キーチ夫人はそれに気づかなかったのですか？」

ストラング先生がアルマ・ブルベイカーのほうへ手を振ると、ドリス・ネトルズは軽くほほえんで腰を下ろし、フィレミニヨンに専念した。

「もちろん、わたしはこのアーンショーという女性の声を聞いたことはありません」音楽教師はいった。「けれど、額に入ったプログラムでぴんときたのです。アズチェーナ、エルダ、ウルリカ。どの役も同じ音域に合わせて作曲されているのです、ホルベックさん。そして、カルメンの役は普通は高音域に合わせているのですが、かつてチャールズ・カヒア夫人（一八七〇～一九五一。米国のアルト歌手）は――」

「何がいいたいんです、ブルベイカーさん？」

「アーンショー夫人はコントラルトだということです――女性の歌声で一番低いものですわ」

「彼女なら男のような声が出せる。そういうことですか?」

「そうです、ホルベックさん。少なくともしばらくの間は。では、ロブスターに戻ってもよろしいかしら? 本当においしいわ」

「われらが専門家の出番はこれで終わりだ」ストラング先生がいった。「食事を楽しんでくれ。それから、ホルベックくんに礼をいうのを忘れずにな」

「まだ終わりじゃありませんよ」刑事はいった。「キーチ夫人や近所の人たちが壁越しに聞いた口論は? 少なくとも十五分は続いていたはずです。それに、レイチェル・アーンショーが男として通用する声を出せるのはほんのしばらくの間だと、ブルベイカーさん本人がおっしゃいましたよ」

ストラング先生はわざと悲しそうにかぶりを振った。「ああ、ホルベックくん。答えまであと少しだ」親指と人差し指の間に、ほんのわずかな隙間を作る。「あと、ほんの少しだ」

「どういう意味です?」

「偽の喧嘩は――まさしく――きみが疑ったようにテープだったのだ。それが――そっちのいい方を借りれば、〝バンッ!〟というふうに――やんだのは、レコードと一緒に回していたテープデッキのスイッチを切ったからにほかならない。如才ないレイチェル・アーンショーが、男の知人に口喧嘩の夫役をやらせていたのは間違いないだろう。ハイファイ装置を使い、床や壁に少々椅子をぶつければ、非常に真に迫って聞こえるはずだ。きみの唯一の間違いは、ホルベックくん、〝アーンショー氏〟が近所の人に見られたり、声を聞かれたりしたことを理由に、レイチェル本人以外にそういう人物が存在すると信じてしまったことだ」

ホルベックは先生に向かって警告するように指を振った。「誰よりも優秀な警察官が部屋を徹底的に捜査しましたが、テープはひとつも――」

「もちろんテープは発見されていないだろう。いまいましいことだが、きみの部下の優秀さは認めよう。だが、彼らがこの世の終わりまでアーンショーの部屋を探したって何も出てこないに違いない。きみはあくまで彼女の部屋の中に証拠があるという考えにこだわりすぎているのだ」

「でも、ほかにどこに――」

「おたくの制服警官がキーチ夫人と話したときのことを思い出してもらえるかね？　階段を上る直前のことだ。彼らが耳にしたのは――何だった？」

ホルベックは眉間にしわを寄せた。「階上のドアが開きました。アーンショー夫人が、中から夫に帰ってきてくれと叫びました。それからドアがまた閉まりました」

「ああ、だが今の仮説では、夫はいないことになる。したがって、彼女が何をいったにせよ、ドアを開けたのは自分自身が部屋を出るためだったのだ」

「テープは外の廊下にあるというのですか？　論外です！　あなたも見ればすぐにわかりますよ。廊下はすべてクロームと木の羽目板でできています。カーペットは鋲で留められてさえいました。一目でわかるはずです――」

「きみらは場違いなものを探していた。廊下にはありそうもないものを。だが『盗まれた手紙』を読んでいれば――」

「わたしが言いたいのは、廊下には隠す場所など――」

「ないというのかね？　四階のキーチ夫人は、敷物を洗ったばかりだといって、きみの部下を部屋に入れなかったそうじゃないか。極度に潔癖な女性だと思わないか？」

「そう思いますが――」

「それでいて、警察官と廊下で五分も十分も立ち話をしている間、ずっと煙草を吸っていた。このきれい好きのお手本のような女性が、玄関の外の敷物を汚すはずがない。そこで教えてほしい、ホルベックくん。彼女は煙草の灰をどうしていた？」

「もちろん灰皿に落としていましたよ――各階に置いてある大きなアルミの灰皿です。けばけばしいバケツのような代物で、中には――」

不意にホルベックはロバーツを見て、ごくりとつばを飲んだ。「砂だ！」彼は感心したようにいった。

ストラング先生はうなずいた。「しかも、普通こうした灰皿は非常に底が深い。カセットテープを埋めても、その上で煙草の火を消せるだけの砂はあるだろう。きみの部下が五階で煙草を吸ったとしても、ばれる危険はない。ちょっと指で探っても、隠してあることはわからないだろうね。だが、アーンショーの部屋の外にある灰皿の砂を全部ぶちまけてみれば、なくなった〝喧嘩の〟テープが出てくるはずだ。警察に見張られている中、レイチェル・アーンショーが取りにくるとは思えないからな」

ロバーツと先生は笑みを交わした。

「話を整理させてください」ホルベックがいった。「あなたは、ゆうべアーンショー夫人——夫人かどうかは調べる余地がありますが——が男の服装をして、キーチ夫人のアパートメントを訪ねたとおっしゃりたいのですか?」

「そうだ。だが、その前に居間の壁を塗り、ナイフを置いたのだ。むろん目くらましさ。きみの部下の興味を引き、誤った手がかりに取り組ませようとしたのだ。それから男の格好をして一、二分シャワーを浴び、目撃者に外から来たように見せかけた」

「突拍子もない話ですが、不可能ではありません。そして、あなたの招いた専門家の説によれば、彼女はキーチ夫人に男だと信じ込ませることができたというわけですね」

「その通り。それから彼女は上の階へ行き、自分の服に着替えて髪型を変えた。おそらく、かつらだろう」

「そうして偽の手がかりを整えてから、〝喧嘩〟のテープをかけたのですね。レコードも混乱を増すためのものだった。そして床を鳴らしてキーチ夫人を怒らせ、警察に通報させた。彼女が警察に事情を話している間、レイチェル・アーンショーはテープを廊下の灰皿に捨てた」

「そうだ。当然、テープが見つかればわたしが正しいことが証明されるだろう。これで満足かね、ホルベックくん? この安楽椅子探偵の冒険で伝票を引き受ける用意ができたかな? いかにしてジェームズ・アーンショーが〝消えた〟かについて、完全に首尾一貫した、筋の通った説明をしたのだからね」

「ちょっと待ってください。まだ動機の問題が残っています」

「そう、いつかは真相がわかるだろう——彼女がきみらに一杯食わせたのだということが。だが、罪を犯したわけではない。きみらが間違った結論を導き出したのだ」

「じゃあ、なぜこんな騒ぎを起こしたのです？」

「これは純然たる推測だが、手がかりはこの女性がオペラの世界にカムバックしたいと考えていることだ。自分を売り込むには大いに役立つだろう。きみ自身、新聞はこの事件の記事で埋め尽くされるだろうといっている。〝消えた男〟ときて〝オペラ界のホープ、警察を出し抜く〟といったところか。人々は裏で糸を引いた人物を見ようと、彼女のコンサートに殺到するだろう」

「では、すべては宣伝のための離れ業だったというわけか」ホルベックはしばし考え込んだ。

沈黙が流れた。

「よろしい。負けを認めましょう」ホルベックはしぶしぶいった。ウェイターに合図し、同時にくたびれた財布を取り出す。

「メルシー・ムッシュー」ウェイターはホルベックがトレイに置いた札を見ていった。それから振り返り、こっそりウィンクをしてストラング先生に敬意を表した。

「これで失礼しますよ」ホルベックがドアに向かいながらいった。「列車で町に戻ります。バーソロミュー・アパートメントの灰皿を調べなくては。あなたのいった通りのものが発見されたら、机に向かって百回書きましょう。〝教師の前で大口をたたかないこと〟とね。近くに来たときには寄ってください、ストラング先生。ロバーツのいう通りでした。あなたをわが警察に迎えるのに異存はありません」

ホルベックが帰ってから、ポール・ロバーツは内緒話でもするようにストラング先生のほうに身を乗り出した。「彼をうまく出し抜きましたね。あの切れ者相手にどうやってのけたかわかりませんが、うまく出し抜いたでしょう」

先生はいかにも不思議そうに目を丸くした。「何だって。何の話かわからんね」

「わかっているはずですよ、しわだらけの魔法使いどの。あなたのことはよく知っています。勝ちを確信していない限り、こんな賭けはしない方です。レイチェル・アーンショーが警察をだましたのを、全部知っていたのではありませんか?」

ストラング先生は意地悪な小鬼のようににやりと笑った。眼鏡をかけ、嬉しそうに目を輝かせながらうなずく。

「どうしてわかったんです?」ロバーツが訊いた。

「名前だよ、ポール。レイチェル・アーンショーにはユーモアのセンスもあるらしい」

「名前?」

「彼女が架空の夫につけた名前さ。ジェームズ・フィルモア・アーンショー。ホルベックはわれわれ教師が象牙の塔で本ばかり読んでいると非難したが、その本の中に出てくるのだ」

「本? 何の本です?」

「シャーロック・ホームズものだよ。そのうちのいくつかで、ワトソンは記録されていない事件に言及している。こうした記録されざる物語のひとつに〝自宅に傘を取りに戻ったきり、この世から忽然と姿を消したジェームズ・フィルモアの事件〟というものがあるのだ」

ストラング先生はブライアーパイプをふかし、しわくちゃの顔で鷹のようなホームズの顔真似をしたが、失敗に終わった。

「わたしの記憶が確かなら、『ソア橋』に出てくるよ」

ストラング先生と爆弾魔

白須清美訳

まだ朝の八時半だったが、オルダーショット高校のマーヴィン・W・ガスリー校長は、今日も相変わらずの一日だとわかっていた。回転椅子から憂鬱そうに身を乗り出し、机の上の予定表を見る。期限を過ぎた教師の査定、数学教育課程委員の会議、芸術科からの備品不足の苦情、怒った保護者たちをなだめること――。

チン、チン、チン、チン、チン！　時計の分針が、数秒と経たないうちに五分ずつ進んでいった。今では四時十八分を指している。苛立ったようなうめき声をあげて、ガスリーは内線のボタンを押した。

秘書のベアード嬢が、外のオフィスから顔を出した。「はい、ガスリー校長？」

「ジョーン、今日も弔鐘を手で鳴らさなくてはならないようだぞ。親時計の修理が来るのはいつなんだ？」

「今、来ています。もう終わるということですが。お話しになりますか？」

「いいや。急いでやれといってくれればいい。まったく馬鹿げている。学校じゅうの時計が、どれもてんでばらばらな時刻を指しているなんて」

「ええ。ところで、本のセールスマンが三人来ています。皆さん揃って――」

「来週来いといってくれ――もしくは、来年来いとな」ガスリーの我慢も限界に近づいていた。

「それと、いい子《グッド・ガール》だからコーヒーを持ってきてくれないか?」

ジョーン・ベアードは顔をしかめた。ウーマンリブの熱烈な支持者である彼女は、〝女の子《ガール》〟がコーヒーを運ぶものだという考えに腹を立てていた。ガスリーもそれを知っていたが、今日は構わなかった。自分が苛立っているときには、誰も彼も同じ気持ちになるべきだ。

彼は机に置かれた朝の郵便物から一番上の封筒を取った。封を開け、タイプ打ちの手紙を出す。彼は目を通した。それから、信じられない気持ちでもう一度読んだ。今日のささいな問題など、燃えさかる炎の前の雪のごとく消え去ってしまった。手紙を毒蛇のように机に放り、外線ボタンを押す。背筋を汗が伝い、片方の目尻が神経質に引きつった。

「オルダーショット警察を！　早く！」

内勤の巡査部長は退屈したような声で名乗った。だが、ガスリーの話を聞き終える頃には退屈どころではなくなっていた。電話は転送され、すぐに警察署長のコリー・ヘクシャーが出た。会話は一分もせずに終わった。電話を切るとガスリーは席を立ち、大股で外のオフィスに通じるドアへ向かった。それから無言で、壁に取りつけられた小さな赤い箱の取っ手をつかんだ。それを引っぱると、ガラスの割れる音に続いて大きな金属音がした。

三階の教室でホームルーム中のストラング先生が、出席カードの　枚の日付欄に斜線を引き終えた瞬間、火災警報器が鳴り響いた。黒縁眼鏡の縁から覗くと、二十八人の最上級生が待ち構えるように先生を見ていた。

「よし、急ぎなさい」先生はしわがれ声でいった。「一列になって階段を降りるんだ。走らず、歩くこと。坐骨神経痛が出てきたのでね、踏みつけられては困るのだ」

ストラング先生のクラスの生徒が一階に着いたころには、校舎の裏の運動場は半分ほど埋まっていた。〝自立し〟、〝自分の好きなことをする〟のに夢中の二千人以上の生徒が、三分もかけずに順序よく建物を出られるというのは、老教師にとっては永遠の謎だった。球技場の三塁ベースラインに沿って列らしきものを作らせた先生は、座るように手ぶりで促した。

最後の生徒が校舎を出たとき、消防車のサイレンが響き、少年たちの大歓声があがった。何かが起こっていると老教師は思った。訓練ならば消防署への連絡は省略されるはずだ。おそらく誤報だろう——煙感知器は水鉄砲にも反応するほど敏感なのだ。

消防車が駐車場に入ってきた。消防士たちが道に降りるが、ストラング先生が驚いたことに、建物に入ろうとはせず、装備さえも出そうとしない。代わりに何かを待っているようだ。

それが来るのに長くはかからなかった。今度はさっきよりも甲高いサイレンの音がして、パトカーが待っていた消防車の横に止まった。後部座席のドアが開き、青い制服に金モールを光らせた男が降りてきた。

ストラング先生は警察署長のヘクシャーだとわかった。娘のスーザンが二年生の生物クラスにいるのだ。ヘクシャーと消防隊長、ガスリー校長は、顔を寄せ合って何やら話し合っているようだった。

三十分が経った。ようやく拡声器を手にした消防士が運動場にやってきた。ゴム製のコートがぱたぱたとブーツに当たる。

「全員家に帰ってもらいます」アンプを通した声がいった。「隣のブロックでバスが待っています」

「なんだい、むかつくじゃないか?」誰かが怒鳴った。「初めてここで面白いことが起こりそうなのに、家に追いやられて見られないなんて」

消防士はそれを無視した。「裏口から校庭を出てください。何があっても校舎には戻らないように。校舎を通って正面に出るのも駄目です。どうか、すぐに裏口から出てください」

数人の生徒がしぶしぶ立ち去った。だが、残りは消防士の言葉をよそに、その場にとどまっていた。何か起こったら、自分もその場にいたいと思っているようだ。

ついに消防士の手招きで、消防車の乗組員がホースを降ろし、つなぎ合わせはじめた。

「おい、やつらは放水するつもりだぞ!」

「何てこった! 服をびしょ濡れにさせてまで、間抜けな消防士の群れを見ていたくないね。行こう」

雪崩の始まりのようにゆっくりと、まずは少人数のグループが、やがて全校生徒が裏門に向かっていった。十五分もしないうちに、運動場は数人の教員を残して空っぽになった。五分後、ほとんどの生徒は学校の前の道を渡っていたが、そのころにはヘクシャー署長は警察官を指揮して、校舎を封鎖していた。

「先生方もお帰りになって結構です」消防士がいった。「駐車場に車がある場合は、そのままにしておいてください。明日、取りにくるように」

「どういうことか聞かせてもらえないか？」フットボールコーチのハンク・フォーリーがいった。

「いいですか、わたしはただ、指示に――」警察官が小走りで背後にやってきたので、消防士は言葉を切った。小声で話し合った後、消防士はふたたび教師たちのほうを向いた。

「ストラング先生という方はおられますか？」消防士が訊いた。ストラング先生は手を挙げた。

「ガスリー校長が話があるといっています。警察官と一緒に来てください。残りの皆さんはお引き取り願えますか？」

ストラング先生がぎくしゃくとした足取りで制服警官の後をついていくと、一台の消防車の横で、ガスリー校長とヘクシャー署長が小声で激しく話し合っていた。

「こちらが今話していた先生ですよ」ストラング先生が近づくと、ガスリーはいった。

「おや、レナードじゃないか」ヘクシャーがいった。

「おはよう、コリー」先生は答えた。「この騒ぎは何だね？」

ガスリーとヘクシャーは視線を交わした。やがて警察署長が肩をすくめた。「話しておいたほうがいいだろう、マーヴィン。いずれわかることだ」

「わかる？　何を？」

「レナード、何者かが校舎に爆弾を仕掛けたのだ」

「学校に？」先生は信じられないように訊いた。それから、妙なことにくすくす笑いはじめた。

「笑い事じゃないぞ、レナード」

「ああ、勘弁してくれ、ガスリー校長。こんないたずらは五年も前からあるじゃないか。何者かが電話で学校に爆弾を仕掛けたといってくる」彼はヘクシャーのほうを見た。「最初はみんなを避難させたものだ。今日みたいにね。何度か時間を無駄にした。ついには電話を無視するようになった。何も起こったためしはない。どっちにしても、生徒は昼休みに小銭をポケットに入れて電話をかけに行けるのだから――」

「これを見てくれ、レナード」ヘクシャーが口を挟んだ。「ガスリーが今朝の郵便で受け取った」

先生に小さな紙片を差し出した。

行間を開けずにタイプ打ちした手紙だった。ストラング先生は黒縁眼鏡を鼻に載せ、それを読んだ。


　オルダーショット高校に爆弾がある。建物から生徒も職員も全員出すように。時間はカチリと音を立てて進み、二時半には手遅れになるだろう。これは中身のない脅しではないし、人の命を奪いたくはない。ただちに行動せよ！


「この脅しに限っては本物だというのかね？」先生はいった。

「レナード」ヘクシャーがいった。「数カ月前、イースト・ウォートンの教会のことを新聞で読んだだろう？　尖塔が爆発し、屋根の半分が吹き飛んだのを？」

「ああ、読んだ気がする。だが――」

「事件のあった日の朝、牧師が手紙を受け取ったんだ。彼もやはり本気にはしなかった。爆破事件の後、州の警察署という警察署にそのコピーが配られた」

彼は先生にフォトスタット複写の手紙を渡した。


教会に爆弾を仕掛けた。全員退避させろ。信者も聖職者も守衛もだ。時間はカチコチ音を立てて過ぎ、四時十五分までもうすぐだ。嘘ではなく、わたしは本気だ。だが、誰にも怪我をさせたくない。ただちに行動せよ！


「どちらのメモも、gの上のほうの輪がわずかに欠けている」署長がいった。「間違いなく、同じ人物からの――」

「なるほど、わかった」先生はいった。「あの教会は築百年近かった。残念なことだった」

「中にいた人たちがどうなっていたか、考えたくもない」署長がいった。「四時十五分には礼拝の真っ最中だった。幸い屋根材が持ちこたえてくれたので怪我人は出なかったが」

「同じような事件の記事を、一カ月ほど前に読んだぞ」ストラング先生がいった。「アイアン・ウォレスの――市庁舎だ。あれもそうだと――」

ヘクシャーはうなずき、もう一枚のフォトスタットを出した。

爆弾をアイアン・ウォレス市庁舎に置いた。議員も一般市民も全員避難せよ。時間は滑るように過ぎ、五時は思いがけないほど早くやってくるだろう。わたしは本気だ。だが、良心にかけて人を殺したくない。ただちに行動せよ！

「今度は警察も心得たもので、建物から人を退去させた」ヘクシャーがいった。「爆弾処理班が隅々まで探したが、何も見つからなかった。しかし、五時きっかりに、どかんだ！　爆発で建物の前面がすっかりなくなってしまった。まだ真新しかったのに。できてから一年と経っていないだろう」

「なるほど、誰が送りつけてきたか知らんが、真剣に受け止めなくてはいけないのはわかった。だが、なぜわたしなんだ、コリー？」

「え？」

「ほかの教師は家に帰したじゃないか。なぜわたしが選ばれ、この危険な場所に残された？　爆弾のことなどよく知らないし、臆病者のリストを作ったらわたしが筆頭に来るだろう」

「その理由はだな、レナード」ガスリーがいった。「誰よりも長くこの建物で働いているからだ。小さかった学校が今のように大きくなるまでを見ているはずだ。三度の増築が行われたときも間近にいた」

「だが、それが何と関係する――」

「何もかもだ」ヘクシャーがいった。「われわれが思いも寄らないような爆弾の隠し場所を知っているはずだ。爆発する前に場所を突き止める手伝いをしてほしい」

ストラング先生はぞっとした。「わたしに中へ入れと?」

「まさか」ヘクシャーは車の窓から手を突っ込み、無線機を取った。「いいぞ、入ってくれ」

しばらくして、真っ赤な平台のトラックが学校の私道を入ってきた。後ろには分厚い鋼鉄製の大きなオープンコンテナらしきものが載っている。ドアには黒いペンキでひとこと〝危険〟と書かれていた。

「ドレッティとシモンズだ」ヘクシャーがいった。「州の爆弾処理班から来た。生徒たちが全員いなくなるまで顔を出すのを控えさせておいたのだ。パニックを引き起こしたくなかったのでね」

トラックを降りたふたりの男は防護服に身を包み、前が見えるだけの隙間しかない、頭をすっぽり覆う金属のヘルメットを手にしていた。まるでふたりの野球のアンパイアが溶接をやろうとしているかのようだった。

「われわれはここにいる」紹介が済むとヘクシャーがいった。「このふたりが中に入る。連絡はトランシーバーで取り合う」

「わたしよりは適任だ」ストラング先生はドレッティにいった。「中に入るような度胸は、わたしにはとてもない」

「仕事のうちですから」

「用務員がまだ中にいる」ガスリーがいった。「警察に電話した後、ロッカーと教室を全部調べるようにいったのだ」

ストラング先生は眉を吊り上げた。「危険じゃないのか?」

「そうは思わない」ヘクシャーがいった。「ほかのふたつの爆弾は、手紙に書かれた時刻ぴったりに爆発している。それに、誰が隠したにせよ、ロッカーや教室が真っ先に調べられるのはわかっているはずだ。もっとうまい場所に隠しているに違いない。だが、われわれとしては万全を期したい」

彼はガスリーのほうを見た。「あとどれくらいかかる、マーヴィン?」

校長は腕時計を見た。「普通なら全部で二時間ほどだ。あと十五分もすれば終わるだろう」

「すると十一時ごろだな」ヘクシャーはドレッティとシモンズを指した。「きみたちは仕事に取りかかってくれ。どうだろう、ストラング先生? どこから手をつける?」

「ひとりはボイラー室がいいだろう」先生は考え込みながらいった。「建物の中央の、半地下になったようなところだ。もうひとりは?」言葉を切り、考える。「校長室と指導室だろうな」

ふたりが校舎へ向かおうとしたとき、脇のドアが突然開き、灰色の作業服を着た十数人の男たちがほっとしたような表情で出てきた。

その中にいたひとりの大男が、隙間のある歯を見せて笑いながらガスリーに近づいた。「ロッカーにも教室にも、なーんもありませんでした」強い中西部なまりの、のんびりした口調でいう。「教科書もなんもかも引っ張り出しました。ちいっと散らかしちまいましたが、明日には片づけますんで。明日があればの話ですが」

「みんなに帰るようにいってくれ。今日は休みにしていい。ああ、それと、サケット?」

「はい？」

「みんなにありがとうと伝えてくれ」

十一時三十分、署長のトランシーバーにしわがれ声が入ってきた。「シモンズ巡査です。ヘクシャー署長ですか？」

「ああ、ジェリー。何か見つかったか？」

「いいえ。ボイラー室には何もありませんでした。配管の中に隠してあれば別ですが、パイプにはもう何年も手を触れた形跡がありません」

「ドレッティはどうした？」

「指導室と校長室の捜索は終わりました。マスターキーですべてのファイル棚を開けさせてもらいましたが、机は金てこでこじ開けなければならなかったと校長先生にお伝えください。その点はお詫びします。しかし、何もありませんでした」

「わかった、そのまま待て」ヘクシャーは先生を見た。「次はどうする、ストラング先生？」

「そんな、わ……わたしにはわからんよ。その爆弾はどれくらいの大きさと思われる？　つまり、プラスチック爆弾のようなものなのか、パイプに火薬が詰められているのか、それとも――」

「おそらくダイナマイトだろう」ヘクシャーは答えた。「教会と市庁舎の両方で、ワックスペーパーとフラー土の痕跡が見つかったのでね。四本か、ひょっとしたら五本というところだろう」

「起爆装置は？」

「電気だろうね。二本の電池と時限装置が見つかっている――たぶん安物の時計だろう」

「なるほど。すると、全部が靴箱の大きさに収まるな」

「ああ。それくらいだ」

ストラング先生は考え込むように地面を見つめた。「ひとりには、用務員の工具室を探すようにいってくれ。特に清掃剤の入った大きなドラム缶をな。そこならたやすく爆弾を隠せる」

ヘクシャーはその指示を伝えた。「もうひとりは、ストラング先生?」

「うーむ。ああ、そうだ、鐘楼《しょうろう》へやってくれ。一度爆弾が仕掛けられたところなら、もう一度あるかもしれない。それと、行く途中で最初の踊り場にある小さなドアを調べてくれ。その奥に小部屋があって、よく居眠りをするのだ」先生はガスリーをちらっと見た。「ええと——その——若いころの話だがね、もちろん」

「だろうな」ガスリーは疑わしそうに首を振った。「そんな部屋があることも知らなかった」ヘクシャーにいう。

「だからストラング先生を呼んだのですよ」

捜索の結果を待つ間、ストラング先生は消防車の踏み板に腰かけ、ヘクシャーを見上げた。

「なぜだ?」彼は訊いた。

「なぜって、レナード?」

「なぜこんなことをする?　つまり、子供たちでいっぱいの建物に爆弾を仕掛けるような真似をだ」

「難しい問題だ。たぶん注目されたいんだろう。わたしの仕事は爆弾を探すことだ、レナード。

そしてもちろん、できればそいつを仕掛けた犯人を逮捕することだ。動機を見つけるのは精神分析医に任せるよ」

「はっきりしているのは、その男――男ならばの話だが――は誰も傷つけたくないということだ。必ず前もって警告している。昨日か一昨日にこの手紙を出せば、今朝には届くと知っているのだ」

「ああ。それに、そいつは今ごろ警戒線の外の野次馬の中にいるに違いない。建物が吹き飛ぶ瞬間を、近くで見たいはずだ」

「吹き飛ぶだって？　まるで中にいるふたりを信頼していないみたいじゃないか」

「もちろん信頼しているさ。ただ、隠し場所が多すぎて、全部を探す時間がないということだ」

ヘクシャーの懸念を裏づけるように、しばらくしてシモンズ巡査が、鐘楼も工具室も調べたが成果はなかったとトランシーバーで連絡してきた。

十二時三十分。

次の一時間では、工作室の機械と体育館のロッカーが調べられ、職員室にある飲み物の自動販売機が分解された。

何もない。

「あと一時間しかない」ヘクシャーが暗い声で言った。「実際はもっと短い。数分前には彼らを建物から出さなければならないからな。爆発したときに中にいさせるわけにはいかん」

ストラング先生はカフェテリアの厨房と体育館の天井裏を調べることを提案した。

一時五十五分、シモンズもドレッティも成果なしと知らせてきた。

ストラング先生は汗で襟がぐっしょり濡れているのを感じた。「次は？」ヘクシャーが必死の声で言った。

「図書室だ！」先生は怒ったようにいった。「書庫を調べさせろ。それからトイレだ。そう、二階に閉鎖されたトイレがある。誰かが壁から洗面台を引っこ抜いて、使用不能になったのだ」

ヘクシャーはトランシーバーに向かってがなり立てた。「それで何も見つからなかったら、建物を出ろ！」彼は命じた。「時間は十五分だ。いかれた犯人の時計が進んでいないとは限らないからな」確認のため腕時計に目をやる彼を、先生はぼんやりと見ていた。

「がっかりしなくてもいい、ストラング先生」ヘクシャーは言った。「ベストを尽くしてくれたのだから」

「何か。何か」先生は怒ったように右手のこぶしで薄くなりかけた頭を叩いた。「何かがあの手紙にはある。もう一度見せてくれ、コリー。頼む」

「レナード、もう遅い――」

ストラング先生はじれったそうに指を鳴らした。「手紙だ、コリー！」

肩をすくめ、ヘクシャーは手渡した。

二時十五分。

二時十八分。

ヘクシャーが中の男たちを呼ぼうとしたとき、ドレッティが報告してきた。「トイレには何もありませんでした、署長」

その直後、シモンズからただ一言。

「何もありません」

「よし、一番近い出口から出て――」

「いかん！」

叫び声に振り返ったヘクシャーは驚いた。ストラング先生が勝ち誇ったように手紙を掲げていた。まるで有頂天になったフクロウだ。

「レナード、もう遅すぎる」署長はいった。「もうそろそろ――」

「いいや、まだだ！　あと一カ所残っている！」

トランシーバーから声がした。「その怒鳴り声は何です？」

「先生が急に爆弾のありかを知っているといい出したんだ。判断は任せる。やってみるか？」

間があった。

やがて「わかりました。賭けてみましょう」

ヘクシャーはストラング先生にトランシーバーを渡した。「指示してくれ、レナード。爆弾がどこにあるのか教えてやってくれ」

先生は教えた。

「おっしゃる通りでしたよ」サル・ドレッティは首を振り、先生を見た。「単純な装置でした――

起爆装置は手で外せました。ダイナマイトは今、トラックの後部に載せてあります。生まれたての子猫と同じくらい無害ですよ」

「さあ、ストラング先生」シモンズが続けた。「教えてください。どこを探せばいいか、どうしてわかったんです？」

「わたしもそれを知りたい」ヘクシャーがいった。

「いいとも」ストラング先生は眼鏡を外し、強調するように突き出した。「三つの手紙だ。コリー、きみが指摘したように、きわめてよく似ている。それぞれ似たような文章で、ほぼ同じ情報を伝えてきている。どれも三文目には韻を踏んだ文章を使ってさえいる。〝信者《コングリゲーション》も聖職者《クラージ》も守衛《カストディアン》も――議員《ポリティシャンズ》も一般市民《パブリック》も――生徒《ステューデンツ》も職員《スタッフ》も〟そしてもちろん、最後の同じ台詞だ。〝ただちに行動せよ！〟

　こうした類似性が、手紙の中の唯一の大きな違いを隠していたのだ。書き手はまったく気づいていないに違いない相違点をね」

「要点を話してくれ、レナード」ガスリーが哀願するようにいった。「違いとは何なんだ？」

「三文目だ。最初の手紙はこうだ。〝時間はカチコチ音を立てて過ぎ〟。アイアン・ウォレスの市庁舎では〝時間は滑るように過ぎ〟。そして今日の手紙は〝時間はカチリと音を立てて進み〟。結論は明らかだ。爆弾を仕掛けた人間は、時計に並々ならぬ関心を持っている」

「結果については議論の余地はありません」ドレッティが疑わしげにいった。「事務室の親時計の表面をこじ開けたとき、おっしゃる通りダイナマイトが出てきました。電池と起爆装置は時計仕掛けそのものに取りつけられていました。しかし、手紙に書かれていたことからどうしてそれがわかったのか、今も不思議です」

「さあ、レナード」ガスリーがいった。「認めたらどうだ。運がよかったのだと」

「とんでもない」ストラング先生はいった。「考えてみたまえ——百年前の教会を。その時計はばね仕掛けか錘で動く仕掛けになっているだろう——いずれにしても振り子式だ。そういう時計は〝カチコチ音を立て〟るんじゃないかね？」

「ああ、なるほど」ドレッティがいった。「そしてアイアン・ウォレスの新しい建物には、ロビーかどこかに電気仕掛けの時計があったに違いありません」

「そして〝時間は滑るように過ぎ〟る」先生はうなずいた。「だが、オルダーショット高校の場合、教室の時計は親時計とつながっている。そして一分経つごとに、それぞれの分針が進むようになっているのだ。つけ加えるなら、〝カチリと音を立てて〟ね」

彼は言葉を切り、汗で汚れたネクタイで眼鏡を拭くと、さらに続けた。「時計という考えは、前のふたつの爆破箇所によって確信に変わった——教会の尖塔と公共のビルの正面だ。このふたつの場所に共通なのは何か、自分に問いかけてみた」

「時計だ」ガスリーがしぶしぶ認めた。ふと、あっけに取られたようにヘクシャーを見る。「修理人だ。今朝ここに来ていた。ひょっとして彼が——」

「わかっています」ヘクシャーがいった。「ストラング先生の提案で、周囲に時計修理サービスのトラックが停まっていないか部下に探させました。ひとりがブロックの端で見つけました——

後部座席に予備のダイナマイトが置いてありましたよ。思った通り、そいつは近くにいて、爆発が起こるのを楽しもうとしていたんです。今は拘留中ですが、裁判にかけられるかどうかは精神科医が判断することになるでしょう。そいつの頭の中身がどうなっているかを突き止めるのは、わたしよりもふさわしい人間にやらせます」

彼がきびすを返し、パトカーに乗ろうとしたとき、校舎の横につけられているベルが大音量で鳴った。ガスリーは腕時計を見た。「終業ベルだ」ヘクシャーにいう。「学校は終わりだ。ちょうど時間通りに」

校長は皮肉っぽく笑った。「そう、少なくともやつは、時計がちゃんと動くようにはしてくれたようだ」

ストラング先生、ハンバーガーを買う

白須清美訳

オルダーショット高校の校長マーヴィン・W・ガスリーは、普段は冷静さと揺るぎない指導力の見本のような男だった。だが、ストラング先生の科学教室へ向かう彼は、管理者らしい冷静さの大半をなくしていた。その動揺ぶりは、下りるはずの階段を上っていたという事実からもわかるだろう。

教室のドアの窓ガラスを、彼は神経質に三度叩いた。ストラング先生はグループごとに実験テーブルを囲んでいる生徒を残し、ドアを開けた。

「レナード」ガスリーが小声でいった。「校長室に――警察が来ている。ロバーツ刑事と――」

「ポール・ロバーツは友人だ」先生は黒縁眼鏡の上から相手を見た。「大したことではないだろう」

「それがわからんのだ、レナード。一緒に来ている男――ウォーン氏という男だ――は、政府の人間だ」ガスリーは目を見開いた。「連邦政府だ。公務で来ていて、きみに会いたがっている」

「しかし、授業はどうすれば?」

「わたしが見る。行ってくれ。終業のベルが鳴る前に帰ってもらいたいんだ。この雨の中でバスに生徒を詰め込む上に、さらに面倒を増やしたくない」

ストラング先生は肩をすくめた。「おおせのままに、ガスリー校長。ただし、戸締りの前に貯蔵室の冷蔵庫に死体を戻しておいてくださいよ」

「何だって？」ガスリーは青くなった。

「カリギュラ——白ネズミだよ。ゆうべ死んだので、死因を調べるために解剖していたところでね。氷づけにしておかなければ、明日には腐ってしまうだろう」

ガスリーが返事をする前に、小柄な老科学教師はぎくしゃくと階段を下り、校長室へと向かった。

ストラング先生が入ってきたとき、ポール・ロバーツ部長刑事ともうひとりの若い男は、どちらも濡れたレインコートを着て、ガスリーの部屋の会議用テーブルについていた。ロバーツが、窓を叩く雨音に負けまいと声を張りあげていった。

「ストラング先生、こちらはハル・ウォーンです。ＦＢＩから来ました」

「正確には財務省ですが」ウォーンはテーブル越しに身を乗り出し、先生と握手した。「ここにいるポールに、あなたは優れた教師であるばかりでなく、必要とあらば秘密を守ってくれる方だと聞きました」

「ほどほどに口は固いと思うがね」先生は椅子にかけた。「それで、いったい何だね？」

ウォーンはロバーツをちらっと見て、ストラング先生に視線を戻した。「わ——われわれには、お話しする権限がないのです」

「そいつはちょっとおかしいんじゃないか？　授業中に呼び出しておいて、わけをいわないとは。じゃあ何だ？　生徒が帰るまで、ここに座ってにらめっこか？」

「ハルがいいたかったのは、ストラング先生、あなたに力を貸してほしいということです。しかし、理由はいえません。訊きたいことはいろいろおありでしょうが、今は答えられないのです」

「答えられないのか、答えたくないのか？」先生はぴしゃりといった。

ウォーンがロバーツを見て肩をすくめた。

「何か違法なことをやれというのか、ポール？」先生は刑事に尋ねた。

「いいえ、それは……ただ、いえないのです」

「わたしの好奇心に火をつけたな。何をしてほしいんだ？」

「オルダーショットにひとりの少年がいます。高校の最上級生です。家庭教師として科学を教えてやってほしいのです。週に二回で結構です。非常に頭のいい男の子ですよ」

「ほう？　病気なのかね？　学校に通えなくなったとか？」

ウォーンが片手を上げた。「ノーコメントです」そっけなくいう。「あなたのご存じない生徒です、ストラング先生。この学校に通ったことはありませんから」

「ほう」ストラング先生は顔をしかめた。「ますます興味深い。名前は？」

ロバーツとウォーンは小声で協議し、ウォーンが声をひそめていった。「ヤナック——デイヴィッド・ヤナックです」

「ヤナック」ストラング先生は考え込むようにいった。「ヤナックか。六十年代にそういう男がいなかったかな？　たしか裁判で——」

「一足飛びに結論を出さないでくださいよ、ストラング先生」ロバーツが遮った。「ひとつ政府の要請であることを忘れてくださ い。個人的な頼みだとしたら、どうです？」

「そうだな、ポール」ストラング先生は肩をすくめた。「そういわれたら、断りようがあるかね？」

「いつから始めてもらえますか？」ウォーンが訊いた。

「よければ今すぐにでも。その子と話をして、どこまで理解しているか知りたい。ところで、家はどこなんだ？」

「お連れします」ウォーンがいった。「十分ほどしたら、正面に車を回します」

「わたしも後から行きます」ロバーツがいった。「それと、ハル、ビッグHを忘れずにな」

「何だって？」ストラング先生は眼鏡の奥で目をしばたたかせた。「そいつは何だ？　それとも、これも訊いてはいけないのかな？」

ロバーツはにやりとした。「デイヴィッド・ヤナックはジャンクフードに目がないんですよ。特に〈ハロルズ・ヘブンリー・ハンバーガー〉の目玉商品に。ビッグH——何かのソースに浸したたっぷりの挽肉を、合成っぽい味のするパンに挟んだ代物です」

「それに、フライドポテトとミルクを忘れちゃいけない」ウォーンがいった。「途中に店がありますす、ストラング先生。そこで買っていきましょう」

だが、十五分後に〈HHハンバーガー〉のプラスチックの宮殿へ向かったウォーンは、事態は思ったよりも厄介だと気づいた。雨のせいで、オルダーショットの人口の半分がビッグHに群がり、車を停められそうな場所がどこにも見つからなかったのだ。

「その子をがっかりさせるわけにはいかん」ストラング先生はいった。「わたしが買いにいくのはどうだろう？　出てくるまで、車であたりを回っているといい」

ウォーンは車を停めた。「わかりました。ここで落ち合いましょう」

十分もしないうちに、ストラング先生は車に乗り込んだ。膝の上には、ハンバーガー、フライドポテト、紙パック入りのミルクを置いた紙のトレイが、雨に濡れて載っている。

ウォーンの車は、オルダーショットでも裕福なイーストエンドに入り、チューダー様式の邸宅に向かって弧を描く私道を進んだ。通りからずっと引っ込み、イボタの高い垣根に隠れている邸宅だった。

「玄関のドアには鍵はかかっていません」ウォーンが車を停めながらいった。「中に狭い通路があります。そこなら雨を避けて待つことができます。呼び鈴を鳴らせば、誰かが開けてくれるでしょう。わたしは車を置いてきますから」

先生はうなずき、車を降りた。トレイをつかみ、激しい雨の中をぎくしゃくと小走りする。ドアを開けて中に入ると、ほっとため息をついた。

そこは狭い通路だった。目の前には覗き窓のついた大きなドアがあり、家そのものに入るのを阻んでいた。横の壁にはもうひとつのドアがあり――おそらく納戸だろう――わずかに開いていた。反対側にはテーブルがあり、深い籐のバスケットに手紙がぎっしり詰まっている。先生はテーブルの上の鏡で濡れた顔を見て、呼び鈴を押し、レインコートからゴムの敷物に落ちる水滴の音に耳を傾けた。

カチャッと音を立ててドアが開き、両肩をそっとつかまれた。「コートをどうぞ」きびきびした英国風のアクセントの声がした。「お預かりします」

ストラング先生はコートを脱がされるままにした——ぐっしょり濡れていたので容易ではなかった。ようやく、納戸を背にした先生のすぐ目の前で、姿の見えない男が濡れたコートを広げた。

「少し湿っているようですね」男はひどく控えめな表現でいった。コートを下ろすと、顎の肉の垂れ下がった、まったく表情のない男の顔が現れた。「オールストンと申します」この家のことを取り仕切っております」

「なるほど。執事のようなものかね?」

「ええ、そうおっしゃっていただいて差し支えないかと。ストラング先生ですね。どうぞ中へ。お待ちしておりました。コートは乾かしておきましょう」

ストラング先生はオールストンの後について、バスケットボールのコートほどの大きさの居間に入った。東洋風の贅沢な装飾が施されている。濡れた紙のトレイは真ん中が沈みはじめ、ストラング先生は両手でしっかりとつかんだ。

執事がドアを閉める前にウォーンが飛び込んできて、レインコートを脱いだ。「すぐにデイヴィッドに会いにいきましょう」と、曲線を描いた階段を指す。

階段を上がり、ふたりは廊下を進んだ。廊下が直角に曲がるところには鏡が巧みに配され、ストラング先生は誰にも見られずにここへ近づくのは不可能だと思った。

突き当たりのドアの前には山のような大男が立っていた。引っ込んだ額と突き出た顎が、イースター島の石の巨像を思わせる。「誰だ?」大男は太い声で言った。

「ストラング先生だ」ウォーンが言った。「デイヴィッドの家庭教師の。来ることは聞いているだろう」

「身体検査をする。ボスの命令だ」

「そんな――」ウォーンは困ったようにため息をついた。「ダンコ氏はここを警備しているのです、ストラング先生。職務に非常に忠実なのですよ。調べさせてやってくれますか。それで気が済むでしょう」

ダンコは慣れた手つきで先生のポケットを叩き、トレイをざっと調べると、しぶしぶストラング先生を部屋に入れた。後からウォーンもついてくる。

デイヴィッド・ヤナックは半ズボン姿で、部屋の隅にある太陽灯の下に寝そべっていた。少年の胸の上では白い子猫が片脚を上げていた。猫を抱き上げ、そっと床に下ろすと、デイヴィッドは起き上がって色つきのゴーグルを外した。

ウォーンが紹介した。「やあ、ストラング先生」少年はにっこりした。「来てくれてありがとう。とても助かるよ。それに、キューボール以外の話し相手がいるのはありがたい」

「誰だって?」

「キューボール、ぼくの子猫だよ。ダンコよりずっと面白みのある相手さ」デイヴィッドはベッドカバーの房飾りで遊んでいる子猫を指した。

「あとはおふたりでどうぞ」ウォーンがいった。「帰るときに知らせてください、ストラング先生」部屋を出て、ドアを閉める。

ストラング先生は腰を下ろし、上着のポケットからノートと鉛筆を出した。「では、始めようか。まず知りたいのは――」

「買ってきてくれたんだ！」先生がナイトテーブルに置いたトレイを見て、デイヴィッドは叫んだ。「わあ、ありがとう」

彼は腹ぺこの男のようにハンバーガーにかぶりつき、嚙む合間に嬉しそうな声をあげた。食べ終えて、指についた脂をしゃぶる。

「残りは後回しだ」ストラング先生は言った。「始めよう」

「いいとも」デイヴィッドはいった。「ほら、キューボール、ミルクを飲むかい？」紙パックを開け、子猫の皿にたっぷりとミルクを注ぐ。キューボールは小さなピンクの舌でそれを舐めた。

「化学の本は少し読んだんだ。ほとんどわかったけど、沈殿のことで――」いいかけて、デイヴィッドは言葉を切り、不思議そうに子猫を見た。キューボールは鏡台に向かって一歩よろめいた。頭と尻尾が垂れ下がり、白い毛皮の山となって崩れ落ちる。

デイヴィッドは子猫に近寄り、片手で持ち上げた。ぐったりした足を取り、つぶった目を調べる。最後に、戸惑ったようにストラング先生を見た。

「こ――こいつは死んでるよ、ストラング先生」

「まさか。さっきまで跳ね回っていたじゃないか――」ストラング先生はミルクの皿を取り上げ、匂いを嗅いだ。それからひどく慎重にテーブルに置き、ハンカチで手を拭いた。

「青酸だ」先生は自分にいい聞かせるようにいった。「ビターアーモンドの匂いがはっきりとする。ミルクに入っていたのだ」

デイヴィッドは恐怖に目を見開いて先生を見た。「ダンコ！」金切り声で叫ぶ。「ダンコ！　助けてくれ！　殺される！」

ドアが大きな音を立てて壁にぶつかり、ダンコが飛び込んできた。ストラング先生を捕まえ、貧弱な身体を床から持ち上げる。二本の太い腕が先生の胴に巻きついた。きつく締まると、先生の肺から息が漏れた。目の前に赤い斑点が浮かび、これ以上締めつけられたら肋骨が枯れ木のように折れていたに違いない。

「ダンコ、やめろ！」

その声は甲高く、女のようだった。それでいて威厳があり、人が従うのをわかっている声だ。しぶしぶながら、ダンコはゆっくりとストラング先生を床に下ろした。戸口に立つ男の第一印象に先生は息をのんだ。オーラを放つような白髪、その下の顔には長年にわたるしわが刻まれている。深くくぼんだ目は、藪のような眉に隠れていた。

それから、ストラング先生は傷跡に気づいた。それは男の左の頬骨から始まり、赤みがかった白い線が顎にまで達している。

「ヤナック」先生は言った。「ジェイコブ・ヤナック」

もちろん、はるか昔のことだ。五十年代後半から六十年代初めのことだろう。当時は髪も黒かったし、しわもこれほどなかった。その顔——その傷——の写真が、一週間と新聞を飾らずにいることはなかった。センセーショナルな見出しを冠した贈収賄、報復、リベート、さまざまな詐欺の記事とともに。この男が今も完全に牛耳っている組織は、何十人もの全国的な著名人——政治家、官僚、企業家たち——を犯罪者に仕立て上げ、同じくらい多くの犯罪者を表向きは立派な企業家に変えてきた。

男は肯定するようにうなずいた。「この傷を忘れる者はいまい」そういって細い指でなぞる。外の廊下に足音がして、ウォーンとオールストン、ロバーツが部屋に飛び込んできた。ロバーツのネクタイはよじれ、執事は冷静な有能さを失っていた。きっちりしたズボンの折り目さえ一部が消え、膝下にはしわや膨らみが見られた。

「何事だ?」ウォーンが息を切らせながらいった。「何があった?」

「いってみろ、デイヴィー」ヤナックがいった。

「こ——こいつに殺されそうになったんだ」少年はそういって、ストラング先生を責めるように指差した。興奮した口調で、キューボールの死のいきさつをぶちまける。

「どうやらこういうことだな、ロバーツ」ヤナックはぞっとするほど静かな声でいった。「このストラング先生は、おまえがいったほどには信用できなかったと」

部屋の真ん中に立ちつくす先生に、四方から視線が集まった。「まさか、こう思っているのではあるまいな——」先生は信じられないようにいった。

ウォーンはミルクの皿を調べ、長々とため息をついた。「どう思う? ポール、これがきみの管轄なのかわたしの管轄なのかわからない。だが、初めにわが局に質問させてもらえるとありがたい」

「待ちなさい、ウォーンさん！」ストラング先生はどこまでも、いたずらっ子を諭す教師のようだった。「いっておくが、接触してきたのはそっちで、逆ではないぞ。わたしにここに来るよういいながら、その理由は控え目にいっても漠然としたものだった。それでも、わたしは願いを聞いてやった――ポール・ロバーツのためにな。それがわずか一時間後、ろくに調べようともしないで、わたしを殺人未遂の罪で責めるとは。諸君、もうたくさんだ。この部屋を出る前に、何が起こっているかを聞かせてもらおう」

ウォーンはロバーツを見た。「くそっ、ポール、きみは彼が怒りっぽいといっていたが、これはひどい」

「聞かせてもらおう！」ストラング先生は怒った目でウォーンをにらみつけた。「それとも、新聞社に訴えようか？　そうなったら、大事な秘密はどうなるだろうな？」

「彼のいう通りにしたらどうだ、ハル？」ロバーツがいった。「お互い公平に行こうじゃないか。それに、傍目にどう見えようと、先生がやったとは思えない」

「だが、ポール、これは命令の範囲を超えている」

「結局彼が無実だとわかったら、きみにはどんな命令が下るだろうね？」

ウォーンは助けを求めるようにヤナックを見たが、相手は肩をすくめただけだった。

「わかりました、ストラング先生。ダンコ、椅子を持ってきてくれ。ここで話そう。何があったかがわれわれのほかに知られないように」

全員が席に着くと、ウォーンは地の精のような小柄な教師にいった。「たぶん当時の新聞で読んでいるでしょうが、ジェイコブ・ヤナックは一九六三年にいくつかの贈収賄事件で有罪となりました。裁判官は彼に厳罰をいいわたしました。誰も彼が生きて刑務所を出るとは思わなかったでしょう。ところが数カ月前、ヤナック氏は政府の役人と連絡を取り、取引を持ちかけたのです。わが国最大級の麻薬取引に関する情報があるといって。彼の助けがなくてはＦＢＩも解決できない事件です」

「なるほど。それと引き換えに彼を釈放したわけだな?」

「それ以上のことを約束しました。情報源がヤナックであるのを絶対に明かさないことです。犯罪組織が報復に出るのはわかっていました。こうした事件では、重要な情報提供者にまったく新しい身分を与えるのが通例です——新しい社会保障番号、新しい名前、新しい運転免許証などなど。新しい家まで。それをヤナックにも与えるつもりでした。ところが、最初のときには失敗しました」

「最初のとき?」

「そうだ」ベッドの上に腰を下ろしたジェイコブ・ヤナックがいった。「わたしと家族——息子とその妻、そしてここにいるデイヴィッド——は、シュナイダーという名でシアトルに住んでいた。だが、どういうわけか見つかってしまった。沿岸警備隊がピュジェット湾に浮かぶ息子の遺体を発見した。頭に銃弾を撃ち込まれ、死後三日が経っていた。その妻——デイヴィッドの母親——は今も行方知れずだ」

「つまり、一からやり直しになったわけです」ウォーンが続けた。「一時的にこの家を手に入れ、使用人を雇い、ジェイクとデイヴィッドに新しい身分を与えるための書類を整えることにしました。すべては完全に秘密のうちに行われました。しかし——ジェイク、次に何があったかを話してくれ」

「手紙を受け取った。署名はなかった。それにはこう書かれていた。息子が死に、嫁が行方不明になって傷つくわたしを見て、ほかの連中は満足したかもしれないが、彼——その手紙を書いてきたやつだ——は満足しないと。そいつはデイヴィーもやるというのだ」

「だが、どうやって見つけ出した——」

「わからん。だが、手紙の宛先はこの住所だった。昔からある手だ。十分に脅しつければ口を割る」

「移転の準備が整うまでジェイクとデイヴィッドを守るよう、われわれはできるだけの手を尽くしています」ウォーンがいった。「地元の警察にまで協力を要請しました。ロバーツの仕事がそれです」

「ダンコは？」先生はいった。「どうも警察官には見えんが」

「彼とは昔からのつき合いだ」ヤナックはいった。「わたしの命を——そしてデイヴィーの命を預けられる人物だ」

「しかしデイヴィッドはこの家に閉じ込められ、学校に通う機会を奪われました」ロバーツが口を挟んだ。「ストラング先生、わたしは何年も前からあなたを知っています。臨時の家庭教師としてあなたに来てもらうのが一番いいと思ったのです」

「いいですか、ストラング先生」ウォーンがいった。「冷静に話し合いましょう。あなたに連絡を取る前、いろいろと調べさせていただきました。ですから、あなたが犯人でないことはわかっています。しかし、犯人が接触してきたのではないですか？　つまり、われわれと話をしてからあなたが車に乗り込むまで十分ほど時間がありました。その間、電話を受けませんでしたか？　あるいはどこかに電話したか？　ひょっとしたらハンバーガー店で誰かがこっそり近づいてきたかもしれません。教えてください。できるだけ事情を酌みますから」

「いい加減にしろ、ハル」ロバーツがいった。「ストラング先生は根っから正直な人だ。つまり、このお年で――しかも教師なんだぞ」

ストラング先生は身のすくむような一瞥をロバーツに投げた。

「ほう？」ウォーンが尋ねた。「だったら、毒入りミルクのことをどう説明する？　ずっと両手で持っていたのに？」

「ああ、それは――その――」ロバーツがしどろもどろにいった。

「この男のいう通りだ、ポール」ストラング先生はいった。「すべての証拠がわたしを指しているように見える。だが、ウォーンさん、あんたに少しばかり頼みがある」

「どういう意味です？」

「わたしはデイヴィッドに毒を盛った行為に自分が一切関係ないのがわかっている。したがって、どう見えるかはともかく、別の説明がなくてはならない。わたしはそれを見つけたいのだ。

むろん、許してもらえればだがね」

「ううむ――どこを見たいのですか？」

「ここだけで結構。当事者は全員ここにいると思われる」

ウォーンは当惑顔でロバーツを見た。「彼にできるかな、ポール？」

「きみは法の専門家だろう。わたしはいつも慣例に従っているが、このような例はないに違いない」

「そういう意味じゃない。ここにいる教師にそんな知能があるのか？　推理力が？　ただのいい逃れだとしたらどうする？」

ロバーツは、ストラング先生が計り知れないほど助けになった事件の数々を思い出した。「ああ、彼は有能だ、ハル。きわめて有能だ」

「しかも、追加のボーナスがあるぞ、ウォーンさん」先生はいった。

「へえ？　何です？」

「もしわたしが解決したら、真犯人をつかまえることができる」ストラング先生はもう一度ロバーツを見た。「こんな老いぼれの教師ではなくね」

「うーん……！」ウォーンはドレッサーの上を指で叩きながらいった。「わかりました。特に不都合はないでしょう。三十分差し上げましょう、ストラング先生」

「それで十分だ。まずは、ミルクのパックをよく見せてもらいたい」

「まだ指紋を採っていません」

「まあまあ。わたしの指紋はそこらじゅうについている。あと二、三増えても構わんだろう」

ウォーンは紙パックを先生に渡した。ストラング先生はそれを仔細に眺めた。「ここには虫眼鏡があるかね？」

「切手コレクションのために使っているのがあるよ」デイヴィッド・ヤナックは整理だんすの引き出しを引っかき回した。「あった」

先生はそれを受け取り、紙パックを調べ、特に一番上を丹念に見た。「ああ、やっぱり」とう彼はいった。「思った通りだ」

「何です、ストラング先生？」ロバーツが訊いた。

「見てごらん、ポール。開け口のところだ。見えるかね？」

「ええ。小さい穴がありますね。ちょうど紙パックの継ぎ目のところに、ピンを刺したような」

「ピンじゃない――注射針だ。これで少なくとも、紙パックにどうやって毒を入れたのかはわかった」

「お見事」ウォーンが皮肉っぽくいった。「誰かがあなたのそばに来て、このミルクには予防接種の必要があるとでもいったんですか？」

「いいや、この継ぎ目を注意深く突き止めるには数秒かかるだろうし、注射針をきちんと刺すにもしばらくかかるだろう。あんたに聞きたいことがある、ウォーンさん。デイヴィッドがハンバーガーを買ってきてくれといったのはいつのことだった？」

「ポールとわたしがあなたに会いに学校へ出かけるすぐ前です。デイヴィッドが階段の上からハンバーガーとポテトとミルクを買ってこいと叫んだのです」

「なるほど。すると、人に聞かれるほどの大声だったわけだな。それから、きみたちふたりは学校へ来て、ガスリー校長とわたしに話をした。そして〈ハロルズ〉へ行き、ここへ戻ってきた。普通に考えれば一時間半というところかな？」

「ええ」ウォーンは肩をすくめた。「そう思います」

「では、こんどはそちらに訊こう、ヤナックさん」先生は椅子の上で向きを変えた。「ウォーンとロバーツ刑事が出かけてから、この家を出た者がいるかね？」

「人の出入りをなぜわたしが知っている？　わたしはデイヴィーと二階にいた。オールストンに訊いてくれ。玄関はやつに任せている」

「どうだね、オールストン？」

「何ともいえません。食料品店の配達が来たのですが、今日はコックが休みでしたので、その間は台所にいました」

「どれくらい？」

「二十分ほどだったと思います。あとはずっと玄関のところにいました」

「だが、誰にも気づかれずに何者かが出入りできる時間が二十分はあったということだな？」

「出ることはできたかもしれませんが、入るのは無理です。ドアには常に鍵がかかっていますから」

「何がいいたいのです、ストラング先生？」ロバーツがいった。

「ポール、わたしはすり替えが行われたと考えているのだ。わたしが〈ハロルズ〉で買ったミルクは、デイヴィッドがキューボールに注いでやったのとは同じではないということだ。区別する方法はない。どの紙パックも同じなのだから」

「何ですって？」ウォーンは大股に二歩踏み出し、先生を見下ろした。「おわかりのはずです、ストラング先生。わたしにはあなたが、片脚を罠に捕らえられて逃げようともがいている動物のように見えますよ。ひとつの軍隊ほどの人が玄関を出入りしようと、何の違いがありますか？　あるいは何物かがミルクを五十個用意しようと？　実際は、買ってからデイヴィッドに渡すまで、トレイはずっとあなたが持っていたんですよ」

「ちぇっ、わかっているとも。住血胞子虫め！　どんな仮説を思いついても、そいつが障害になってしまう。考えさせてくれ。わたしは〈ハロルズ〉を出て車に乗った。この家まで来る――中に入り――階段を上る」

先生は指揮者のように人差し指を振りながら、考えをたどっていった。やがて指の動きがゆっくりになり、手が止まった。

「そう、それだ。それに違いない」

「何かわかったのですか、ストラング先生？」ロバーツがいった。

「そうだ。ああ、素晴らしい、素晴らしいよ。アルキメデスを真似て〝わかったぞ《ユリイカ》！〟と叫びながら通りを走り回りたいくらいだ。もちろん服は着たままでな」

「何です？」ウォーンが疑わしげに訊いた。

芝居がかったしぐさで、ストラング先生は黒縁の眼鏡を外し、ポケットにしまった。「これまでにわかったことから、ある人物ならこの家を出て別のミルクを買い、誰にも気づかれずに毒を入れることができたと考えられる。合っているかね、ウォーンさん?」

ウォーンは寛大に手を振った。「あくまで議論のためなら、それができたことには同意します。だから何です? 常にあなたがトレイを目の前に持っているのに、あなたが買った紙パックを別のものとすり替えるのは不可能でしょう」

「たしかに。わたしはずっとトレイを手にしていた。ただし――」

部屋は不気味に静まり返った。やがて、ジェイコブ・ヤナックがいった。

「ただし何かね、ストラング先生?」

先生は人差し指を勝ち誇ったように上げた。「ただし、オールストンがわたしのコートを脱がせたときだけは別だ! わたしはトレイを置いて、コートを脱がねばならなかった」

ロバーツは眉をひそめ、コートを脱ぐしぐさをした。「トレイを片手から片手に持ち替えることはできませんでしたか、ストラング先生? 袖から腕を抜く間だけでも?」

「無理だ、ポール。トレイは雨に濡れてすっかり湿っていた。そんなことをすればひしゃげるか、破れてしまうだろう」

ウォーンが疑わしげに眉を上げた。「つまり、オールストンがデイヴィッドを毒殺しようとしたといいたいのですか? 彼が犯人だと?」

「そういいたいのだ、ウォーンさん」

「そんな馬鹿な話、生まれてこのかた聞いたことがありません」

「そうかな？　まあ最後まで聞いてくれ。それからどうにでもするがいい。だが、このことはいっておく——オールストンにふたたびデイヴィッドを攻撃するチャンスを与えてはいけない」

ヤナックが指を鳴らし、椅子の中で身をすくめているように見えるオールストンを指した。ダンコが重々しい足取りで、汗をかいている執事の後ろに立つ。

「まず」先生は続けた。「誰を容疑者に入れるか？　きみたち警察官か？　考えがたい。ダンコ？　彼はデイヴィッドが生まれる前からジェイコブ・ヤナックを知っていて、尊敬している。ヤナック本人？　馬鹿げてる。

だが、オールストンは？　ウォーンさん、自分でいったように、あんたの部下はこの家を借りると同時に人を雇った。その中にオールストンが入っていたのだろう。いいかえれば、彼はちょうど暗殺者が現れそうなときにやってきたわけだ。だが、彼は自分に疑いのかからない殺害方法を見つけなくてはならなかった。さらに、手強いダンコが常にデイヴィッドの部屋を守っている。

そんなときオールストンは、非常に興味深いことを耳にした」

「何を耳にしたんです、ストラング先生？」ロバーツが尋ねる。

「デイヴィッドが階段の上からウォーンときみに、ビッグHハンバーガーとポテト、ミルクを買ってこいと叫ぶのを聞いたのだ。オールストンにチャンスが訪れた。ふたりが学校へ行ってから、彼は家を出て車で〈ハロルズ〉へ行き、すり替え用のミルクを買った。この広い家では、いなくなっても誰も気づかないだろう」

「わ――わたしは家を出ていません」震えながらオールストンがいった。

「いいや、出たのだ」先生が答える。「きみの服装は非の打ちどころがない、オールストンくん。まさに完璧な執事といった感じだ。だが、ズボンの折り目が膝の下からなくなっている。さながらレインコートを着た男が、われわれが見舞われたような嵐の中に出たときになるように。身体は濡れなくても、ズボンの裾はずぶ濡れになるだろう」

全員がオールストンのズボンの膝下を見た。

「オールストンは帰宅し、毒薬をミルクに注射した。しばらくして、わたしがデイヴィッドの食べ物を持って玄関に立ったというわけだ。覗き窓から見たときには、オールストンはウォーン氏を予想していたかもしれない。だが、そのことは問題ではない。

彼はわたしのコートの肩を持ち、脱ぐのを手伝った――と、わたしは思った。そこで無意識にトレイを置いた。何より自然なことだろう。自然すぎてほんの数分前まで思い出せなかったほどだ。そして、トレイを置くのに一番自然な場所はどこだろう？　納戸の反対側にある小さなテーブルだ。その上には手紙を入れておくための深い藤編みの籠があった。毒入りのミルクを隠しておくのに、その手紙の下よりいい場所があるだろうか？

オールストンは片手でわたしのコートを広げて視界を遮り、もう片方の手で素早くすり替えを行った。そして何食わぬ顔で、デイヴィッドのところへトレイを運ばせたのだ。まさしく完全犯罪だ。キューボールという思わぬ邪魔が入らなければ」

ストラング先生が話を終えた後、ウォーンはしばらく何もいわなかった。「面白い」ようやく彼はいった。「実に面白いですよ、ストラング先生。しかし、完全に納得はできません。確かにそのようなことがあったかもしれない。けれど、ズボンの折り目を理由にオールストンに罪を着せるわけにはいきません。それ以上の証拠が必要です」

「証拠？　いいとも。おそらくたった今、オールストンくんは差し迫った処分の問題を抱えていると思われる」

ストラング先生はテーブルの上の紙パックを指した。「ここに毒入りのミルクがある。だが、もうひとつの紙パックはどうなった？　中身はオールストンが籠から取り出し次第、近くの流しに捨てられたことだろう。だが、紙パックそのものを捨てるのは難しい。毒入りのミルクのとは別のものが見つかれば、非常に大きな証拠となるだろう。燃やすか？　だが、どこで？　蠟引きのボール紙は燃やすのに時間がかかるし、独特の臭いがする。暖炉を使ったとしても、誰かに見られ、何をしているのだといわれる危険がある。

いいや、わたしがオールストンくんなら、単にそいつを畳んでポケットにしまっておくだろう。いずれにせよ、疑いをかけられる心配はないのだから。後で安全に処分すればいい」

「ダンコ」ヤナックが厳しい声でいった。「オールストンを調べろ。紙パックを持っているかどうか確かめるんだ」

ダンコの手がきびきびとオールストンの服の上を探った。執事の上着の左ポケットに手を伸ばす。

ダンコが手を出したとき、その指にはつぶれて折れ曲がったものが挟まれていた。しかし、黄色い地に緑で書かれた〈ハロルズ・ヘブンリー・ハンバーガーズ〉の文字は一目瞭然だった。

「やりますか、ヤナックさん」ダンコがドスのきいた声でいった。

「駄目だ、猿め。われわれが堅気になったのを忘れたか？　法の手に渡すのだ」

「ストラング先生」ウォーンがいった。「お詫びをさせてください――」

「くだらない」ストラング先生は陽気に手を振った。「全体として見れば、楽しい時間を過ごさせてもらったよ。ミステリ狂として、執事が本当に犯人だったという事件にお目にかかってみたいと常々思っていたのでね」

ストラング先生、密室を開ける

白須清美訳

その日は五月三十日で、校長室の窓の外の日差しは明るかった。ここ一週間近く、親からの苦情は来ていない。カフェテリアで始まりかけた食事論争は、メニューにピザを復活させるという単純な方法で回避していた。そして学校の野球チームはここ四試合立て続けに勝利している。オルダーショット高校の校長マーヴィン・W・ガスリーにとって、人生は上々だった。満ち足りたため息とともに、彼は背もたれの高い回転椅子の滑らかな革に身を沈めた。

校長室のドアが大きな音を立てて開いた。戸口に立っていたのは、小柄な身体にしわくちゃの服を着たレナード・ストラング先生だった。オルダーショット高校のベテラン科学教師だ。片手に数枚の紙をつかみ、もう片方の手はきつく握り締めている。地の精のような先生の顔には、心からの怒りが表れていた。

ストラング先生がオルダーショット高校に来て三十三年になる――ガスリー本人よりも十六年長い。その間、礼儀正しいふるまいがいかに快適かを見てきた彼は、礼儀というものにこだわっていた。したがって、ストラング先生がだしぬけに校長室に飛び込んでくるというのは、すこぶるつきの厄介ごとが起こったことを意味するとガスリーにはわかった。

「レナード」校長は不安げに訊いた。「何かあったのか?」

「わたしは怒っている!」ストラング先生は答えた。「それだけではいい足りない。腹を立てている、むしゃくしゃしている、頭にきている！　長い教師人生の中でも、こんな恥知らずな行為を見たことがない――」

先生は不意に口をつぐみ、片手をさっと振った。「入れ！」

ふたりの少年が黙って部屋に入ってきた。ふたりともガスリーの知っている生徒だった。アーサー・オズグッドはストラング先生より一インチしか背が高くない。緑の上着を着て、ぎょろ目であたりを見回しているさまは、校長の目には近視のカエルのように見えた。それとは対照的に、ラルフ・ミレリッジは巨体で、〈オルダーショット運動部〉と染め抜かれたスエットシャツの下で筋肉が盛り上がっていた。

「座りたまえ！」ストラング先生がいった。ふたりは腰を下ろした。先生は机越しに、肝をつぶしているガスリー校長を見た。

「今日」と、ストラング先生は切り出した。「上級生物クラスの研究論文を集めた。去年の九月に課題を出し、一年間の成果を問うものだ。その年の最終成績のほとんどが、この――」

「わかった、わかった」ガスリーがいった。「何が問題なんだ？」

「昼食の時間に論文にざっと目を通した。これを見てくれ」彼はガスリーの机に薄い紙の束を置いた。「アーサーがクローニングについて書いたもののようだが」校長はいった。「どれどれ……〝一般の人はクローンという言葉を聞いて、ご主人様の命令を聞くために作られた、巨大な怪物やゾンビのような人間そっくりの生物を思い浮かべるかもしれない〟」ガスリーは顔を上げた。「ここまでのところ、別に問題はないようだが、レナード」

ストラング先生はまだ手に持っている紙束の一番上のページを読み上げはじめた。「〝しかし現在ではこのように理解されるべきである。クローニング――生きた組織から採取したひとつの細胞を用いて、提供者とまったく同じ遺伝子の複製を作ること――は、制限されるべきで――〟」

ガスリーは眉をひそめ、机の上の論文を指差した。「ここに書かれているのとまったく同じじゃないか、レナード」

「そうだ」先生は答えた。「どうやらこのふたつの論文そのものがクローンのようだ。最初から最後までそっくり同じだ。ひとりの生徒が書いた十四ページのしっかりした研究報告だ。そしてそれを、別の生徒が丸写しした」

「しかし、どちらが――」ガスリーがいいかけた。

「それを突き止めるためにここへ来たのだ」ストラング先生はいった。「カンニングをした生徒は落第させねばならん。最上級生のクラスであることを考えれば、その生徒は卒業できないだろう。非常にゆゆしき問題なので、報告すべきだと思ったのだ」

「もちろんだとも。しかし、これほど重大なことなら、犯人を間違えるわけにはいかない」

長い沈黙が流れた。やがて、アーサー・オズグッドが口を開いた。「ど――どんなふうに見えるかはわかります、ストラング先生」かすれた小さな声でいう。「でも、論文は全部ぼくが書いたものです。絶対に――」

「おい、アーティ」ラルフ・ミレリッジが割って入った。「いいかげんにしろよ！　おまえがずるをしようとして、しくじったんだ。おまえの論文がぼくの書いたものとそっくりだって、誰にも気づかれないとでも思ったのか？」

ストラング先生とガスリーは顔を見合わせた。答えを見つけるのは簡単ではなさそうだ――本当に見つかればの話だが。

「どちらの論文もタイプ書きだ」ストラング先生はぶつぶついった。「脚注――参考文献――すべて同じだ。別々の機械で書かれている。タイプの質はアーサーよりもきみのほうがずっといいようだな、ラルフ」

「父は家に仕事場を持っていますからね」ラルフはいった。「コンピューターも何もかもそろっています。どれも最新式なんです。テレビ画面付きのタイプライターはどんなミスでも修正できて、完璧な文書が印刷できます。でも、父が仕事場を使わせてくれるからといって――」

「関心があるのは整然としていることではない」ストラング先生はいった。「正直であることだ。聞かせてくれ、ラルフ、論文を書き上げたのはいつのことだ？」

「三週間ほど前です。ベントレー高校との試合があった日でした。その日はぼくがピッチャーをやったので覚えています」

ガスリーはカレンダーを見た。「すると、五月十日の――土曜日だな」

「それで、きみは？」ストラング先生はアーサーに訊いた。

「先週末です。日曜の午後でした」

「それ見ろ」ラルフがいった。「ぼくの論文のほうがアーティより二週間も早く仕上がっている。つまり、彼が写したんです」

「かもしれん」ストラング先生はいった。「ふたりとも――裏づけのない言葉以外に――論文がその日付に仕上がったという証拠があるようには思えないが」

「ありません」

「あります」

「ある？」ストラング先生は黒縁眼鏡の上からラルフ・ミレリッジを見た。「論文を五月十日に書き上げたことを証明できるのかね、ラルフ？」

「できると思います。ぼくは自分に論文を送ったのですから」

「何だって？」

「封筒にカーボンコピーを入れて、自分宛に郵送したのです。父が文章を書くとき、アイデアを盗まれないためにときどきそうするのです。消印を見れば日付がわかるでしょう。ほら、ここにあります」

ラルフは膝の上に置いたノートをぱらぱらとめくった。やがて九×十二インチの茶色いマニラ封筒を見つけた。ストラング先生にそれを渡す。

「テープで封がしてあるようだな」ガスリーがいった。

「封？　実際にはがんじがらめに縛り上げたも同然だ」先生は封筒の蓋に交差するように張られた光沢のあるテープを見た。「しかも、テープにはグラスファイバーが通っている。接着剤も強力だし、テープ自身も破れないだろう。はさみで切るしかない。封が手つかずなのは間違いない」

彼は封筒をひっくり返した。ラルフ・ミレリッジの名前と住所のほかに、〝第一種郵便〟と印字され、下線が引かれていた。

「消印はちゃんとしているようだな」ストラング先生はしげしげと見ていった。「封筒の端をくるんだテープの上に押された部分がかすれている。だが、間違いなくオルダーショットから出されているようだ」

「日付は、レナード」ガスリーがじれったそうにいった。「消印の日付はいつだ？」

「五月十三日だ」

「ほらね」ラルフがいった。「十日は土曜日でした。次の月曜日に、学校が終わってから出したんです。だから消印はその翌日――十三日の火曜日になります」

ストラング先生は返事をせず、ガスリーの机の上から長いはさみを取り上げた。少し苦労して、蓋を固定しているテープの下に差し込む。テープと蓋を切り、封を開けた。

中には薄い紙束が入っていた――ラルフ・ミレリッジの論文のカーボンコピーだ。先生は最初のページを取り、目を通して、残念そうにかぶりを振った。

「読んでくれ、レナード」ガスリーが命じた。「声に出して読むんだ」

「〝一般の人はクローンという言葉を聞いて……〟」

ガスリーはアーサー・オズグッドのほうを見た。「きみはこの週末まで論文を書き上げていなかったといったね、アーサー。これが投函されてから十日ほど後だ。きみがラルフの論文を写したことは明らかだ。結果として、わたしは――」

「違います！　不正なんてしていません！」それから大声をあげて、アーサー・オズグッドは校長室を飛び出した。

その日の午後、オルダーショットののどかな通りを車で帰宅中、ストラング先生は自分に文句をいいながら、嚙み締めたパイプから嫌な臭いの煙をもくもくと出した。アーサーが不正を働いたのは明らかだ。ラルフ・ミレリッジのカーボンコピーが収められ、五月十三日の消印のついた密閉した封筒は、疑問の余地のない証拠だった。

それでも、ストラング先生には疑問があった。たとえば、なぜそもそもラルフは論文のコピーを自分に送ったのだろう？　それになぜ、校長室まで封筒を持ってきたのだろう？　まるで誰かに論文を写されるのを予期していたかのようだ。それとも――。

先生は鋭くハンドルを切り、自宅から二ブロック離れたオルダーショット郵便局へ向かった。局長のデューイ・ラングドンはストラング先生の元教え子で、先生を明るく迎えた。

「やあ、先生。最近いい本を読みましたか？」ラングドンはそういうと大声で笑った。

ストラング先生は――少しいかめしく――ほほえみ、最初の質問をした。

「デューイ、ラルフ・ミレリッジという少年を知っているか？」

「もちろん。ときどき来ますよ。そうそう、妙なことを思い出しました。数週間前に、自分に手紙を出しにきたんですよ」

「ほう？　どんな手紙だ？」

「大きな茶封筒でした。何か貴重品が入っているみたいに、しっかりと封がしてありましたね。重さを量って、五十四セント分の切手をラルフに渡しました。四オンスの重さの第一種郵便でした。彼は封筒に切手を貼って投函しました。そんなところです」

「五十四セント？　覚えているのかね？」

「もちろんです。彼が払った二十五セント玉のひとつがカナダのものだったんです。アメリカの二十五セント玉はないかと訊きました——それで覚えているんですよ。ほかに何かありますか、ストラング先生？　今日は十五セント切手の特売日ですよ。二枚で三十セントで結構です」またしても、デューイの笑い声が小さな郵便局じゅうに響きわたった。

「いいや、デューイ。だが、話を聞かせてくれてありがとう」

封筒が届いた後でテープを貼ったという説もここまでかと思いながら、先生は車で走り去った。

ストラング先生が二階の小さな部屋を借りている下宿のおかみ、マッケイ夫人は、先生が帰宅したときには留守だった。甥のところへ行くので帰りが遅くなるという書き置きがあった。そこで先生はキッチンのテーブルにつき、缶詰のスープを飲みながら、裏手の窓越しに沈む夕日を見ていた。そのとき、玄関のドアがそっと開き、また閉まる音を聞いて、先生は驚いた。

「誰だ？」先生は声をかけた。

居間でかさこそ音がした。ストラング先生は見にいった。最初のうちは何も見えなかった。だが、やがて隅の暗がりに座っている人影がぼんやりと見えてきた。先生は明かりをつけた。

「アーサー・オズグッド、いったい何をしているんだ？」先生は驚いていった。

アーサーは目を真っ赤にし、頬に涙を伝わらせながら、甲高い声でいった。「怒らないでください、ストラング先生。呼び鈴が鳴らなくて、ドアに鍵がかかっていなかったので――中に入らせてもらったんです」

ストラング先生はドアへ向かい、中からかんぬきをかけた。ふたたびアーサーに向き直る。

「声もかけずに人の家に入って、座り込むのはよくないぞ」先を続けようとして、アーサーの必死の表情を見て黙りこくった。

「でも、先生に会わなきゃならなかったんです。ぼくは絶対にそんなことはしない――していません――」

ストラング先生は少年の向かいに座った。「アーサー、何といったらいいのかわからない。一年間ずっと、最終評価にあの論文が大事だと口をすっぱくしていってきただろう。どうしてあんなことを――」

「でも、やってないんです、ストラング先生。不正なんてしていないと誓います！　これじゃ卒業できません。それに――それに――」

「アーサー、きみは卒業できるよ。わたしの授業を落としても十分な単位がある。ガスリー校長の前では少し強くいってしまったが、卒業はできる。それでいいかね？」

「いいえ。よくありません」

「よくない？　じゃあ、どうしたいんだ？」

「ぼ――ぼくは先生に論文を写したと思われたまま卒業したくありません、ストラング先生」

一瞬、老教師はみぞおちを殴られたような気がした。続く長い沈黙の中、先生自身の目にも涙が湧いてきた。まばたきしてそれを引っ込め、アーサー・オズグッドのかすんだ姿を見る。

「わたしの評価がそんなに人事かね?」ストラング先生は優しく訊いた。

少年はうなずいた。

「今の世の中」先生はひとりごちた。「他人の評価を気にする若者がいるとは——驚きだ! 冷めていて、自分のしたいことをするような時代に、何よりも評価を気にする子供がまだいるとは。まったく驚きだ」

「何ですって?」少年がいった。

「何でもない」ストラング先生はかぶりを振って答えた。「何でもないよ、アーサー。これが慰めになるかどうかわからないが、わたしはきみを信じている。証拠があったとしてもね。きみがラルフの論文を写したとは思わない。そんなことをする人間が、今のきみのようにわざわざ訪ねてはこないだろう」

「ありがとうございます、ストラング先生。すごく心強いです」アーサーは長々とため息をついた。「でも結局、ほかの人はみんな、ぼくが不正を働いたと思うでしょうね」

「だろうな」だがそれから、ストラング先生は椅子の腕を乱暴に叩いた。「くそっ! きみが不正を働いていないとすれば、ラルフ・ミレリッジがやったことになる。しかし、ふたつの論文が見つかったときに、彼は自分の無実を証明するための封筒を持っていた。問題は、どうやったかだ」

しばらく先生と生徒はその問題について考えた。蓋に何らかの細工をしたのだろうか？　いいや、それは無理だと断言できた。特に、デューイ・ラングドンの話を考えれば。何らかの形で偽の封筒が使われたのか、あるいは消印が偽造されたのか？　小説の中ならあるかもしれないが、現実の高校生がそんなことをするはずがない。

「よろしい、アーサー」ストラング先生はようやくいった。「はじめから考えてみよう。ラルフがきみの論文を見る機会はあったのか？」

アーサーはそのことを考えた。「わかりません。つまり、ぼくたちはふたりともクローニングについての論文を書いていたので、使った参考文献の話なんかはしていたんです。でも、ぼくが論文を家から持ち出したのは一度きりで――」

「いつのことだ、アーサー？」

「この前の月曜日です。論文は仕上がっていましたが、書いたことを裏づけるため、学校の図書館で二冊ほど本を確認したんです。それで論文を学校に持っていき、それから――」

「それから？」ストラング先生はじれったい気持ちを抑え切れなかった。

「ラルフはすっかり書きあがったといいました。でも、ぼくの家にあるクローニングの本を見たいということでした。そこで、一緒に家へ行ったんです」

「彼はきみの論文を見たのかね？　ほんの一分間でも？」

「どうやって見たかわかりません。ずっとノートの間に挟んでいましたから。家へ向かう途中、ラルフがノートを持ってきたいというので彼の家に寄りました。彼が取りにいっている間、ぼくはキッチンで待っていました。ミレリッジ夫人がカップケーキをご馳走してくれました」

「なるほど！　で、その間きみのノートはどこにあった？」

「コートを脱いだ居間の椅子の上です」

「ますますいい」ストラング先生は揉み手をしていった。「すると、きみがキッチンにいる間、アーサーは論文を手に入れて、写すことが――」

「待ってください、ストラング先生！　ぼくたちが家にいたのはほんの五分ほどですよ。ラルフがノートを持ってこられるだけの時間です。ぼくの論文を読む暇もなかったでしょうし、まして写す時間なんて」

「ああ」先生の勝ち誇った笑みが消えた。

「それからぼくの家に行きました。本が見つかると、ラルフは借りてもいいかと訊きました。それで貸すことにしました。彼は本を持って帰りましたが、そのほかのものを忘れていったんです。翌日ぼくが学校へ持っていきました」

「ちょっと待て。つまり、ラルフ・ミレリッジは自分のノートをきみの家にひと晩置いていったというわけか？」

「そうです、でも――」

「なんてこった！」先生は顔をしかめた。「まずいな、アーサー」

「どういうことです？」

「きみはラルフが論文を写せるはずがないといった。だが、きみは少なくとも十二時間は彼のノート——そして、おそらく彼の研究論文——に触れることができた。写す時間はたっぷりと——」

「でも、やっていません、ストラング先生。やっていないんです」アーサーの目に新たな涙が湧いてきた。

「わかった、アーサー、わかったよ。だが、きみにとってどんなに不利に見えるかわかるだろう。きみにはラルフの論文を写すチャンスがあった。さらに、あの不可解な封筒がある。繊毛虫め！　どうやったのかさえわかれば——」

キッチンのほうから、ドアノブがガチャガチャいう音が聞こえた。ストラング先生は顔を上げ、誰が裏口のドアを開けようとしているのだろうかと思った。続いて鍵が差し込まれ、錠が開いた。

「誰だ?」先生がいったとき、ドアがぱっと開いた。

「こんな夜更けに誰が訪ねてくると思います?」マッケイ夫人の豊かなアイルランド訛りは、キルケニーの緑の草原や、小さなコテージで赤々と燃えるピートを思わせた。「自分の家に入るのは、当然の権利だと思いますけどね」彼女は居間によたよた入ってきた。厳しい言葉とは裏腹に、血色のいい顔には笑みが浮かんでいた。

「しかし、なぜいつものように玄関から入ってこなかったんだ?」ストラング先生は訊いた。

「どこかのお馬鹿さんが中からかんぬきをかけてしまったから、鍵では開かなかったのよ。どうしてドアにかんぬきがかかっているのか、あなたはご存じないでしょうね、ストラング先生?」

先生は顔を赤くした。「どうやらわたしが犯人のようだ、マッケイさん。アーサーが来たときに——」

「あら、お客様でしたの。お邪魔してごめんなさい。別に不都合はなかったのよ。裏口から入るのはわけないことだもの。わたしはもう寝ます。冷蔵庫にあるものをご自由にどうぞ」そういいながら、マッケイ夫人は重々しい足取りで二階への階段を上っていった。

ストラング先生はぽかんとしてそれを見送った。それから、アーサーに向き直った。「今のを聞いたか?」

「ええ」アーサーは答えた。「もう寝るとおっしゃっていました」

「違う、違う。その前だ」

「先生がドアにかんぬきをかけ、キッチンから入らなければならなかったことを非難していました。でも、それがどんな関係があるのか――」

「いいや、それだ。そうとも! それに違いない」

「何に違いないですって、ストラング先生?」

ストラング先生はぎくしゃくと椅子から立ち上がり、片手を差し出した。「アーサー」芝居がかった口調でいう。「きみが研究論文について不正を働いていないことを、ここに宣言しよう」

「でも、ラルフはどうやって――」

「今はいうまい。実際には論文に何があったかは、ミレリッジくんのいるところで説明したい。あの悪党の顔を見られるようにな!」

次の火曜日、ガスリー校長は放課後、校長室に人を集めた。出席者はストラング先生、アーサー・オズグッド、ラルフ・ミレリッジだった。全員が揃うと、ガスリー校長は秘書を下がらせ、校長室のドアを閉めた。

「ストラング先生は、この学年末論文の一件で真相をつかんだといった」校長は大きな会議用テーブルの上座という高い位置からいった。「そこでわたしは――その――彼にゆだねようと思う」

「アーティはどうなるんですか?」ラルフがいった。「彼にあまりひどい罰を与えないでやってくれますよね?」

「アーサーには何もしない」ストラング先生はいった。「ある単純な理由から、彼は罰を受けるに値することは何もしていないとわかったのだ」

「何もしていない? ぼくの論文を盗んだじゃありませんか?」

「ああ、ラルフ、ラルフ」ストラング先生はため息をついて、かぶりを振った。「よくないな。本当によくない。きみの口から自分のやったことを話して、われわれの手間を省く気はないか?」

「ぼくは何もしていません。証拠もあります。あの封筒は――」

「ああ、ああ」先生はいった。「こんな感じの封筒だろう?」ブリーフケースから茶色いマニラ封筒を出す。「オルダーショットのペン・アンド・インク文具店で売っているものだな? 九×十二インチの?」

「ええ、それを使いました」

「よろしい。では、ちょっとした実験をさせてくれ」

ストラング先生はポケットから黒縁の眼鏡を出し、大仰なしぐさでかけた。何十年にもわたり、何千人もの生徒たちが、実験が始まる前の教室で先生が同じしぐさをするのを見てきたものだ。

「ここに、ラルフが論文を入れて送ったのと同じような封筒がある」ふたたびストラング先生はブリーフケースに手を伸ばした。「そしてここに白紙が一枚ある。これを封筒に入れてくれないか、ラルフ？　そして、封をしてくれるかね？」

紙が挿入された。ラルフ・ミレリッジは封筒の蓋を舐め、金属の留め具を上げた。続いて蓋を注意深く閉め、最後に留め具をきちんと留めた。

「それでも不十分だ」ストラング先生はもう一度ブリーフケースに手を伸ばした。今度はビニールテープをひと巻き出す。

「きみが使ったのと同じものだ、ラルフ。やってみてくれ。これで封筒を密閉するのだ。もうひとつの封筒をやったように」

ガスリー校長は小さなペンナイフを持っていたので、それでテープを切った。ラルフが貼り終えると、鋭い裁ちばさみででもない限り開けられなくなった。

「では、ガスリー校長、もうひとつの封筒と同じ場所に消印をつけてくれないか？　蓋のちょうど反対側だ。好きな絵を描いてくれ。もう一度見たときに、それとわかるようにな。イニシャルも入れてほしい。ああ、それでいい」

ストラング先生はもう一枚の紙を出した。「最後に、きみたちに目印をつけてほしい。署名でもいいし、何でも好きなことを書いてくれていい。次に見たときに、この紙だとわかるように」

それが終わると、ストラング先生は密閉した封筒と三つの署名の入った紙を持ち、立ち上がった。「五分か十分、好きなことをしていてくれ。そうすれば実験は終わる」誰かが口を開く前に、彼は校長室を出ていった。

十分もしないうちに、先生は戻ってきた。今もしっかりと封をした封筒を手にしている。署名をした紙はなくなっていた。

「これは」先生は芝居がかった口調でいった。「さっきの封筒だ、ガスリー校長。自分で書いた消印とイニシャルだと確認してくれるかね？」

「ああ」校長はいった。「間違いない。しかし――」

「では、封を切ってくれるかね？　ペンナイフを使えば切れるだろう」

小さなナイフで、ガスリーはテープを切り裂いた。ようやく封筒の端が開いた。

「では、中身を取り出してくれ」ストラング先生は獲物に襲いかかろうとする猫のように身を乗り出した。

「レナード、中に入っているのは白紙のはずだが――何てこった！」ガスリーはゆっくりと封筒から紙を出した。片面には三つの署名が入っていた。ラルフ・ミレリッジ。アーサー・オズグッド。そしてマーヴィン・W・ガスリー。

「ど――どうやって――」ガスリーが唾を飛ばしながらいった。

「まず、わたしがきちんとした形で、先週の金曜日に持ち込まれた封筒を再現したことに同意してくれるだろうね？」

「もちろんだ。しかし——どうやって封を開けたんだ?」

「この封は」ストラング先生はくすくす笑いながらいった。「糊付けされ、留め金で留められ、蓋にテープが貼られていた。こうした目立つ仕掛けによって、封筒の一部分に全員の注意が集まったのだ。明らかにそれは、この小さな密室の唯一の入り口だと思われた。きみらと同じように、わたしもそう思っていたことを認めよう。少なくとも、下宿のおかみのマッケイ夫人が、すべてを解き明かすある言葉を口にするまでは」

「何だね、それは?」ガスリーがいった。「何といったんだ?」

「彼女はこの前の夜、わたしが玄関にかんぬきをかけたので、裏口のドアから入ってきた。そして〝裏口から入るのはわけないことだ〟といったのだ」

「まだわからない、レナード」

「彼女がそういったとき、ガスリー校長、あの封筒にも〝裏口〟があるのではないかという考えが不意に浮かんだのだ」

「えっ?」

「そう。わかるだろう。蓋はひとつだけではない。ふたつあるのだ」

「ふたつ?」

「そうとも。ひとつがあまりにもしっかりと封をされているので、そこにすべての注目が集まってしまったのだ。手品師が片手を大きく振って観客の注意を引き、その間にもう片方の手にコインを隠すのに少し似ているだろう。

しかし、封筒の反対側にも、もう少し小さい蓋があるのだ。ああ、糊付けはされているが、それだけだ。そして、わずかな水か蒸気があれば、糊は実に簡単にゆるんでしまう。何であれ、その〝裏口〟から取り出すことができるのだ」ストラング先生はラルフ・ミレリッジを厳しい目で見た。「そして、別のものを入れることも。小さいほうの蓋をもう一度糊付けすれば、手を加えたことはわからないだろう。特に、今わたしが家庭科室でやったように、蓋の上にアイロンをかければね」

「なんと――」

「ねえ、待ってください」ラルフ・ミレリッジが立ち上がった。「いいでしょう、ストラング先生、そのようなことができたかもしれません。でも、だからといって実際にそうだったとはいえないでしょう。そもそもアーティの論文をどうやって見ればいいんです？」

「簡単なことだ。彼はきみの家に行ったのだろう？　キッチンでカップケーキを食べている間、居間にノートを置いていたのではないのかね？」

「ええ、五分くらいはね。でも、写す時間なんて――」

「ああ、そこまでだ、ラルフ！　きみのいっているのは、昔の代書屋のように全部を手書きで写すことだろう。だが、きみは父親が家に仕事場を持っていると自分でいったじゃないか。最新式のタイプライターに、コンピューターすらそなえている」

「ええ、でもタイプライターやコンピューターでは――」

「きっと、そこにはコピー機のようなものもあるはずだ」

ラルフ・ミレリッジの表情は、ストラング先生に図星を指されたことを物語っていた。先生はそれに乗じていった。

「そういう装置を使えば、五分もあれば五十枚から百枚のコピーが取れるだろう。たった十四枚など何でもないはずだ。その後、きみがアーサーの家に一晩ノートを忘れたのは偶然かもしれない。だが、ひょっとしたらわざとそうしたのかもしれない。ありもしないきみの論文を写す時間をたっぷり与えることで、彼に疑いをかけようとして」

「きみは——きみは——」アーサー・オズグッドは激怒してラルフをにらみつけた。立ち上がりかけた彼を、ガスリーが椅子に戻した。

「前にも見たことがある」ストラング先生はラルフにいった。「大事な仕事に取りかからないいま、数日が数週間になり、数ヵ月になる。突然春が来て、楽しそうなことがたくさん出てくる。だが、研究論文は目の前に立ちはだかっている。あと一ヵ月やそこらで何らかの形にしなくてはならない。そこで三週間前、きみは白紙を入れた封筒を自分に送り、アーサーの論文を見る機会をうかがったのだ。学校で、論文のための架空の〝作業〟について話せば、勤勉な態度をみんなに印象づけるには十分だった」

ラルフは震えはじめたが、まだストラング先生の非難を認めようとはしなかった。「証拠はないでしょう」彼は小声でいった。

「残念ながらあるのだ、ラルフ」先生は答えた。「きみが見落としていることがふたつある。このような入り組んだ状況なら無理もないが。

まず、きみが使ったとされる参考文献の件がある。わたしは学校の図書室で調べてみた。きみの参考文献には七冊の本が挙げられていた。貸し出しカードによれば、きみは先月、そのうち三冊を読んでいる。自分の話をもっともらしくさせるためだろう?」

「いいえ、ぼくは——」

「ほかの四冊は、わずか一週間前の日付になっていた——きみが論文を書き上げたとされる日付の何週間も後だ。考えられることは明らかだ——きみはアーサーの参考文献を見て、論文について質問されたときに備えてそれらの本に目を通しておいたのだ」

ラルフ・ミレリッジへの効果は絶大だった。大柄な少年は目に見えて縮こまっていた。「な——何とかしなくちゃならなかったんです」彼はほとんど泣き声でいった。「両親に殺されてしまう。どうすればいいですか、ストラング先生? どうすれば?」

ストラング先生はラルフの椅子の後ろに回り、優しく肩を叩いた。「明日、来なさい。このことについて話し合おう。何かいい考えがあるだろう」

その後、ふたりの少年が帰ってから、ガスリーは畏敬の念に打たれたようにストラング先生を見た。「レナード?」

「ええ、ガスリー校長?」

「この計画でラルフが見落としていることがふたつあるといったな。ひとつは図書館の本。だが、もうひとつは?」

「それは、彼がまだ無実を主張したときのために取っておいた」ストラング先生は悲しげにかぶりを振った。「だが、ありがたいことに彼は罪を認めた。ふたつ目がそんなに大事だろうか？」

「いいや、そうは思わない。単なる好奇心だ」

「封筒の重さだよ」ストラング先生はいった。「ラルフはアーサーの論文を見る前に封筒を郵送しなくてはならなかったので、白紙を多く入れてしまったのだ。第一種郵便で五十四セント――十五セント切手一枚と十三セント切手三枚――なら、四オンスの郵便物になる。だが、十四枚の研究論文に封筒を足しても、せいぜい二オンスちょっとだろう。だからラルフは三オンス分払えばよかったのだ――四十一セントをな。今朝、論文の重さを量ってみた。デューイ・ラングドンがやってくれたよ」

「それでは弱いのではないか、レナード」ガスリーがいった。「ラングドン氏が間違えたのかもしれない」

ストラング先生はかぶりを振った。「デューイは間違えないさ。学生時代から実に几帳面だった。長年たくさんの生徒を教えてきたが、そんな間違いをするはずがないと信じられる数少ないひとりだ。特に、金がからんでいる場合はね」

先生はフェルト帽をかぶった。「今日のことはあまり愉快なものではなかった。もちろん、ラルフ・ミレリッジのやったことは明るみに出さなくてはならない。だが、そうすることであの少年に、野生の馬に鞍をつけるような真似をすることになるだろう。ラルフに立ち直るだけの気骨があることを祈るしかない。

今は苦々しい気持ちだよ、ガスリー校長。たぶん、強いブランデーを飲めばそれも消えるだろう。そっちのおごりでね」

ストラング先生と消えた船

白須清美訳

ニューイングランド地方のごつごつした沿岸の美しさは誰もが認めるところだが、冬には山ほど雪が降ることがある。だが、地の精に似たオルダーショット高校の科学教師、ストラング先生が、二月の長い週末をピクスリーズ・コーヴの小さな漁村にある宿〈イー・チャンドラーズ・イン〉で過ごすことに決めたとき、このことはまったく頭になかった。

彼を招待したのは、宿の所有者であり、ストラング先生の大学の同窓生でもあるエドワード・ホッチキスだった。「春のようにさわやかな気候で、雪もほとんどない」ホッチキスは電話でそういった。「岩が散りばめられた海岸に来るといい。ここではのんびりと時間が流れるから、昔話をする時間はたっぷりあるし、観光もできる。部屋と食事はこっち持ちだ」

バスがピクスリーズ・コーヴに着いたのは、木曜の深夜だった――もっと正確にいえば、金曜の未明だった。部屋にたどり着いたストラング先生はベッドに倒れ込み、死んだように十時間眠った。その十時間の間に、空では冬将軍が暴れ回り、付近に二十四インチの雪を積もらせた。

そして日曜の朝、ストラング先生は深刻な閉所性ストレスに悩まされていた。道は除雪され、午後四時にはオルダーショットに戻るバスが出ることになっていた。することもなければ行くところもなく、心を引かれるものもない。石の散らばる草原や美しい景色は真っ白な毛布に覆われ、店の大半――食料雑貨店と金物店以外――は冬場は休みで、地元の映画館が上映しているのは

『ディスコ・ゾンビー』なる悪趣味映画の記念碑的作品だった。本はほとんどなく、甘ったるい恋愛小説が二冊、『ファイブ・リトル・ペッパーズ』（マーガレット・シドニーのシリーズ小説）を含む六冊ほどの小説、家庭の配管修理法の本が一冊といったところだった。

大学時代の昔話を並べ立て、お互いの近況を伝え合うのに、ホッチキスとストラング先生は金曜の午後の三時間で事足りてしまった。その後は、娯楽といえばひとつしかなかった。チェッカーだ。ストラング先生はチェスのほうをやり慣れていたが、熱心に、真面目に取り組んだ。だが、宿のあるじにはとてもかなわず、一ゲームに五セントを賭けていた先生はいまやホッチキスに一ドル二十セントの借りを作っていた。

「エディ」最後の自分の駒が盤から取り去られたとき、ストラング先生はいった。「きみは模範的な宿の主人で、わたしは厄介な客に違いない。だが、あとひと目でもチェッカーを見たら口から泡を噴き、照明からぶら下がり、下着一枚でみだらな笑みを浮かべて、ほかの客の部屋でガボットを踊ってやる。何か別の娯楽を見つけたい。身も心も打ち込めるような何かを！」

「うーむ」ホッチキスはパイプの柄を噛み、その件について考えた。「そうだな、あることはあるが――いいや、きみは気が進まないだろうな――」

「バスが出るまでは――たっぷり――七時間ある」ストラング先生は重々しくいった。「何でもいいんだ、エディ」

「村の博物館だ」ホッチキスは北東部の人間らしい鼻にかかった訛りでいった。「そう大したものじゃないが、教師なら興味があるだろう」

「どこにある?」先生はすでにオーバーと長靴に手を伸ばしていた。

「待ってくれ。博物館は本当は四月まで開かないんだ。だが、クインさんに電話してやろう。彼女が責任者なのでね。ブロア村長も呼ぼう。博物館がたいそうご自慢だから、案内をしにやってくるだろう」

ストラング先生はコートに肩袖を通したまま動きを止めた。「つまり、わたしのためだけに博物館を開けるというのか?」信じられない思いで訊く。

「ああ。クインさんもアーティス・ブロアも、喜んでそうしてくれるさ。彼らにも気晴らしになるだろう。このあたりでは、冬場は時間の進みが遅いからな」

「ああ、たまたまわたしも気づいたがね」ホッチキスはその皮肉には気づかないようだった。

十分後、先生はピクスリーズ・コーヴ博物館の下見板張りの建物の階段に立っていた。手袋をした両手をこすり合わせて暖を取りながら、丸々とした四十代半ばの女性、ルース・クインがハンドバッグから鍵を取り出すのを待つ。雪かきをした舗道では、アーティス・ブロアがクインに、全員が凍え死ぬ前に早くしてくれと懇願していた。

建物の中には、配管を凍らせないための最低限の暖房がほどこされていた。「しかし、コートを着ておいたほうがいいですよ」ブロアがいい、ストラング先生は喜んでそれに従った。

趣のある博物館となっている広々とした部屋の真ん中には、プラスチックの覆いをかぶせた四フィート四方の模型があった。いくつかの建物のある敷地で、建物はそれぞれ側面が切られ、中が見えるようになっていた。

「かつてのアーメル・ガラス工場です」ルース・クインが説明を始めた。「もちろん、それに近いものにすぎませんが。というのも、誰ひとり――」

「よければわたしが説明しよう、クインさん」ブロアがでしゃばった。「アーメル・ガラス工場というのは、ストラング先生、ピクスリーズ・コーヴ初の産業なのです。十八世紀中ごろにアーマンドとエリスのブラッドウィック兄弟が始め、そのためにアーメルといわれています。どうやら一八〇〇年前後には廃墟になっていたようです。それ以上、日付を特定することはできません。なぜなら――」

「実際には」ルース・クインが割って入った。「誰もこの村のどこでガラス作りが行われていたかを知らないのです――つまり、その場所を。古い村の建物が取り壊されたとき、周辺でたくさんの記録が見つかりました――船荷証券や支払記録といったものです。けれど、どれひとつとして、実際に工場があった場所を特定するものはありませんでした」

ストラング先生は小鬼のような笑みを浮かべた。「もしかしたら、存在などしていなかったのかもしれませんな」茶目っ気たっぷりにいう。「誰かが未来の世代を混乱させようと、記録をでっち上げたのかも」

「いや、もちろん存在していますとも」ブロアが真面目にいった。「作品まで残っています」ドアの反対側の壁へと向かった。「これが実際にガラス工場で作られたものです。非常に素晴らしい――素晴らしい――ええええっ！」

ブロア村長の甲高い叫び声を聞いて、ルースが駆けつけた。ストラング先生も後を追う。村長は片手で目を覆い、もう片方の手で小さな陳列台を指していた。「見てください！」ひどい混乱に陥ったようにいった。「何が見えます？」

「小さな木の支えの上に、瓶が見えますが」先生がいった。

「そ――それから」

「瓶の口は紐のようなもので栓がしてあります。複雑な結び方がしてある。そして瓶の中には何もない。粘土か、パテのようなものだけで」

「ほかには？」ブロアが震える声でいった。

「それだけです」

「それだけだと！」ブロアがうめくようにいった。「そんなはずはない」目を覆っていた手を下ろす。「消えてしまった。だが、そんなことはあり得ない」

ストラング先生はルースのほうを見た。「彼はいつもこうなのかね？　それとも、本当に何か問題があったのか？」

「とても深刻な問題です」彼女は答えた。「昨年の秋に博物館を閉めたときには、あの瓶の中には船が入っていたのです！」

ストラング先生はしばし驚きの目でルース・クインを見た。「何だって？」ようやく尋ねる。

「船です――模型の。マストも帆も揃った船です。よく瓶の中に入っているでしょう。それが消えてしまったようなのです」

「つまり、夕日に向かって船出したと？」ストラング先生は瓶を覗き込んだ。緑のパテの海には整然とした波が立ち、船はその下に沈んで二度と浮かび上がらないかに見えた。

「冗談をいっている場合ではありませんぞ、ストラング先生！」ブロアがぴしゃりといった。

「犯人が瓶も一緒に持っていかなかったのを感謝しなければ」

「船を瓶に入れるのは難しいに違いありません」ルースがゆっくりといった。「けれど、いったいどうやったら出せるんでしょう？　特に、あんな細い首から」

ルース・クインとアーティス・ブロアの狼狽をよそに、ストラング先生はふたりを抱きしめたい気持ちになっていた。ここに打ち込むべき問題がある。この二日間で初めて、先生は帰りのバスが少し遅れて来ることを願っていた。

「たぶん、わたしが助けになれると思いますが」先生は遠慮がちにいった。

「あら、そんな必要は――」ルースがいいかけた。

「どんな助けでも借りたい」ブロアが学芸員をきっぱりと遮っていった。

「よろしい。では、この瓶がなぜそんなに大事なのかを教えてください。瓶詰めの船などそう珍しいものではないでしょう。特にニューイングランド地方では」

ブロアはよろめきながら椅子に向かい、ルースとストラング先生にも椅子を勧めた。「すべてはアーメル・ガラス工場に関係するのです」彼はそういって、急に汗が吹き出した額をハンカチで拭った。「それが存在したことはわかっています。しかし、どこにあったのかがわからない。場所がわかれば、村議会と商工会議所で二百年前そのままの工場を復元する計画を立てています。きっと観光客を呼ぶでしょう。実は、場所を特定した者にはかなりの賞金を出すことにしているのです。しかも、土地の所有者にはたんまり金が入ることになっています！」

「なるほど。しかし、瓶そのものは——」

「わたしからご説明しましょう」ルースがいった。「記録によれば、工場は主にクラウンガラスを作っていたようです。熱したガラスを丸く吹き、それを竿の先端で素早く回すことで、ときには直径五十インチにもなる大きな円盤を作ります。ガラスが冷えると、それを切って窓ガラスにするのです。アーメルのガラスはそれに非常に適していました。ほぼ透明で、ほんのわずかに青みがかっているのです。あの瓶のように」

「すると、ガラス工場では瓶も作っていたと？」先生は尋ねた。

ルースはかぶりを振った。「操業中には作られませんでした。しかし一日の終わりには普通、坩堝《るつぼ》の中に溶けたガラスが少し残るものなのです。オフハンドガラスと呼ばれています。それはガファーのものになるのです」

「何だって？」

「ガラス吹き職人の親方をガファーというのです」彼女はほほえんで答えた。「いずれにせよ、アーメル工場のガファー——ちなみに名前はノア・スターナーといいますが——が、残ったガラスでこういう瓶を作ったのです。無傷で残っている数少ない瓶は、非常に有名で価値のあるものです。しかし、ここピクスリーズ・コーヴには——そもそもここから瓶が生まれたというのに——このひとつしかありません」

「この瓶は、農家の少年が春耕のときに見つけたのです」ブロアが続けた。「わたしは、村に買い上げさせるのではなく寄贈するように彼を説得しました。それはともかく、瓶の中に船を入れれば、これにもう少し趣が加わる――ピクスリーズ・コーヴの船乗りの歴史が強調できる――と思ったのです。そこでクリス・ウェイドが作ってくれました。無償でね」ブロアはストラング先生にウィンクした。「おわかりでしょう、村のためなら、というわけです」

ルース・クインは木の支えに載った瓶のところへ戻った。「それが奇妙なところなのです、ストラング先生。船を出すという問題が解決できたとしても、誰がそんなものを欲しがるでしょう？　瓶のほうが中身よりもはるかに価値があるのに」

「見てください」そばに来たストラング先生に彼女はいった。「瓶の底にポンティル跡がありますす。吹き竿から切り離すときにできる跡です。それと、首の部分にSの字が刻まれています――ノア・スターナーの頭文字です。それぞれの瓶に、わずかな違いがあります。その違いが、ひとつひとつに価値を与えているのです」

「だが、船はどこへ行った？」ブロアがうめくようにいった。「それに、どうやって――そしてなぜ――そもそも瓶から取り出されたのだ？」

「それを突き止めることができるとしても」ストラング先生はかすかに震えながらいった。「暖かい場所でなければ無理だ」ルース・クインを見て、節くれだった指で額を叩く。「寒いと脳細胞が縮むのだ。よく知られた事実だよ」

「宿に戻るより、わたしの家でお茶でもどうぞ」ルースがいった。「初対面の人と話ができるのは嬉しいことですわ。村の人はわたしのことを何でも知っていますし、わたしも村の噂は耳にたこができるほど聞かされていますから。それに、ちゃんと監視役もいます。父と暮らしているのです。先に謝っておきますが、父は少し――そう、変わった人で」

「フクロウのように変わってる」ブロアがいった。「しかし、ストラング先生、本当に船が瓶から出された方法を突き止めることができますかね？」

先生は肩をすくめた。「やってみるだけです、ブロアさん。しかし、少なくとも面白そうなものが見つかりました」――と、不愉快そうに顔をしかめる――「チェッカーよりもね！」

ルース・クインの家へ向かう途中、ストラング先生はクリス・ウェイドの家に寄ってほしいといった。若くて大柄なウェイドは、〈ピクスリーズ・コーヴ・ギフトショップ〉を経営しており、シーズンオフには白髪頭の船乗りを彫ったり、マッコウクジラやクリッパー船を彫刻したブックエンドや鍋敷き、まな板など、夏の間の観光客に売るための品を作ったりしていた。

「瓶の中に船を入れるのは、そう難しいことじゃありませんよ」ウェイドは先生にいった。「知識よりも繊細さが必要です。コツはマストとスパーを蝶番で留め、甲板に倒れるようにしておくことです。船尾から船首までの各マストに糸を渡し、ボウスプリットの穴に通します。パテで作った海に船を置いた後、紐を引くと、すべてがちゃんと立つわけです。糸はボウスプリットに糊付けし、乾いてから余分なところを棒の先につけたかみそりで切ります。実に退屈な作業ですよ」

「それで、中に入れた船はどうやって出す？」

ウェイドは頭をかいた。「粉々に壊さない限り無理ですね。それでも、瓶そのものに傷をつけずにやるのは容易じゃありません。ところで、誰がそんなことをしたいんです？」

先生は首を振っただけだった。「この手のものでどれくらいお金を取るんだね？　瓶詰めの船のことだが」

「ああ、二十五ドルから三十ドルといったところですよ。もちろん友達には、瓶を――中身が入ったまま――持ってきてくれたらふたりで飲みきって、瓶の首が見えるくらいにしらふになり次第、ただで作ってやるよといっています。ひとりかふたりはそれに応じましたが、ぼくにとっては割に合わない話なんです。本当にいいものを作るには、五、六時間はかかりますからね」

しばらくして、ルース・クインとストラング先生は彼女の古ぼけた黒いクーペに戻り、ヒーターの温風に当たった。ルースが物寂しい木造の家に通じる私道に車を入れると、ストラング先生は三つの巨大な丸石に驚いた。それは雪に覆われた前庭から生えているかのようだった。

裏口からキッチンに入り、足踏みして雪を落とした。不意に、部屋の反対側のドアが勢いよく開き、ひとりの男が現れた。ストラング先生よりも年を取っていて、頭には鉄灰色の髪がほんのわずかに生えているばかりだった。寝室用のスリッパにしわくちゃのウールのズボンを履いていたが、上半身は真っ赤な長袖の下着だけだ。片手にぼろぼろの杖を握り、棍棒のように振り回している。

「ルース？」男はしわがれ声で訊いた。「そこにいるのはおまえの連れか？」

「ええ、お父さん」彼女は面白がっているような、困ったような顔でかぶりを振った。「ストラング先生というの。お客様よ」

「ごきげんよう、お若いの」クイン氏は先生の手を握り、勢いよく上下に振った。ストラング先生はすっかり魅了された。〝お若いの〟といわれなくなってもう何年も――何十年も――経っていたからだ。

ルースがお茶をいれ、ストラング先生とふたりでキッチンのテーブルについた。クイン氏は居間に引っ込んだ。銃声と馬のひづめの音が聞こえるところからして、テレビで西部劇をやっているのだろう。

「父はいつも、少し――そう、変わっているんです」ルースは先生にいった。「数年前に発作を起こしても、相変わらずでした。冬は父にはこたえるのです。何かをしているのが好きなのに、することはほとんどないんですもの」

「しかし、夏には忙しいんだろうね?」

「ええ」ルースは答えた。「父の目下の計画は、裏の砂地に地下貯蔵室を作ることなんです。もちろん、ここには庭がありませんから――岩が多すぎるので――貯蔵室を作っても入れておくものはないのですが。それに、掘るたびに砂が戻ってきてしまいますので、完成することはないでしょう。でも、おかげで忙しくしていられます」

ストラング先生は椅子にもたれ、大いに笑った。砂地に穴を掘るのに比べたら、シーシュポスの岩など何ほどでもない。「いい家だ」先生は会話をつなぐためにいった。

ルースはきっぱりと首を振った。「ひどい家ですわ、ストラング先生。なぜ父とわたしがここに移り住むのを承知したのかわかりません。もうひとつの家のほうがずっとすてきなのに」

「もうひとつの家?」

「ええ。今朝ご覧になったでしょう。博物館にするために村に接収されたのです。村議会は代わりにこの家を与え、アーティス・ブロアは、博物館を開くために家を明け渡すのは公民としての義務だと、くどくどといいたてました。さらに色をつけるために、わたしに学芸員の職をくれました。でも、承知すべきだったのかどうか、今でもわかりません」

彼女は深いため息をついた。「ここは寂しいところです。特に父にとっては。村の中心にいたときには、店に行ってたくさんの友だちと会えたのですが。今は――」

それから彼女は顔を輝かせた。「でも、たぶん近いうちに旅行に出ますわ。楽しみですの。生まれてこのかた、村から百マイル以上離れたところには行ったことがありませんから。けれど、わたしの悩みをお話ししても仕方がありませんわね。船のことはどうです？　誰が瓶から盗んだかおわかりになります？　どうやって？　なぜ？」

「皆目わからんね」先生は答えた。「すっかりくつろいでしまって考えることもできん。寒い日に暖かい家で、楽しい仲間とおいしい紅茶を飲む――わたしのような年齢の人間に、これ以上望むことがあるだろうか？」

ルース・クインが彼を〈イー・チャンドラーズ・イン〉に送り返したのは一時過ぎのことだった。「昼食の時間は終わったぞ、レナード！」ホッチキスが厨房から叫んだ。「だが、よければ冷蔵庫にあるもので何か作って食べてくれ」

スイングドアを開けて厨房に入った先生は、主人が肘まで粉まみれにしてアップルパイを作っているのに出くわした。「一度に十個もか、エディ？」ストラング先生は驚いて訊いた。

「ああ。今夜、観光バスが何台か、スキーの帰りに寄る予定なんだ。たらふく食わせてやれば、ご機嫌になる。ご機嫌になればチップもはずむというわけさ」ホッチキスは綿棒を巧みに操り、リンゴと砂糖とスパイスをたっぷり詰めたパイ皿にかぶせるパイ皮を伸ばしていた。

「十五ポンドのロースト肉らしきもの以外、ほとんど何も見当たらないぞ」ストラング先生は冷蔵庫の奥を覗いていった。

「卵を焼いたらどうだ」ホッチキスが答える。「容器の中にふたつほどあるだろう」

「ひとつきりだ。こいつをもらおう。ただし、半熟のゆで卵で」

「お好きなように。鍋はそこの棚、ゆで卵用の砂時計はレンジの上にある」

先生が鍋に水を入れている間、ホッチキスは羽のように軽やかな手つきでパイ皮をかぶせた。ストラング先生は沸かした湯にそっと卵を入れ、砂時計をひっくり返した。小さな砂粒が首から落ちはじめる。

「さあ、おまえの番だ」ホッチキスがフォークでパイ皮に小さな花模様を描いた。「次はおまえ」何度かフォークを上げ下げすると、別のパイ皮に魔法のように花と葉が現れた。「今度はおまえ」ストラング先生はしばらくそれを面白そうに見ていたが、やがて砂時計に戻った。砂は一定の速度で落ちている。

パイ皮にフォークで穴を開ける――ゆで卵用の砂時計――何かがあった……ストラング先生はぼんやりと壁を見て、深い物思いに沈んだ。

「レナード?」どこからか聞こえる声が、彼の意識を呼び覚ました。「レナード、鍋をすぐに下ろさないと、水がなくなってしまうぞ。そのままだと卵がかちかちになってしまう」

「わかっている」彼は静かにいった。「何があったかはわかっている」

「こっちだってわかってるよ！」ホッチキスがいった。「おまえさんがぼんやりしていたってことは」

「いいや、別の話だ。船、瓶……」だしぬけに、ストラング先生はわれに返った。「今何時だ、エディ？」きびきびと尋ねる。

「二時近くだよ。まだ時間はたっぷり――」

「いいや、ない。電話帳はどこだ？　早く！」

彼はすぐにルース・クインに連絡を取り、用件を伝えた。だがブロア村長は出かけていて、秘書が居場所を突き止めるのに数分かかった。ようやく、ピクスリーズ・コーヴ博物館の外に、今朝と同じ少人数のグループが集まった。ひとつだけ違っていたのは、ストラング先生の強い希望で、クイン氏が娘と一緒に来ていることだった。

館内に入ると、ストラング先生はルースとその父親、そしてブロアに座ってくつろぐようにいった――少なくとも、この寒さでできるだけくつろぐようにと。続いて、寒さにもかかわらず、ストラング先生はオーバーを脱いだ。現在と過去を通じて、オルダーショット高校の何千人もの生徒が見慣れてきたしぐさで黒縁の眼鏡をさっと取り、決してきれいとはいいがたいネクタイで拭うと、上着のポケットにしまった。最後に三人を見下ろす様子は、どこから見ても教師だった。

「わかったのですか、ストラング先生？」ブロアが熱心にいった。「船がどうなったのかわかりましたか?」

「ブロアさん」先生はやや尊大に答えた。「バスに乗らねばならないので、あまり時間がないのです」――ストラング先生は腕時計を見た――「きっかり一時間です。そこで、わたしの流儀でやらせてください」

ブロアは柄にもなく黙ったまま、椅子に深く座った。

「船が瓶から消えた問題には、ふたつの様相がある」ストラング先生は、あたかも教室を埋める十代の生徒たちを前にしているように話した。「ひとつは船そのものの消失。そしてもうひとつは、アーメル・ガラス工場に関係したもの。驚いたことに、このふたつにはつながりがあるのだ」

ルース・クインは何かいおうとして口を開きかけ、思いとどまった。

「まずは船だ」先生は続けた。「支えの上にあった瓶は割れていなかった。しかも中には、船を取り出すために粉々にしたことを示す木片ひとつ見つからなかった」

「だから、丸ごと取り出したんでしょう!」ブロアは思わず口を開いた。「それはわかっていますよ」

「いいや、そうではありません、ブロアさん。そうでないのは間違いない。なぜなら、今朝ここで、あるものを見たからです。その重大さには、昼食後の宿でエド・ホッチキスがパイに穴を開けているのを見るまで気づきませんでした」

「何なんです、ストラング先生?」ルース・クインが訊いた。

「わたしが見たのは瓶の中のパテだ。それは海に似せて波の形になっていた」

「海に似せたのでしょう」ブロアがいった。

「ああ、だが問題は、それは海ではないということだ。海から船を取り去れば、そのへこみはすぐに満たされる。だが、どんなに小さな船でも、パテから取り去れば、船体があったことを示すくぼみができるものだ。なのに、この瓶の中のパテには、くぼみもなければへこみもない！」

ブロアは慌てて支えの上の瓶に駆け寄り、じっくりと見た。「本当だ。しかし、それが何を意味するのです、ストラング先生？」

「船を盗んだ犯人が時間をかけてパテの波を作り直したという馬鹿げた仮説を別にすれば、この支えの上の瓶は船が入っていた瓶と同じではないということになる」

ストラング先生の最後の言葉が理解されるまで、しばらく時間がかかった。それからブロアが、空気の抜けたタイヤのような声を出した。「つまり、つまり、アーメル製の瓶がもうひとつあるというのですか？　これのほかに？」

「その通りです、ブロアさん。瓶から船を取り出すのではなく丸ごと盗んで、代わりにこいつを置いたのです。いずれにせよ、色をつけたパテを瓶に入れ、軽く叩いてならし、細長い棒で形を作るほうが、帆をいっぱいに上げた船を取り出すよりも簡単でしょう」

「でも、誰がそんなことを？」ルースが大声でいった。

「おやおや」ストラング先生はかぶりを振った。「あんたがそんな質問をするとはね。ブロア村長、この建物はしっかりしているようですな。つまり、ドアに鍵がかかっていれば誰も入れないでしょう」

「窓を破るかしない限りはね」

「しかし、窓はひとつも破られていない。したがって、犯人には鍵が必要だった。鍵を持っているのは誰です、村長？」

「鍵はふたつしかありません。ひとつはわたしが持っています。それとルースが――」ブロアはくるりと振り返り、ルースを見た。「おまえか！」彼は驚いていった。「おまえがやったのか――」

一瞬、ルース・クインは彼をにらみつけた。やがてそむけた顔は真っ赤で、目には涙が光っていた。

「そう」ストラング先生は続けた。「秋の閉館から今までの間に、おまえさんはここへ来たのだ、ルース。袋か大きなハンドバッグにあの瓶をしのばせて。誰もいないところでは、すり替えは簡単だったろう。元の瓶は今、家にあると思うが」

ルース・クインは唇を噛み締め、まっすぐ前を向いて座っていた。

「しかし、なぜなんだ、ルース？」ブロアが訊いた。「もうひとつ瓶を持っていたとして、なぜそんなことをした？」

沈黙は耐えがたいほどになっていた。クイン氏は娘の手を安心させるように叩いていた。やがて、ストラング先生がまた口を開いた。

「ブロア村長。あなたはいつもただで何かを手に入れてきましたね。瓶を持ってきた農家の少年には、無償で差し出すよう説得した。クリス・ウェイドは何時間もかけて瓶の中に船を作ったが、あなたはそれを公民の義務だといい張った。そして数年前、ルースとその父親に、村の真ん中にある立派な家を明け渡すことを承知させ、村外れのずっとひどい家に住まわせた。さぞ見事な舌をお持ちなんでしょうな」

「それはどうも、ストラング先生。わたしは――」

「だが、後になって公民としての誇りが失せれば、〝寄贈者〟の中にはこう思う人も出てくるのではないですか？　どんなに合法的な手段だったとしても、自分はだまされたのではないかと？」

「さあ、それは――」

「そして今、あんたはそう思っているんじゃないかね、ルース？」

ルース・クインは堂々とうなずいた。

「結局、ブロアさん、ルース親子はこんな仕打ちをしたあなたを、少しばかり懲らしめてやろうと考えたのです。そこでルースは瓶をすり替えた。しかし、彼女はしくじってしまった」

「そうですわ！」ルースがきっぱりといった。「ストラング先生が来なければ、アーティス、翌春に博物館が再開するまで、あなたが別の瓶を目にすることはなかったでしょう。瓶がすり替わったことはすぐにばれると思っていました。見るところを見れば、ふたつの瓶は似ても似つかないものですから。なのに、間抜けなあなたときたら、瓶は同じで船だけが消えたといい張るんですものね。だから話を合わせたんです。でなければ、わたしが疑われたでしょうから」

「しかし、すり替えに気づいたからどうだというんだ？」ブロアが唾を飛ばしながらいった。

「おまえさんはもうひとつの瓶がどこから出てきたのかと、あちこちうろちょろするだろう」

クイン氏がしわがれ声でいった。「一週間ほど困らせた後で、わしらが教えてやるつもりだったのだ」

「瓶はどこから出てきたんだ？」ブロアが訊いた。

「それが見つかったのは」ストラング先生がいった。「まさしくこうした品があるはずの場所です――アーメル・ガラス工場の跡地ですよ」

ブロアは煉瓦で殴られたような顔をした。「つまり――つまり、クイン親子がアーメル工場を見つけたというのですか？」

「そうです。もっと正確にいえば、あなたと村議会が彼らにその土地を与えたのですよ。そして、あなたの言葉を借りれば、取り戻すにはたんまり金を支払わなくてはならないでしょうね。ルースと父親が願ってやまない旅行に出られるくらいの」

「つまり、彼女の家から出てきたというのですか？」ブロアがつかえながらいった。「村が彼女に与えた家から？」

「やっとわかったようですな、ブロアさん」

「でも、それはわたしたちだけの秘密でした。父とわたしだけの」ルースは父の手をぎゅっと握っていった。「どうしておわかりになったのです、ストラング先生？」

先生は彼女にほほえんだ。「ふたつ目の瓶が魔法のように出てきたものだからね。あんたのお父さんは暇なときには穴を掘っていた。どこに？　砂地にだ。ルース、この岩だらけの土地に砂地は珍しいとわたしは思った。だがアーメル工場にはそれが必要だった。なぜなら、砂はガラスの主な材料だからだ。工場を作るのに、砂丘の真ん中に勝る場所はあるだろうか？」

ストラング先生は両手を大きく広げた。「ゆで卵用の砂時計を落ちる砂を見て、そのことに思い当たったとき、それは見過ごすことのできない証拠となった」

「わたしたちが――父が――工場を見つけたのは、去年の夏に地下貯蔵室を掘っているときでした」ルースがいった。「工場は火事に遭ったのでしょう。建物で残っていたのは黒焦げになった梁だけでした。けれど、煉瓦の壁や大きな鍋のようなもの、それに――」

「当初使われていた炉や坩堝だ」ブロアがささやくようにいった。「素晴らしい発見だ！」

「ええ、そして、それが欲しければたっぷりお金を積んでもらいますわ！」ルースがきっぱりといった。「さもなければ、はかに欲しい人を見つけます」

「しかし、おまえは瓶を盗んだんだぞ、ルース」ブロアが言葉巧みにいった。「訴えられたくなければ――」

彼女はかぶりを振った。「博物館の学芸員として、わたしには好きなところに展示物を保管する権利があります。瓶詰めの船は、いつでもお出しできますわ」

「だが、ルース、きみらが進んで土地を明け渡してくれたら、村じゅうがどれほど感謝するか考えてみてくれ――そう、ささやかな額と引き換えにね。飾り額にきみらの名前を記し――」

「ブロアさん？」ルースが淑女のような声でいった。

「何だね、ルース？」

「そんなもの、くそくらえだわ！」

ストラング先生はオーバーを着た。「そろそろバスに乗らなければ」左袖を振って腕時計を見る。「それでは――くそっ、ショウジョウバエめ！　ルース！　ルース！　あんたが必要だ！」

「何です、ストラング先生？」

「あと十分でバスが出るというのに、宿に荷物を置きっぱなしだ。頼む、車で連れていってくれ。ここに残されて、あと一度でもエディ・ホッチキスとチェッカーをやる羽目になったら、脳みそが防虫剤になってしまう。車だ、ルース！　早く！」

ストラング先生と盗まれたメモ

白須清美訳

学校での一日が終わるまであと数分を残し、ストラング先生が集めた一般科学の実験ノートの最後の束を片づけようとしたとき、職員室のドアにノックの音がした。「はい」地の精のような科学教師は横柄に言った。「何だね？」

先生は、生徒が半分開いたドアから恐る恐る覗き込み、何やら叫んでまたドアを閉めることを予期していた。オルダーショット高校の職員室は学校全体の中で教師の特権の最後の砦であり、生徒はいついかなる時も出入りを禁じられている。ストラング先生はその流儀を貫くつもりだった。

入ってきたのはダークブルーのオーバーをボタンをせずに羽織り、スーツとそれに合わせたベストを着た男だった。髪には白いものが混じり、この冬なのに真っ黒に日焼けした顔は、最近暖かいところへ旅したことを物語っていた。「職員室へ行けばいらっしゃると聞いたものですから。わたしを覚えていますか、ストラング先生？」

ストラング先生はためらいがちに握手した。「どうも覚えは――」

「二十五年前のことですからね」男は言った。「けれど、思い出してもらえるはずですよ。化学の実験報告書の余白に書いたシャーロック・ホームズの落書き――アルカロイドの毒に関するレポートの冒頭の、アガサ・クリスティーの引用――開いた教科書に隠して読んでいた、エラリー・クイーンのペーパーバック」

「チャーリーか！」ストラング先生は相手に気づいて満面の笑みを浮かべた。「チャーリー・アンシンガーとは驚いた」それから先生は悲しげにかぶりを振った。「化学の勉強をすべきときに推理小説ばかり読んでいたものだから、もう少しで落第するところだったんだぞ」

「ええ、一日おきにそのことを思い出させてくれたのを覚えています。けれど、先生も同じくらい興味を持っていたのも覚えていますよ」

「ああ、あれはただの趣味だ」

「放課後、訪ねていったときのことはどうなんです――先生はわたしが補修の必要に迫られて来たと思ったようですが」

ストラング先生はくすくす笑った。「なのに、おまえさんはポーの『盗まれた手紙』の話しかしないのだからな。英語の授業で読んだばかりだったのだろう」

「わたしの説は」アンシンガーはもったいぶった口調でいった。「あんなことは現実には起こり得ないというものでした。訓練を積んだ警察官が徹底的に調べれば、手紙は見つかるはずだと」

「一方わたしは、邪悪なD――大臣が手紙を隠すのに使った手は、G――警視総監とその部下を混乱させたと考えた。それをいったら現代の警察官もな。チャーリー、四半世紀も前のことだが、議論の用意はあるぞ。おまえさんが今もそのつもりなら――」

アンシンガーは悲しげに首を振った。「負けを認めますよ、ストラング先生。現実にそういうことがあったのです」

「現実に？　現実に何があったんだ、チャーリー？」

「現実の盗まれた手紙の問題ですよ。わたしは先生に、C・オーギュスト・デュパンのようにこの謎を解いてほしいのです」

「わたしに？　しかし――」

「ストラング先生、子供ながらにわたしは、先生が山ほどの奇妙な事実を拾い上げ、筋の通った結論に導くのに驚いていました。そして今――わたしの盗まれた手紙は、ポーの小説のように華やかなものでは決してありませんが、あらゆる要素が揃っています。話を聞いていただければわかるように、さまざまな理由から、われわれは一般の警察を引き入れたくないのです」

「われわれ？　われわれとは？」

「わたしの勤務先です。町外れにある〈デイリー・エレクトロニクス〉という会社です」

「コンピューターか？」ストラング先生の眉がひゅっと上がった。「おまえさんが初等代数学で合格点を取るのに苦労していたのを思い出すよ」

「わたしの仕事には数学はまったく必要ありません」アンシンガーがいった。「工場で警備をやっているのです。大半は機密部署の社員や資料に目を光らせる仕事です。謎めいたことなどほとんどありません――二日前にあの事件が起こるまでは。部下もわたしもすっかり参ってしまって、考えているうちに、ポーの話と似ていることに気づいたんです。それで、先生との昔の会話を思い出したわけです。もう遅い時間で、お帰りになりたいのはわかっていますが、わたしの将来はこれが解決できるかどうかにかかっていて――非常手段に訴えるときだと思ったんです」

「それで、わたしが非常手段というわけか？」ストラング先生は訊いた。「座って話を聞かせてくれ、チャーリー。どれほどの助けになれるかはわからんが、喜んで聞こう」

アンシンガーは先生の隣にある背もたれのまっすぐな椅子に重々しく座った。「この事件での〝手紙〟というのは、社内メモなんです」彼は話しはじめた。「図がひとつと、いくつか方程式が書かれた紙切れです」

「それがなぜ、そんなに重要なのだね？」

「現在研究中のプロセスの一部なのです――小型化の。それが実現すれば、今はテレビほどの大きさのコンピューターを煙草の箱くらいにできるのです。世界じゅうのコンピューター会社がこぞって同じ研究をしています。ある会社が突き止めた情報は、他社にとっても非常に価値のあるものです。全部のプロセスがわからなくてもいいのです。一部でも数週間、ひょっとしたら数カ月の実験を省くことができるのですから。そして、製品を最初に市場に送り込むことは、数百万ドルの利益を意味するのです」

「なるほど。そのメモが何らかの手段で盗まれたというわけだな。そしておまえさんは、それを持っている人間がライバル会社に売りはしないかと心配しているわけだ」

アンシンガーはうなずいた。「メモは〝極秘〟フォルダに入っていました。二日前に、メモは技術者のひとり、ウォーレン・カービーに回されました。それは問題ないのです。カービーはこうした情報を見る許可を得ていますから。ところが、あの馬鹿はコーヒーを取りに出て、フォルダをほったらかしにしてしまったんです」

「そして、彼が戻ってきたときにはなくなっていたと？」

「それが、フォルダはそこにありましたが、中のメモがなくなっていたんです」

「チャーリー、わたしの無知を許してほしいが、単にカービーがいない間に机のそばにいた人間が持っていったのでは——」

「ええ、誰がメモを盗ったのかはわかっているんです——部下のひとりが見ているんですよ」

ストラング先生はぽかんとしてアンシンガーを見た。「つまり、まだ話は終わっていないということだな」

アンシンガーはうなずいた。「保守係のひとり——フィリップ・ホルツです。部下によれば、彼はカービーの机に歩み寄り、しばらくたたずんだ後、さっと——メモをかすめ取り、ポケットにねじ込んだそうです」

「だったら、なぜすぐに捕まえなかった？」

アンシンガーは日焼けした顔を赤らめた。「わたしの指示だったんです、ストラング先生。警備員はホルツから目を離さず、内線で指示を仰いできました。ホルツを泳がせておけば、彼が売ろうとした相手も一緒に取り押さえられると思ったんです。そこで警備員には、ホルツを捕まえずに、よく監視しておくようにいいました——そして、彼が手にしたものを注意深く調べるようにと。

さて、一時間後が退社時刻でした。ホルツが工場を出たとき、メモはまだ彼が持っていたのは間違いありません。警備員のビーティは有能な男です——彼が見落とすようなことはありません。

わたしはふたりの部下にホルツの家までつけさせました。彼は工場から四ブロックしか離れていない下宿屋に住んでいます。途中、ビールを飲みに立ち寄ったり、人と話をしたりすることはなく、ゴミ箱に近づくこともありませんでした。また、何かを落としたりもしませんでした。彼はまっすぐに帰宅し、部屋へ直行しました。部下のひとりがドアを見張り、もうひとりが下宿のおかみと交渉して、廊下を挟んだ向かいの、普段は貸さない客間を借りました。大事なのは、ストラング先生、ホルツが部屋に入ったときにはメモを持っていたということです。そして一度も部屋を出なかったのは確かです。連絡が入ったので、わたしは自分でそこへ行き、目を光らせていました。

その夜、十時ごろになってもホルツが部屋から出ないので、少し不安になってきました。そこで社長に電話をかけ、指示を仰ぎました。社長は天井に頭をぶつけそうになるほど驚きました。事情がどうあれ、メモを建物外に出す権利はわたしにはないといわれました。すぐにホルツの部屋に入り、メモを取り戻し、社長の家まで持ってくるようにと。

上司のいいつけですから聞くしかありません、ストラング先生。そこで部下と向かいの部屋へ行き、ホルツの部屋のドアをノックしました。応じた彼にいきさつを話すと、彼は自分をくびにするためのでっち上げだとわめき立て、調べてくれといい出しました――今すぐ、この場でと」

「捜索は徹底的にやったのだろうな」ストラング先生はにやりとしていった。

「徹底的？　もちろんです。われわれは借りた部屋にホルツを連れていき、まず彼から調べました。最初は服です。靴のかかと、上着の裏地、ズボンの折り返し――その他もろもろ。続いてホルツ本人を調べました。髪、口の中、手足の指の間——ありとあらゆるところを。彼がメモを持っていなかったことは間違いありません」

「ひとつ訊きたいことがある、チャーリー」先生はいった。「ホルツのドアをノックする前、きみらが家にいたことを気取られたりはしなかったか?」

アンシンガーは首を横に振った。「彼がメモを飲み込んだり、トイレに流したりする理由はありませんでした。おっしゃりたいのがそういうことでしたら」

「わかった。続けてくれ」

「それから、ひとりにホルツを見張らせ、ビーティとわたしは部屋の捜索にかかりました。まったく散らかった部屋でしたよ。うまく伝わるかどうかわかりませんが——壁紙は破れ、天井や壁には大きな穴が開き、天井の電球はふたつしか明かりがついておらず、家具には煙草の焼け焦げがあり、カーペットは下が透けて見えるほど磨り減っていました。ホルツの暮らしぶりも、同じようにだらしないものでした。ベッドは乱れ、空のビール缶が散らばり、新聞紙がそこらじゅうに広げられていました」

「だんだん見えてきたぞ。部屋の広さはどれくらいだ、チャーリー?」

「十五フィート四方というところです。ほかに小さな浴室とクロゼットがあります。一方の隅に冷蔵庫とホットプレート。ベッド、ドレッサー、テーブルが三つ、背もたれのまっすぐな椅子と安楽椅子。以上です。

とにかく、まずは床のごみから始めました。缶切りでビールの缶をすべて開け、メモが入っていないことを確かめました。ビーティは新聞紙を一枚一枚めくって見ました。何も出てきません。それが終わると、ゴミ箱いっぱいのゴミが出ました。

続いて、お決まりの場所にかかりました。服とクロゼットの中、ドレッサーの引き出し、キッチンの戸棚。冷蔵庫、薬箱、トイレのタンク、浴室とキッチンの配水管。メモを窓から放り出したかもしれないと考えましたが、それは不可能でした。窓には雨戸が外から打ち付けてありました。

いずれにせよ、そのときには時間も遅く、疲れてもいたので、部屋を封鎖して見張りを残し、ホルツには監視をつけてホテルへ送りました。それから家へ帰り、この状況で取れるだけの睡眠を取りました。

翌日——昨日です——は、ビーティと続きをやりました。家具については、ポーの小説の警察官のように叩くだけでは済ませませんでした。クッションや枕、マットレスを裂き、詰め物の中まで見ました。鋼管でできたものはコート掛けに至るまで広げました。木の継ぎ目があれば、壊して中を見ました。すべてを運び出した後は、むき出しの壁しか残っていませんでした」

「徹底的にやったようだな」先生はいった。「そのメモはさぞかし価値のあるものなのだろう」

「そうです」アンシンガーはきっぱりといった。「それに、あの部屋にあったものは全部で五十ドルもしなかったでしょう。買い替えるのは問題ありません。

とにかく、昨日の夜までには、電気設備の金属板を全部はがし、中を見ました。床を這うパイプはすべて調べました。壁紙をはがして隅々まで見さえしました。夜中の二時までそんなことを続けたのです」

地の精のような先生を見るアンシンガーの目は興奮していた。「なのに、メモは見つかりませんでした、ストラング先生！」彼はうめくようにいった。「そこにはなかった。でも、あるはずなんです！」

しばらくの間、ストラング先生はその問題を考えた。「チャーリー」ようやく口を開く。「わたしが助けになるというなら、喜んで協力しよう。だが、きみの捜索に落ち度はないように思える。本当はメモはそこにはないという可能性は考えたかね？　ホルツが別のどこかに隠したか、そもそも盗んでなどいなかったという可能性は？」

アンシンガーはきっぱりと首を振った。「わたし自身が警備員を訓練しています。彼らが見たといえば見たのですし、報告は正確です。ホルツがメモを盗ったのだと彼らがいえば、ホルツが盗ったのです。そして、彼が部屋に持ち込んだといえば、部屋にあるはずなのです。わたしの命を賭けても構いません」彼はため息をついた。「事実、すでにそうなっているといえます」

「どういう意味だ、チャーリー？」

「メモが見つからなければ、ホルツは訴訟を起こし、わたしは身ぐるみはがされてしまうでしょう。不当逮捕、不法拘留など、あらゆることでね。彼はそのまま仕事を続けることになるかもしれない。そうなったら、次に〈デイリー・エレクトロニクス〉から何を盗み出すかわかったものじゃありません」

「いいところを突いている」ストラング先生は腕時計を見た。「しかし、そろそろ夕食の時間だし、腹が減った。どこかで腹ごしらえをしてから、その部屋に行くのはどうだろう?」

「もちろん結構です、ストラング先生。〈オルダーショット・イン〉はどうでしょう?」

「ううむ――高いな」

「わたしがおごります。あそこのデザートは天下一品ですよ。それ目当てにいつも足を運ぶのです」アンシンガーは少し間を置いて、皮肉っぽくいった。「死刑囚はよく食べるといいますからね」


食事は素晴らしかった。ストラング先生はビニールの前掛けを少し間抜けだと思ったが、小さな船なら転覆させかねないほど大きいロブスターを心ゆくまで楽しんだ。メイン料理を平らげた後、アンシンガーがウェイターに何かささやいた。

しばらくして戻ってきたウェイターはメロンのようなものを手にしていた。切らずに丸のまま、銀のトレイに載っている。「何だね?」先生が訊いた。

「デザートです」アンシンガーがにやりとした。「きっと気に入ると思いますよ」

「どうだろうな、チャーリー。メロンというのは――」

「見てください、ストラング先生」アンシンガーが両手でメロンの上部を持ち上げた。上半分が外れ、下半分があらわになる。そこにはさまざまな果物、アイスクリーム、色とりどりのとろりとしたシロップが詰まっていた。「召し上がってください。おいしいですよ」

「驚いたな、チャーリー。ウェイターが運んできたときには丸のままのメロンに見えた。思ってもみなかった。これが——これが——」

アンシンガーはテーブル越しに心配そうに見た。ストラング先生は催眠術にかかったかのように、じっとメロンを見つめている。「ねえ、大丈夫ですか?」

「何だって?」ストラング先生は、はっとわれに返ったように首を振った。「ああ。大丈夫だ。心配ない」

「気分が悪いのでしたら、家まで送りますよ」

「デザートを食べ終え、さっさと行こう」

「でも——」

「食べるんだ、チャーリー。食べたまえ」


十五分後、ホルツの下宿へ向かいながら、ストラング先生は終夜営業の食料雑貨店に寄るようにアンシンガーにいった。アンシンガーが運転席で待っていると、数分後、茶色い袋を抱えた先生が戻ってきた。中には一パイント入りのミルクの紙パックのようなものが入っていた。先生は潰瘍《かいよう》持ちなのかもしれないなとアンシンガーは思った。ホルツの下宿に向かう間じゅう、ストラング先生は紙袋をしっかりと胸の前に抱えていた。

下宿のおかみはふたりを中に入れ、苛立った様子でアンシンガーにこの捜索はいつ終わるのかと訊いた。彼は言葉を濁し、ストラング先生を二階へ案内した。右手の最初のドアの前に、制服姿の警備員が立っていた。シャツの前ポケットに、〈デイリー・エレクトロニクス社警備員〉の刺繍がある。

「この人は大丈夫だ」アンシンガーは警備員にいった。「わたしの連れだ」ドアノブに手を伸ばす。

先生はその手首を軽く握った。「待て、チャーリー。わたしひとりで中に入りたい。ここで待っていてくれ」

「しかし――」

「好きにさせてくれ、チャーリー。レストランで急にひらめいたんだ。わたしが正しければすぐに知らせる。間違っていたときに、面目をつぶすのを見られたくないんだ」

「わかりました、ストラング先生。彼を入れてくれ、ジェイク」

紙袋を手に、ストラング先生は部屋に入り、静かにドアを閉めた。二分が経った。三分。やがてドアが開き、先生が顔を出した。「ここには家具がひとつもない」アンシンガーにいう。

「いったでしょう。全部壊して、ほかのゴミと一緒に運び出したと」

「椅子が要るのだ」

「ストラング先生、ただそこに座っているつもりじゃ――ええ、わかりましたよ。ジェイク、椅子を持ってきてくれ」

ジェイクが背もたれのまっすぐな椅子を持ってきて、ストラング先生に手渡した。ドアがまた閉まる。さらに時間が経った。先生は五分近くひとりで部屋にいた。そして――

「今のは何だ?」アンシンガーが叫んだ。「あの音は?」

た。


「わかりません」ジェイクが答えた。「銃声のようですね——消音器をつけた！」

「部屋の中からだ」アンシンガーはそういって、ドアを開けようとした。先生は鍵をかけてい
「ストラング先生！」アンシンガーは驚いて叫んだ。「大丈夫ですか？」

「大丈夫だ、チャーリー」先生が自信たっぷりに答えた。「頼みを聞いてほしいんだが」

「何です？」

「ホルツ氏をここへ呼んできてくれんか？　一対一で彼と話をしたい」

「いったい何をしたいんです——」それから、アンシンガーは肩をすくめた。「いいでしょう。彼は非常に協力的ですから。そうしておけば、わたしを法廷に引っ張り出したときに有利になると思っているんでしょう。ジェイク、ホテルへ行ってホルツを連れてきてくれ」

アンシンガーはもう一度ドアノブをガチャガチャいわせた。「入れてくれませんか、ストラング先生？」

「まだ駄目だ、チャーリー。一番にドアを入ってきてほしいのは、ホルツ氏本人なのだ」

フィリップ・ホルツはそれから十分ほどしてやってきた。ジェイクが油断なく見張っている。痩せた赤毛で、鼻梁に大きなそばかすが散っていた。彼は落ち着き払ってアンシンガーに挨拶した。「ぼくの部屋をめちゃくちゃにするのは終わりましたか？」

「これからは全部の家具を床に固定しておくんだな、ホルツ」アンシンガーが答えた。

「どうでしょうね。このことが終わったら、金に糸目をつけずに買えるでしょうからね。〈デイリー・エレクトロニクス〉のご好意で。あなたには、ぼくにしたことに対してたっぷりと代価を支払ってもらいますよ、アンシンガー」

「そうかもしれないな、ホルツ。だが、まずは会ってほしい人がいるんだ」アンシンガーは静かにドアをノックした。

「ストラング先生？　連れてきましたよ」

「では、ぜひとも入ってもらってくれ」かんぬきが外れる音がし、ドアが開いた。

ホルツが部屋に入った。廊下の明かりのほかには真っ暗だった。「入りたまえ、ホルツくん」ストラング先生が暗闇の中からいった。「きみもだ、チャーリー。そしてドアを閉めてくれ」

「真っ暗じゃありませんか――」ホルツがいった。「明かりをつけてください」

「わたしは暗闇が好きでね、ホルツくん」先生はいった。「だが、教えてくれ。今もまだ、工場のカービー氏の机から問題のメモを盗っていないと主張するかね？」

「あなたもですか？」ホルツが嚙みつくようにいった。「これが終わるまでには、ホルダーショット村の人の半分を訴えることになりそうですね。しかし、いっておきますが、ぼくはやっていない。工場からは何も持ち出していません」

「チャーリー、そこにいるかね？」

「ええ」

「チャーリー、わたしはひとつの仮説を立てた。暗闇の中での嘘は、明るいところでは通用しない。どうだね、ホルツくん？　わたしの目をまっすぐに見て、それでもやっていないといえるかね？」

「あなたがどこにいるかもわからないんですよ」ホルツは怒鳴った。

「では、明かりをつけよう」カチッという音がして、ホルツとアンシンガーはまぶしさに目をすぼめた。ホルツは爆撃に遭ったかのような自分の部屋をきょろきょろと見回した。壁紙ははがされ、浴室の洗面台の配管はぶら下がり、家具は部屋の隅に置かれた背もたれのまっすぐな椅子のほかに何ひとつない。その椅子に先生が座り、保守係をじっと見つめていた。

「では、ホルツくん」ストラング先生は厳しい声でいった。「もう一度いってくれ。自分はメモの盗難とは何の関係もないと。ただし、それが本当ならばだ」

ホルツはまだあたりを見回していた。窓か、あるいは壁そのものから助けが来るのを待っているかのように。

「本当のことをいうんだ、ホルツ」ストラング先生は繰り返した。「法廷は自白を斟酌してくれるだろう。だが、そうするなら今だ」

ホルツはうなだれ、床を見た。

「ぐずぐずするな、ホルツ」ストラング先生が命じた。

「メモをカービーさんの机のフォルダから盗んだのはぼくです」

このときになってようやく、ストラング先生は上着のポケットに手を入れ、小さく折りたたんだ紙片を取り出した。「こいつを探しているのかな？」彼は明るくいって、アンシンガーに手渡した。

　まさしくそれだった。

　その夜遅く、取り返したメモを〈デイリー・エレクトロニクス〉の社長に届けてから、ストラング先生とチャールズ・アンシンガーは〈キング・ジョージ・アームズ〉の奥のボックス席に腰を落ち着けた。オルダーショットの中心街にあるセルフ式の英国風パブだ。「生徒に見られていないといいが」先生はいった。「これほど進んだ世の中でも、教師はこのようなところにいるべきではないと思われているからな」と、グラスの白ワインを飲む。

　アンシンガーは二杯目のダブルのスコッチを飲んでいた。「いいでしょう、ストラング先生。あなたは謎の人物を演じるのを楽しんでいましたね。どうしてわれわれにわからなかったメモのありかがわかったんです？」

「なぜなら」ストラング先生は答えた。「ポーの『盗まれた手紙』と同じく、きみの捜索は手紙を隠した手段を考慮に入れていなかったからだ」

「それで、隠し場所はあまりにも明白なところだというのではないでしょうね」

「いいや。手紙の隠し場所は、明白とはほど遠いところだ」

「われわれはあの部屋を、空っぽの壁だけにまでしたんですよ」

　ストラング先生は火をつけていないパイプを吸った。「手紙を隠すという言葉は、隠す場所があることを意味している――何らかの入れ物を――箱とか、壁の隙間とか、手紙そのものを入れることのできるあらゆるものを。問題は、なぜそうした入れ物を見過ごしたのかだ」

「いいでしょう。なぜ見過ごしたのでしょう？」

「問題はふたつの特性だと思う。ひとつは、ほかにいい言葉が思いつかないので〝完全性〟とでもいおうか。もうひとつは〝場所〟だ」

「何ですって、ストラング先生？」

「まず〝完全性〟から行こう。チャーリー、世の中には、完全であるための性質を持つと考えられているものがある――つまり、貫き通せないという性質だ。こうした完全性を持つと思われるものを、われわれは得てして調べようとしないものだ。G――警視総監がテーブルの天板を外せといったことを覚えているかね？」

アンシンガーはうなずいた。「彼はテーブルの脚の上部に手紙を隠すための穴が開けられていないかどうかを調べさせました」

「そうだ。だがG――は、手紙が天板そのものに隠されている可能性に決して気づかなかった」

「えっ？」

「家具屋に天板を外させ、内側に穴を開けさせるのは難しいことではないだろう。そこに手紙を入れ、もう一度組み立て直してニスを濡れば、G――警視総監も隠し場所に気づくまい。いいかね、チャーリー、普通は何枚かの板で作られているテーブルの天板は、ひとつの固形物だと思われている。この特性――そして思い込み――を、〝完全性〟と呼ぼう」

「わかりました。しかしわたしたちは、家具を焚き付けにできるくらいに壊しましたよ」

「テーブルはただの例だ。もうひとつ例を挙げよう。ホルツの部屋の冷蔵庫を開け、卵を見つけたとする。さらに卵を持ち上げ、適当な重さと密度があることがわかったとする。そして殻は見たところ手つかずで、どんなに小さい穴も開けられた気配はないとする。そこにメモが入っていないのを確かめるため、実際に割ってみるかね？」

「いいえ、割らないでしょう。でも、中に卵はひとつも――」

「これもただの例さ。だが、卵に穴を開けて、それがわからないようにふさぐ技術を考案できれば、小さなものを隠すにはうってつけの場所を手に入れることができる――少なくとも、その秘密が漏れるまでは」

「ストラング先生、そんなのは馬鹿げています。できっこありません――」

「そう馬鹿げたことではないとすぐにわかるさ。だが、さっきわたしは〝場所〟ともいった。つまり、ものは普段あるべき場所にあるということだ。今いった卵を例に取ろう。居間のカーペットの上に卵が落ちていたら――それにふさわしくない場所にあったら――卵の見た目や手触りにかかわらず、怪しいと思うだろう。

こういう子供向けのゲームがある、チャーリー。〝ハックル・バックル・ビーンストーク〟といって、小学校で雨の日などにやるゲームだ。ごく単純なゲームで、あるもの――たとえば指ぬき――をひとりの子供に渡し、ほかの子が目をつぶっている間に隠させる。けれど、それは目に見える場所に置かねばならんのだ。合図を受けてほかの子供は目を開け、探しはじめる。最初に見つけた者が、今度は隠す番になる。

ゲームの初心者は、指ぬきを遠く離れた隅に隠すだろう。例えば部屋の一部からしか見えない戸棚の下とか。だがこうした場所はほかの子供も思いつくので、人目につかない場所や隙間は真っ先に探される。

しかし、本当の上級者は一枚上手だ。例えば指ぬきなら、先生の机の針山のそばに置くか、ひょっとしたら指にはめるかもしれない。探すほうは、指ぬきは針やピンのそばにあるもの、あるいは指にはまっているものと思い込んでいるので、そういったものはよく見ようとせずに放っておいてしまうのだ。

最後にもうひとつ例を挙げよう。長さ三フィート、直径一フィートの丸太を思い描いてくれ。警察の捜査中にそれがバスタブで見つかったら、きわめて怪しい物体といえよう。その丸太は調べられ、X線をかけられ、探している品が隠されていないか切り刻まれるだろう。だが、同じ丸太が暖炉の中にあったら、誰も目もくれない可能性はきわめて大きい。暖炉の中の丸太には〝完全性〟と〝場所〟の両方の特性がそなわっているのだ」

「しかし、それとホルツの部屋とどういう関係があるんです？」アンシンガーが訊いた。「卵も指ぬきも、三フィートの丸太もありませんよ」

「チャーリー、答えはさっき、あのメロンを見たときに思いついたのだ。それはあるべき場所にあった――〈オルダーショット・イン〉のテーブルに。そしてわたしには、完全に丸のままに見えた。おまえさんに見せてもらわなかったら、丸ごとのメロンだと断言しただろう」

アンシンガーは酒を飲み終えた。「お酒のせいかもしれませんが、ストラング先生、まだよくわかりません」

「考えろ、考えるのだ。きみはホルツの部屋に夜十時に飛び込んだ。そして日付が変わるまで探した。翌日は夜中の二時までいた。その捜索にはあるものが必要だろう、チャーリー——きみらが考えつかなかった部屋の一部をはっきりと示すものだ」

「必要なもの——」アンシンガーが熱を込めていった。それから椅子にぐったりとなった。「何が必要だったんです、ストラング先生?」

「明かりだ! そして、天井の電球はふたつしか明かりがついていなかったといったではないか。つまり、ついていない電球がひとつ以上あったということだ」

「メモは電球に隠されていたとおっしゃるんですか!」

「その通りだ、チャーリー。ホルツはおそらく、実際にメモを盗み出すずっと前から準備していたはずだ。ガラス切りで電球の一部を切ったか、ガラス部分が自然と金属のスクリューからゆるんだのかもしれない。準備ができるとメモを自宅に持ち帰り、電球の下から出ているフィラメントの軸に巻きつけて輪ゴムで留めたのだ。そして電球を糊づけしたのだろう。たぶん、何でもくっつけることのできる最新式の接着剤でな。艶消し電球だから、実際に割ってみなければ中身がどうなっているかわからない」

「割ってみなければ」アンシンガーは考え込んだ。「先生が部屋にいるときに聞こえた音は、それだったのですね——」

「その通り」ストラング先生はいった。「代わりは食料雑貨店で買ってきた」

「それで、明かりをつけたとき――」

先生は熱心にうなずいた。「ホルツは全部の電球に明かりがついているのに気づいたのだ。隠し場所がわかったことを示すにはうってつけの方法だ。やつは万事休すと知った。それで終わりだ」

アンシンガーはかぶりを振った。「電球の中を見ようなんて誰が思いつくでしょう？　特に、切れているものを。それはずっとあったんだ。ソケットにはまったまま」

「完全性と場所の両方を満足させている」先生はいった。「調べようとすら思わないだろう。だが、チャーリー、明日の学校のために完全でいたければ、今すぐ自分の場所に戻ったほうがよさそうだな」

パブを出ようとしたとき、アンシンガーが最後にもうひとつ尋ねた。「椅子は」彼はいった。「なぜ椅子を持ってこいとおっしゃったんです？」

「電球に手を届かせるためだ」ストラング先生はぶっきらぼうにいった。「背の低い人間にも、それなりの悩みがあるのさ」

編者解説

森　英俊（ミステリ評論家）

本書は米国でもまだ単行本化されていないストラング先生物の短編を集めた傑作選で、収録作のうち三分の一強が初訳となる（シリーズ第一作にあたる「ストラング先生の初講義」も、今回が初紹介）。《ミステリマガジン》や《EQ》でも、エドワード・D・ホックの怪盗ニック・ヴェルヴェット物と並んで長期にわたって人気を博したシリーズで、高校で科学を教える老教師の華麗なる名探偵ぶりをご堪能いただきたい。

ストラング先生およびレギュラー陣

人間味あふれるストラング先生の周辺には、レギュラー・メンバーともいうべき味のある人々がいる。ここでは、主役のストラング先生と共にそれらサブ・キャラクターの人となりを簡単に紹介しておこう。

■ストラング先生

オルダーショット高校のぬし的存在で、同校での在職年数はだれよりも長く、「ストラング先生、グラスを盗む」によれば、〈大恐慌〉の終わりごろの一九三七年にはもう同校で教鞭を執っており、それから三十五年間にわたって教え続けているという。さらに「ストラング先生の逮捕」によると、高校生だったのは五十年近くも前だというから、年齢は少なくとも六十代半ばには達しているわけで（米国の高校には定年制度はない）、急速になくなりつつある髪の毛を気にするのも無理はない。身長は低く猫背で、痩せており、地の精のような風貌をしている。独身で（結婚歴があるかどうかは不明）、身だしなみにはこだわらず、自分のしめているネクタイの色すら覚えていない。上着はいつもしわくちゃで、愛車の紫色のクーペも、その服同様に時代遅れで古びており、しょっちゅうエンストを起こす。愛用のフェルト帽もやはりくたびれているが、これは欲求不満の種があるたびに幾度となく床に投げつけられ、踏みつぶされたため。

オルダーショット高校では一般科学が担当で、物理や生物や化学に加え、「論理学と科学的方法」と題した授業を受け持っている。その口癖も科学教師ならではで、感情の昂ぶった場面では、しばしば耳慣れない生物用語（繊毛虫、鰓曳虫類、掘足類などなど）を口にする。それらの専門用語は「くそっ！」や「こんちくしょう！」といった言葉の代わりに使われており、シリーズのファンには、そういった場面はおなじみだろう。さらに、生徒のだれもが知っているのが、ストラング先生が講義にとりかかる際の癖で（これから推理を披露しようという際にも、同様の癖が見られる）、掛けていた黒縁眼鏡を上着の胸ポケットにしまうこともあれば、黒縁眼鏡をはずしてネクタイで拭き、右手の親指と人差し指でその眼鏡を持ってふり回すこともある。ストラング先生がそうした態度を見せたらいずれにせよ、生徒や刑事たちはおとなしくストラング先生のいうことに耳をかたむける必要があるのだ。

黒縁眼鏡と並ぶもうひとつのトレードマークが、傷のある特大のブライアーパイプ。煙をふいごのように吐き出すが、その煙がひどくいやな臭いのため、周りにいる人間が辟易させられることも多い。

エラリー・クイーンはストラング先生を評して「現代の〈思考機械〉ともいうべき存在」といったが、それはいささか誇張のしすぎというもので、〈思考機械〉のような超人的な探偵ではけっしてない。とはいえ、「どんな難問であれ、すべての証拠がそろい、適切な推理を試みれば、必ず解き明かすことができる」(「先生暗号を解く」)というから、名探偵の資格は一二分にあるといえる。事実、「ストラング先生と盗まれたメモ」で先生に謎解きを依頼しにきた元教え子のアンシンガーは、「子供ながらにわたしは、先生が山ほどの奇妙な事実を拾い上げ、筋の通った結論に導くのに驚いていました」と感嘆しきりだったことを告白するし、ロバーツ部長刑事にいたっては「あの骨ばった老いぼれには水晶球が生まれつきそなわっている」(「ストラング先生の熊退治」)と、口が悪いながらも絶賛する。

名探偵と同時に名教師であることも強調しておくべきだろう。教え子のだれに対しても公平であるというのがストラング先生の信条で、無実の罪を着せられて窮地に陥った生徒らを救うこともしばしば。生徒たちからの信頼も厚く、畏怖の対象であると同時に尊敬もされており、ある意味、理想の教師像といえるだろう。

■マーヴィン・W・ガスリー
オルダーショット高校の校長。ストラング先生ほどではないものの、同校に就任してから二十年近くになるという大ベテラン。校長室の大きな回転椅子とは対照的な小柄な身体の持ち主で、ウェーブのかかった雪のような白髪が自慢。その白いふさふさした髪は、まるでコットンのモップをむぞうさに頭にかぶったように見えることもある。冷静さと揺るぎない指導力の見本のような人物で、学校の体面を常に気にし、ストラング先生のだらしない格好にはつねづね眉をひそめている。理由を告げずに教師を校長室に呼びつける悪癖があり、ストラング先生もたびたびそれに悩まされているとか。どちらかというと権力や名士に弱く、小心者だが、根は善人で、「ストラング先生と消えた兇器」では校長魂をかいま見せる。シリーズのなかではどちらかというと滑稽な役回りで、本人はまったく自覚していないものの、ストラング先生の完全な引き立て役になっている。

■ポール・ロバーツ
オルダーショット警察の刑事課に属する部長刑事。愛妻ボビーとのあいだに三歳になる小さな娘がいる。ストラング先生とは対照的に巨漢で、ごっつい手をしている。ストラング先生の洞察力に富んだ推理はロバーツのねばり強い捜査活動には不可欠なもので、先生の非公式な協力を得て、いくつもの難事件を解決する。ストラング先生によれば、石頭で、さほど敏腕ではないとのことだが、まっ正直な刑事であり、両者はたがいに深い敬意を抱き合っている。そのふたりの良好な関係がもっともよく表れているのが「ストラング先生の逮捕」で、身に覚えのない嫌疑をかけられたストラング先生にとって、ロバーツの同席していることがどれほど心強かったことか。

■マッケイ夫人

ストラング先生が二階のちいさな部屋を間借りしている下宿屋のおかみ。おそらくアイルランド系米国人で、ピートの香りさえ感じさせるような強いアイルランド訛りが特徴的。血色のいい顔をしており、ひとはいいが、壊れた蓄音機さながらに、いったんしゃべり出したら止まらないのが玉に瑕。とはいえ、そのおしゃべりもときには役に立ち、そのなかからストラング先生が事件解決のヒントをつかむことも（「ストラング先生、密室を開ける」）。テレビをこよなく愛し、犯罪ドラマや懐かしい映画が大のお気に入りらしい。

収録作解題

●ストラング先生の初講義（本邦初訳）

《Ellery Queen's Mystery Magazine》（米版）の一九六七年三月号に掲載された、ストラング先生の初登場作。レギュラーを務めるオルダーショット警察のポール・ロバーツ部長刑事も初お目見えし、長いあいだにわたってタッグを組むことになる、この凸凹コンビ（？）の出会いのもようが描かれる。作中でストラング先生がロバーツ部長刑事に対して初めて行なった講義はこのあとも幾度かくり返され、本シリーズの呼び物のひとつになった。あくまでも生徒の無実を信じるストラング先生の姿勢と人間味が胸を打ち、本編を皮切りに、長年にわたって愛されるシリーズへと成長したのもうなずける。

●ストラング先生の博物館見学
シリーズのもうひとつの特徴が、不可能犯罪へのこだわり。エドワード・D・ホック編の密室アンソロジー『密室大集合』（一九八一／ハヤカワ・ミステリ文庫）に採られた本編も、博物館から展示品が忽然と消え失せるという、魅力的な不可能状況を扱っている。生徒たちを引率して博物館見学にやってきたさなかに消失事件が起きるという設定が秀逸で、博物館の構造をうまく活かした奇想天外なトリックもすばらしい。全体的にユーモラスな味わいがあるのも楽しく、結びのひと言も気がきいている。

●ストラング先生、グラスを盗む
ストラング先生の本邦初紹介作で、《ミステリマガジン》の一九七一年十一月号に訳載された。筆者がちょうど同誌を買い始めたころで、リアルタイムで読み、その卓越した着想に目をみはらされたのを、きのうのことのように覚えている。ふだんは名探偵役のストラング先生が愛する生徒たちのために怪盗さながらの活躍を見せる、シリーズのなかでも異色作で、「13号独房の問題」のなかでふだんは謎を解く側の〈思考機械〉がトリックを弄して脱獄してみせたように、ここでのストラング先生も不可能と思われた盗みをやってのける。その際のトリックが相手の性格をまんまと利用したものなのも、面白い。

●ストラング先生と消えた兇器（本邦初訳）

ストラング先生の扱う犯罪には殺人などの凶悪なものはめったになく、まして勤務先のオルダーショット高校内で凶悪犯罪が起きることはきわめて稀である。本編は例外的な作品で、新任教師が生徒の手で命にかかわりかねないほどの重傷を負わされるという、ショッキングな内容になっている。容疑者の少年たちがほとんど現行犯で捕まったにもかかわらず、犯行に用いられたとおぼしい兇器がどこからも発見されないという不可能状況で、ストラング先生はその謎をいかにも科学教師らしい考えかたで解き明かす。作中で紹介される遊びに熱中したことのある向きは、ストラング先生の推理に思わずにやりとすることだろう。

●ストラング先生の熊退治

自分のした熊にまつわる怪談話が孫を死に追いやったのではないかと悩む女性をどうにか救おうとするストラング先生の、他人への思いやりや優しさのよく出た佳品。それだけにいっそう、事件の真相はやりきれない。まったくの余談になるが、筆者にもはしかのときに熊に追いかけられた夢を見てひどくうなされた経験があるので、被害者少年を見舞った恐怖はまことにリアルなものに感じられた。

●ストラング先生、盗聴器を発見す

ここでのストラング先生はまたしても嫌疑をかけられた生徒を救おうとする。盗聴のからんだ一種の産業スパイ事件で、そのあたりがいかにも米国らしい（まあ、談合によって入札額が決定されることもある、東洋の某国よりはましかもしれないが）。盗聴に用いられたトリックはシンプルかつ意外なものだが、解決に結びつく手がかりがあまりにもあからさまに提示されているので、勘のいい読者には早い段階で見抜けてしまうかもしれない。

●ストラング先生の逮捕（本邦初訳）

あろうことかストラング先生自身が轢き逃げ犯の嫌疑をかけられ、ついには逮捕されてしまうという、シリーズ最大の異色編。自分自身の無実をみずからの手で証明せざるをえなくなる、絶体絶命の状況に追いこまれた老教師を救ってくれたのは、警察署の廊下で目にしたなんの変哲もないものだった。〈ダイイング・メッセージ〉物に類する作品でもあるが、轢き逃げの被害者の口にした言葉が英語でないとニュアンスが伝わりきらないのが難。別の日本語に置き換えることも考えたが、しっくりくるものが見つからなかったので、結局その部分は原文のままとした。いずれにせよ、われわれにはあまりなじみのないことなので（某人気コミックの読者にとってはそうでもないかもしれもないが)、こちらとしてはただストラング先生の推理に耳をかたむけるしかない。

●ストラング先生、証拠のかけらを拾う

ストラング先生シリーズの不可能犯罪を扱ったもののなかでも一、二を争う出来の作品で、その年度の優秀中短編を収録した、米国ミステリ作家協会(MWA)の年次アンソロジーの一九七六年度版『風味豊かな犯罪』(創元推理文庫)にも選ばれている。ストラング先生は今回、教え子が宝石店のショーウィンドウを割って指輪を盗んだ犯人でないとすれば不可能犯罪が成立してしまうという状況に立ち向かうことになり、ごく日常的なことからヒントを得て、真犯人のトリックを見破る。それはある意味で盲点をついた、意外なトリックといえよう。

●安楽椅子探偵ストラング先生

老齢でさほど活動的ではないので、もともとその資格は十二分にあったのだが、ここでのストラング先生は文字どおり〈安楽椅子探偵〉の仲間入りをし、その分野でも一流であることを実証してみせる。すなわち、不可解な人間消失事件のあった現場におもむくこともなく、ただレストランのテーブルで捜査にあたった刑事の話を聞くだけで、真相をつかむのだ。その姿は実に華麗で、食べ物につられ、ストラング先生の推理をサポートするために愛すべき同僚たちがにぎにぎしく登場するのもいい。別の作家のシリーズへのオマージュにもなっており、ミステリ・ファンには一編で二度おいしい作品になっている。

●ストラング先生と爆弾魔（本邦初訳）

ミステリにはいわゆる〈デッドライン〉物と呼ばれるサブ・ジャンルがあり、そこでは、限られた時間内に事件を解決したり、真犯人を見つけなければならないという、極限状況が描かれる。代表例がウィリアム・アイリッシュの『幻の女』（一九四二）で、死刑執行日までに死刑囚のアリバイを裏づけてくれる証人が見つかるかどうかという濃密なサスペンスの長編である。時限爆弾もこうした〈デッドライン〉物の題材になりやすく、爆弾犯人からの爆破予告がこれに加わると、緊張感はさらに増す。ストラング先生に与えられたデッドラインはオルダーショット高校が爆破されるまでのわずかな時間で、愛する高校を救うために先生は頭をフル回転させることになる。

●ストラング先生、ハンバーガーを買う

これもお得意の不可能犯罪物だが、毒殺未遂事件の最大の容疑者がストラング先生自身だというのが面白い。作中に登場するハンバーガーのチェーン店は、商品のネーミングからして、明らかに《マクドナルド》をモデルにしたものだろう。毒殺トリックそれ自体は単純だが、ここでは犯人の正体そのものが最大の趣向になっており、世が英米の黄金時代まっただなかであれば、名だたる評論家たち（そのなかには実作者たちもいる）はいい顔をしなかったに違いない。

●ストラング先生、密室を開ける（本邦初訳）

密室のなかには〈ちいさな密室〉とでもいうべき、建物や部屋以外のものを密室に見立てた状況のものがある。不可能犯罪を得意にしたクレイトン・ロースンにも、そのものずばり「世界最小の密室」（《ミステリマガジン》一九七一年十一月号）と題した短編がある。本編はそれと比べるとやや大きめの密室だが、堅牢さという点では、ほかのどんな密室にもひけをとらない。ストラング先生のつかんだ手がかりのうちのひとつが米国人でなければピンとこないものなのは残念だが、実作の困難な〈ちいさな密室〉のみごとなヴァリエーションという点で高く評価したい。

●ストラング先生と消えた船

こちらも〈ちいさな密室〉のヴァリエーションといえる短編。この場合、密室状態にあるのはガラス瓶で、そのなかに収められていた船の模型《ボトルシップ》がいかにして消え失せたかが中心的な謎になる。旅先で暇をもてあましていたストラング先生にとっては、この謎を解明することがなによりの気晴らしで、人間味あふれる解決もいかにもこのシリーズらしい。

●ストラング先生と盗まれたメモ

作者の先行作品に対するこだわりや傾倒ぶりは『ジョン・ディクスン・カーを読んだ男』（二〇〇七／論創海外ミステリ）に収められた「～を読んだ～」という一連の作品でも明らかだが、

本編もエドガー・アラン・ポーの「盗まれた手紙」へのオマージュになっている（『ジョン・ディクスン・カーを読んだ男』にもポーへのオマージュ作品が収録されているので、ぜひとも読み比べてみていただきたい）。作中でストラング先生と元教え子の依頼人とのあいだで交わされる、「盗まれた手紙」をめぐる論議も楽しい。

ストラング先生シリーズ作品リスト

初出誌はすべて《Ellery Queen's Mystery Magazine》（米版）なので、以下では初出誌の誌名は省略し、掲載号のデータのみを記載した。なお、邦訳の掲載されているのは《ミステリマガジン》（早川書房）および《ＥＱ》（光文社）で、前者についてはＨＭＭの略称を用いた。

Mr. Strang Gives a Lecture（一九六七年三月号）「ストラング先生の初講義」森英俊訳（本書）
Mr. Strang Performs an Experiment（一九六七年六月号）「ストラング先生実験する」鷹瀬英彦訳（ＨＭＭ一九七八年六月号）
Mr. Strang Finds the Answers（一九六七年十一月号）
Mr. Strang Sees a Play（一九六八年三月号）
Mr. Strang Takes a Field Trip（一九六八年十二月号）「ストラング先生の博物館見学」森英俊訳（本書）

Mr. Strang Pulls a Switch（一九六九年六月号）「ストラング先生と消えた少年」大井良純訳（HMM一九七五年十月号）
Mr. Strang Takes a Hand（一九七〇年四月号）「ストラング先生と学園紛争」村社伸訳（HMM一九七二年七月号）
Mr. Strang Lifts a Glass（一九七一年五月号）「ストラング先生、グラスを盗む」森英俊訳（本書）
Mr. Strang Finds an Angle（一九七一年六月号）「ストラング先生と消えた兇器」森英俊訳（本書）
Mr. Strang Hunts a Bear（一九七一年十一月号）「ストラング先生の熊退治」森英俊訳（本書）
Mr. Strang Checks a Record（一九七二年二月号）「ストラング先生の出席簿」小倉多加志訳（HMM一九七二年七月号）
Mr. Strang Finds a Car（一九七二年七月号）「ストラング先生と凶暴な自動車」村社伸訳（HMM一九七二年十月号）
Mr. Strang Versus the Snowman（一九七二年十二月号）
Mr. Strang Examines a Legend（一九七三年二月号）「ストラング先生の伝説考」風見潤訳（HMM一九七三年五月号）
Mr. Strang Invents a Strange Device（一九七三年六月号）「ストラング先生奇手を打つ」大井良純訳（HMM一九七四年三月号）
Mr. Strang Follows Through（一九七三年九月号）
Mr. Strang Discovers a Bug（一九七三年十二月号）「ストラング先生、盗聴器を発見す」森英俊

訳（本書）
Mr. Strang Under Arrest（一九七四年二月号）「ストラング先生の逮捕」森英俊訳（本書）
Mr. Strang and the Cat Lady（一九七五年五月号）
Mr. Strang Picks Up the Pieces（一九七五年九月号）「ストラング先生、証拠のかけらを拾う」白須清美訳（本書）
Mr. Strang, Armchair Detective（一九七五年十二月号）「安楽椅子探偵ストラング先生」白須清美訳（本書）
Mr. Strang Battles a Deadline（一九七六年六月号）「ストラング先生と爆弾魔」白須清美訳（本書）
Mr. Strang Accepts a Challenge（一九七六年六月号）「ストラング先生挑戦を受ける」大井良純訳（HMM一九七七年一月号）
Mr. Strang Buys a Big H（一九七八年四月号）「ストラング先生、ハンバーガーを買う」白須清美訳（本書）
Mr. Strang Unlocks a Door（一九八一年六月十七日号）「ストラング先生、密室を開ける」白須清美訳（本書）
Mr. Strang Interprets a Picture（一九八一年八月十二日号）「先生絵解きをする」池央耿訳（EQ一九八二年一月号）
Mr. Strang Grasps at Straws（一九八一年十一月四日号）「先生藁をつかむ」中井京子訳（EQ一九八六年三月号）

Mr. Strang and the Lost Ship（一九八二年六月号）「ストラング先生と消えた船」白須清美訳（本書）
Mr. Strang Takes a Partner（一九八二年七月中旬号）「先生暗号を解く」中井京子訳（ＥＱ一九八八年三月号）
Mr. Strang Studies Exhibit A（一九八二年十月号）
Mr. Strang and the Purloined Memo（一九八三年二月号）「ストラング先生と盗まれたメモ」白須清美訳（本書）
Mr. Strang Takes a Tour（一九八三年七月中旬号）「先生旅に出る」小沢瑞穂訳（ＥＱ一九八四年九月号）

森英俊（もり・ひでとし）

1958年東京都生まれ。早稲田大学政経学部卒業（在学中はワセダミステリクラブに所属）。翻訳・評論活動のかたわら、ミステリ洋書専門店Murder by the Mailを運営。『世界ミステリ作家事典［本格派篇］』で第52回日本推理作家協会賞を受賞。訳書にライス『眠りをむさぼりすぎた男』、バークリー『シシリーが消えた』、ディクスン・カー『幻を追う男』、タルボット『絞首人の手伝い』、編書にパウエル『道化の町』など多数。

白須清美（しらす・きよみ）

早稲田大学第一文学部卒業。英米文学翻訳家。訳書にA・バウチャー『タイムマシンの殺人』、C・ブランド『ぶち猫 コックリル警部の事件簿』（共訳）、J・パウエル『道化の町』（共訳）、M・イネス『霧と雪』、G・ミッチェル『タナスグ湖の怪物』など。

ストラング先生《せんせい》の謎解《なぞと》き講義《こうぎ》

——論創海外ミステリ 94

2010年8月15日　初版第1刷印刷
2010年8月25日　初版第1刷発行

著　者　ウィリアム・ブリテン
編　者　森英俊
装　丁　栗原裕孝
発行人　森下紀夫
発行所　論 創 社
〒101-0051 東京都千代田区神田神保町2-23 北井ビル
電話 03-3264-5254　振替口座 00160-1-155266

印刷・製本　中央精版印刷

ISBN978-4-8460-1054-6

論創海外ミステリ

順次刊行予定（★は既刊）

★83 壊れた偶像
ジョン・ブラックバーン

★84 死せる案山子の冒険　聴取者への挑戦 II
エラリー・クイーン

★85 非実体主義殺人事件
ジュリアン・シモンズ

★86 メリリーの痕跡
ハーバート・ブリーン

★87 忙しい死体
ドナルド・E・ウェストレイク

★88 警官の証言
ルーパート・ペニー

★89 ミステリの女王の冒険　視聴者への挑戦
エラリー・クイーン原案

★90 リュジュ・アンフェルマンとラ・クロデュック
ピエール・シニアック

★91 悪魔パズル
パトリック・クェンティン

★92 不可能犯罪課の事件簿
ジェイムズ・ヤッフェ

★93 新幹線大爆破
ジョゼフ・ランス＋加藤阿礼

★94 ストラング先生の謎解き講義
ウィリアム・ブリテン